Brian Morton
Das Leben der Florence Gordon

Roman

Aus dem amerikanischen Englisch
von Gesine Schröder

Insel Verlag

Die Originalausgabe erschien 2014 unter dem Titel
Florence Gordon bei Houghton Mifflin Harcourt, New York.

Das Zitat auf Seite 165 ist folgender Quelle entnommen:
Brief Tschechows an Suworin vom 7. Januar 1889,
in: Anton Tschechow, Briefe 1879-1904,
aus dem Russischen von Ada Knipper und
Gerhard Dick, Rütten & Loening, Berlin 1968, S. 124f.

Erste Auflage 2016

Satz: Greiner & Reichel, Köln
Druck: CPI – Ebner & Spiegel, Ulm
Printed in Germany
ISBN 978-3-458-17649-7

Das Leben der Florence Gordon

Für Heather

1

Florence Gordon wollte ihre Memoiren schreiben, aber zwei Dinge sprachen dagegen: Sie war alt, und sie war eine Intellektuelle. Und wer würde schon, fragte sie sich immer wieder, etwas über eine alte Intellektuelle lesen wollen?

Vielleicht waren es drei Dinge, weil sie nicht nur intellektuell, sondern Feministin war. Sollte sie mit dem Buch je fertig werden, würden Kritiker es als »verbittert« und »schrill« abqualifizieren.

Was eine alte Feministin von sich gibt, ist per se verbittert und schrill.

Sie klappte den Laptop zu.

Bringt ja doch nichts, dachte sie.

Doch dann klappte sie ihn wieder auf.

2

Sie *fühlte* sich nicht schrill und verbittert. Sie fühlte sich nicht einmal alt.

Und überhaupt ist das Alter nicht, was es mal war – das redete sie sich zumindest ein.

Florence sah das so: Sie war fünfundsiebzig. In früheren Zeiten hätte sie das zu einer alten Frau gemacht. Nicht heute. Sie war in den Sechzigern eine junge Frau gewesen, und wenn man damals jung gewesen ist –

»Glück hieß in jener Frühzeit leben schon, doch jung sein, war der Himmel selbst« –, wird man in gewissem Sinne niemals alt. Man hat erlebt, wie die Beatles nach Amerika kamen, hat die Entdeckung des Sex und die Geburt der Befreiungsbewegung miterlebt, und selbst wenn man später als garstige Alte endet, die bei allem Stolz auf ihre aktivistische Vergangenheit nur noch in Ruhe lesen, schreiben, denken will – selbst wenn man so endet, bleibt immer ein Teil der Seele grün.

Florence wollte, wie man wohl dazusagen sollte, nie jünger wirken, als sie war. Sie tönte ihr Haar nicht, sie hielt nichts von Botox, und sie bleichte nie ihre Zähne. Ihre schiefen, altmodischen Zähne, rau und ehrlich und ungeschönt, waren für sie gut genug.

Florence wollte auch ihre Jugend nicht wiederhaben. Unter anderem weil sie das Leben, das sie jetzt führte, so spannend fand.

Sie war also eine starke, stolze, geistig unabhängige Frau, die ihr Alter akzeptierte und doch im Grunde jung geblieben war.

Und sie war aus der Sicht vieler Leute, die sie kannten, und aus der Sicht vieler, die sie liebten, vollkommen unausstehlich.

3

Die Erinnerungen, die sie zu Papier bringen wollte, begannen in der Frühzeit der Frauenbewegung – der modernen Frauenbewegung, ihrer eigenen, der Frauenbewegung, die in den 1970ern Fahrt aufgenommen hatte. Wenn sie mit dem Buch einmal fertig wurde, würde es ihr siebtes sein.

Jedes Buch hatte andere Schwierigkeiten mit sich gebracht. Bei diesem bestand die Schwierigkeit darin, dass Florence es nicht schaffte, die Vergangenheit zum Leben zu erwecken. Ihr Gedächtnis funktionierte, sie hatte die Daten, die Ereignisse und Akteure parat. Was fehlte, war die Textur des Vergangenen.

Heute Abend, so kam es ihr vor, hatte sie endlich den Code geknackt. Ihr war ein Augenblick eingefallen, an den sie sich seit Jahren nicht erinnert hatte. Nur ein Augenblick, an sich ganz unbedeutend. Aber weil er ihr so lange nicht in den Sinn gekommen war, erinnerte sie sich jetzt ganz frisch daran, und vielleicht hatte sie damit das Tor gefunden, das in die Vergangenheit führte.

Sie hatte den Rest des Abends frei. Erst war sie mit Freunden zum Essen verabredet gewesen, hatte aber mit klammheimlicher Freude abgesagt, um arbeiten zu können. Es war sieben Uhr an einem Freitag im Mai, sie hatte ihre akademischen Pflichten erledigt, und ihr Kopf war klar. Und dieser Freitagabend, an dem sie endlich, endlich, endlich vorankam, dieser Abend war der glücklichste seit langer Zeit.

Nur dass Vanessa immer wieder anrief.

Ihre Freundin Vanessa rief immer wieder bei ihr an, und Florence ignorierte es immer wieder. Beim fünften Anruf begann sie sich zu fragen, ob Vanessa in Schwierigkeiten steckte, und beim sechsten ging sie dran.

»Gott sei Dank bist du da«, sagte Vanessa. »Ich habe ein Problem.«

»Was ist passiert?«

»Nichts Großes. Nichts Dramatisches. Ich habe mich nur anscheinend beklauen lassen und habe jetzt nur noch mein Telefon. Ich brauche Geld für die Heimfahrt.«

»Wo bist du?«

»Deshalb melde ich mich ja bei dir. Ich bin nur drei Blocks weiter.«

Sie nannte den Namen eines Restaurants.

»Tja, ich bin zu Hause«, sagte Florence. »Komm vorbei.«

»Danke, das ist nett. Aber es ist ein bisschen kompliziert.«

»Warum?«

»Ruby und Cassie mussten los, und ich bin geblieben, um zu zahlen, und habe erst dann gemerkt, dass meine Handtasche verschwunden war. Und jetzt will mich der Inhaber nicht gehen lassen. Er hat Angst, dass ich die Zeche prellen könnte.«

»Vanessa, du bist eine sehr respektable Frau. Eine sehr *alte* respektable Frau. Niemand würde dir zutrauen, dass du die Zeche prellst. Sag ihm, du seist nicht Bonnie Parker.«

»Das habe ich ihm ja gesagt. Wortwörtlich sogar. Ich habe gesagt, dass ich nicht Bonnie Parker bin. Aber er lässt nicht mit sich reden. Ich fürchte, er hält mich sehr wohl für Bonnie Parker. Es tut mir wirklich leid. Aber es geht ganz schnell.«

Menschen, dachte Florence, als sie in ihre Schuhe stieg. Wofür brauche ich die noch mal?

Er hat Angst, sie könnte die Zeche prellen. Während sie auf den Fahrstuhl wartete, murmelte Florence vor sich hin. Sie kam sich schon wie Popeye der Seemann vor.

Sie überquerte die Straße, murmelte immer noch vor sich hin. Murmelte, ballte rhythmisch die Fäuste.

Das mit den Fäusten tat sie, weil die linke Hand ihr Probleme machte. Karpaltunnelsyndrom. Manchmal zuckten die Finger, als hätten alle fünf ihren eigenen kleinen Kopf. Ein Neurologe hatte ihr eine ergonomische Tastatur empfohlen, eine ergonomische Maus und eine ergonomische Handgelenksschiene; sie hatte alles besorgt und brav alle Übungen gemacht, die er ihr verschrieben hatte, und nichts davon schien zu wirken.

Dieses Murmeln, dieses Fäusteballen – ich muss aussehen wie eine Verrückte, dachte sie.

4

Das Restaurant lag an der 76. Straße, zwischen der Columbus und der Central Park West. Sie ging rein, und Vanessa war nirgends zu sehen.

Es war ein schickes, teures, leicht versnobtes Restaurant. Nicht die Sorte, wo der Inhaber einen in Geiselhaft nehmen würde.

Der Empfangskellner, ein ernst dreinblickender Mann, fragte, ob er ihr helfen könne.

»Ich suche nach einer Freundin. In meinem Alter? Die ihre Rechnung nicht bezahlen konnte?«

»Natürlich, ich weiß, wen sie meinen. Sie ist im Hinterzimmer.«

Die halten sie im Hinterzimmer fest, dachte Florence. Die nehmen sie in die Mangel.

Er führte Florence einen Flur entlang und wies auf eine Tür, hinter der es unerklärlich dunkel war. Sie trat ein, und das Licht ging an, und ein ganzer Saal voller Leute rief: »Überraschung!«

Überraschung.

Freunde von der NYU, Weggefährtinnen aus der Bewegung, befreundete Literaten. Sogar ihre Familie war gekommen: ihre Schwiegertochter, ihre Enkelin.

Vanessa fiel ihr um den Hals.

»Das war unsere einzige Chance, dich gebührend zu feiern.«

»Ich habe doch gar nicht Geburtstag.«

»Ich dachte, wenn wir es zu dicht an deinem Geburtstag machen, wäre es keine Überraschung mehr. Dann hättest du geahnt, was los ist, und wärst niemals hergekommen. Es war ein kniffliger Spezialeinsatz. Wie die Jagd nach dem legendären Yeti. Wir wollten dich hochleben lassen. Und wir wollten, dass du mal aus der Wohnung kommst und dich ein bisschen amüsierst.«

Es war verblüffend, wie wenig die Leute einander kannten, selbst ganz alte Freunde. Ich *habe* mich amüsiert, dachte Florence. Es war schön, zu Hause zu sitzen und über das Leben nachzudenken, über unser gemeinsames Leben. Es war schön, sich die richtigen Sätze abzuringen. Es war schön, einen Augenblick vor dem Vergessen zu bewahren.

Und jetzt war es alles vorbei. Sie war so dicht dran gewesen, klar zu sehen, aber es hatte sich noch so flüchtig, so fragil angefühlt. Wer wusste schon, ob dieses Fünkchen Klarheit am nächsten Morgen nicht erloschen wäre.

Janine, ihre Schwiegertochter, und ihre Enkelin Emily kamen auf sie zu. Sie waren seit Monaten in New York, und Florence hatte sich immer noch nicht mit ihnen getroffen. Erst hatte sie ein schlechtes Gewissen gehabt, aber dann begriff sie, dass dies Gefühl nur ein Tribut an die Konventionen war – eigentlich hatte sie schlicht keine Lust gehabt, sich mit ihnen zu treffen –, und sie hörte auf, sich schuldig zu fühlen.

»Herzlichen Glückwunsch zum Fast-Geburtstag«, sagte Janine.

»Sehr beglückt scheinst du aber nicht zu sein«, sagte Emily.

»Ich wünschte, jemand hätte die Sache im Keim erstickt.«

»Ich hab's versucht! Ich habe versucht, es zu ersticken«, sagte Janine. »Ich wusste, dass es keine gute Idee war. Aber Vanessa … Sie ist fast so eine Naturgewalt wie du.«

O Gott. Sogar Saul war da.

Er legte ihr den Arm um die Schulter. Anscheinend war er angetrunken.

»Ich konnte nicht *nicht* kommen«, sagte er. »Und das ist ganz wörtlich gemeint. Deine Freundin hat keinerlei Einwände gelten lassen.«

Eine Frau, die Florence vage bekannt vorkam, stand plötzlich vor ihr und erzählte lang und breit, wie schwierig es war, von Rockland County herzukommen. Eine andere erzählte, wie schwer es ihr gefallen sei, sich von ihrem niedlichen, noch nicht stubenreinen Welpen loszureißen. Florence lächelte, nickte und tat, als hörte sie zu, aber eigentlich versuchte sie nur, diesen Augenblick der Klarheit festzuhalten, und eigentlich wollte sie nichts lieber, als wieder heimzugehen.

In der Damentoilette fiel ihr Blick auf das Fenster. Es war drei Meter über dem Boden. Wenn ich mich auf die Toilette stellen und auf die Kabinenwand klettern würde …

Nein. Zu feige. Zu würdelos.

Sie ging in den Saal zurück, wo die Party in vollem Gange war, nahm ein Glas und schlug mit dem Messer dagegen, bis alle verstummten.

»Meine Freunde«, sagte sie, »es rührt mich, dass ihr das hier auf die Beine gestellt habt. Es rührt mich, und es ehrt mich sehr. Wie hat Yeats es noch gleich ausgedrückt? Ungefähr so: ›Woran hängt denn Ruhm? Denk nach und sprich, mein Ruhm war: Solche Freunde hatte ich.‹«

Anerkennendes Gemurmel im Saal.

»Eine der Qualitäten, die ich an euch am meisten schätze, ist, dass ihr Verständnis für mich habt. Ich weiß, dass das manchmal nicht einfach ist. Ich bin eine schwierige Frau.«

»Du bist eine herrlich schwierige Frau«, rief Vanessa dazwischen – sie lobhudelte immer gern –, und andere stimmten ihr zu.

»Oh, danke. Aber ob ich nun herrlich schwierig bin oder einfach nur so schwierig, ihr haltet es alle irgendwie mit mir aus. Das beweist euren Großmut, eure Toleranz und eure Flexibilität, denn ich habe euch einiges zugemutet im Laufe der Zeit.

Und jetzt mute ich euch noch einmal etwas zu. Diese Überraschungsparty beglückt mich, aber ich gehe jetzt, weil ich zurück an meinen Schreibtisch muss. Ich hoffe, dass ihr wisst, wie sehr ich dies Geschenk zu schätzen weiß und dass ich im Geiste bei euch bin. Und ich wünsche euch einen schönen Abend.«

Sie wandte sich um und ging. Florence hätte gern darauf verzichtet, irgendwem in die Augen zu schauen, aber erhobenen Hauptes zu gehen war wichtiger, also blickte sie auf dem Weg zur Tür in die Gesichter einiger Freunde. Sie sahen aus, als seien sie unsicher, ob Florence es ernst meinte.

Sie hatte den Computer angelassen, und sobald sie zur Tür herein war, setzte sie sich wieder davor. Es dauerte, bis sich der Nebel verzogen hatte – die Scham, die Unsicherheit oder was es war –, aber nach einer Weile konnte sie beinahe wieder anknüpfen, wo sie aufgehört hatte. Den Rest des Abends arbeitete sie hochzufrieden und verschwendete an ihre Freunde und Gratulanten keinen weiteren Gedanken mehr.

5

Als sie weg war, wusste niemand, was er sagen sollte. Die Gäste mochten einander nicht einmal in die Augen sehen.

»Jetzt seht ihr, warum ich mich habe scheiden lassen«, sagte Saul.

Die anderen lachten und wandten sich wieder ihren Getränken und Häppchen zu.

»Was soll's«, sagte Vanessa. »Feiern wir weiter. Dann ehren wir Florence eben in absentia.«

»Ich ›ehre‹ sie lieber ein andermal«, sagte Saul. »Ich hau ab.«

6

»Hat *er* sich von *ihr* scheiden lassen?«, fragte Emily ihre Mutter.

»Umgekehrt«, sagte Janine.

»Dachte ich mir. Ich kann sie mir gar nicht verheiratet vorstellen.«

»Wieso?«

»Sie ist so unabhängig. Und er sieht aus, als bräuchte er jemanden, der ihn braucht.«

Janine staunte immer wieder, auf was für Ideen ihre Tochter kam. Aber das tun Eltern ständig.

Für Eltern ist die Zeit keine Einbahnstraße. In Janines Vorstellung wurde die neunzehnjährige Emily von jüngeren Versionen ihrer selbst überlagert, von dem Neugeborenen namens Emily, dem Kleinkind Emily und allen ihren anderen Inkarnationen. Deshalb war jede kluge Beobachtung, jeder komplexe Gedankengang von ihr so staunenswert: weil es Janine vorkam, als hätte die Fünfjährige sie mit hervorgebracht. Eltern fragen sich immer: »Wo hat sie das nur her?«

»Zumindest haben wir jetzt den Abend frei«, sagte Janine. »Sollen wir ins Kino gehen?«

»Aber nicht in so was Anspruchsvolles, ja? Können wir einfach was Lustiges sehen?«

»Nur wenn du mir versprichst …«

Aber Janine fiel nichts ein, das sie von Emily hätte fordern können. Es gab nichts, was ihre Tochter hätte ändern sollen. Das war nicht immer so gewesen und würde nicht immer so bleiben, aber in dem Moment war es so.

7

Beim nächsten Mal trafen Janine und Emily Florence in einem noch weniger persönlichen Rahmen.

Sie warteten im Zuschauerraum der Town Hall auf den Beginn einer Podiumsdiskussion.

»Ist es krankhaft, intellektuell für seine Schwiegermutter zu schwärmen?«, fragte Janine.

»Solange es nur intellektuell ist, nicht«, antwortete ihre Tochter.

Janine hatte eine ungewöhnliche Beziehung zu ihrer Schwiegermutter. Eine ungewöhnlich enge Beziehung, die allerdings hauptsächlich in Janines Kopf stattfand.

Janine hatte schon von Florence gehört, bevor sie Daniel kennenlernte, und als Daniel ihr sagte, wer seine Mutter war, hatte sie es kaum fassen können.

Nicht dass Florence eine Prominente gewesen wäre. Sie war eine feministische Schriftstellerin – eine Essayistin und, wie sie selbst es nannte, eine autodidaktische Historikerin. In den Siebzigern war ihr literarischer Ruhm kurz aufgeflackert und bald wieder erloschen, wie literarischer Ruhm es nun einmal meistens tut, und seither war sie still und geduldig und fernab des Rampenlichts ihrer Arbeit nachgegangen.

Sowenig sie aber für den Rest der Welt eine große Persönlichkeit sein mochte, für Janine war sie es ohne Zweifel. Janine hatte am College eine Essaysammlung von Florence gelesen. Das Buch hatte auf der Lektüreliste für ein Feminismus-Seminar gestanden, und Florence' Schreibstil war anders als alles, was Janine bis dahin untergekommen war. Mal eloquent, mal plauderhaft, selbstkritisch oder selbstbewusst, klang er wie die Stimme einer echten Person. Später sollte derselbe Stil ihr bei anderen Autorinnen begegnen – Vivian Gornick, Ellen Willis, Katha Pollitt –, die allesamt bekannter waren, aber Florence war die Erste aus diesem Kreis, die Janine gelesen hatte, und vielleicht war das allein schon der Grund, dass sie ihr auch am meisten bedeutete.

Janine hatte nie vorgehabt zu schreiben – nach ein paar Jahren »Selbstfindung« im Anschluss an das College hatte sie sich für ein Psychologiestudium entschieden –, also war Florence kein direktes Vorbild für sie. Aber eine Inspiration blieb sie doch. Sie war und blieb für Janine das Idealbild der unabhängigen Frau.

Die Essaysammlung, die Janine am College gelesen hatte, trug den Titel *Heldentaten des Alltagslebens*, und die Vorstellung, dass es solche Taten tatsächlich gab – dass es, in den Worten eines Psychologen, den Florence zitierte, immer wieder Situationen gab, in denen man zwischen einer Wachstumsentscheidung und einer Angstentscheidung zu wählen hatte –, lud erst ihr eigenes Leben und dann, je mehr Janine darüber nachdachte, auch die Leben ihrer Freunde und Bekannten mit ungeahnter Bedeutung auf.

Erst bei dem dritten oder vierten Date mit Daniel erfuhr Janine, wer seine Mutter war. Sie konnte es kaum glauben. Sie versuchte ihre Aufregung zu verbergen und sagte nur so etwas wie: »Florence Gordon ist deine Mutter? Habe von ihr gehört.« Und als Daniel überrascht reagierte, schob sie nach: »Na ja, ich hab mal was von ihr gelesen. Es war gut.« Weil sie so gelassen tat, als sie es erfuhr (ihrem neuen Freund zu gestehen, dass sie ein Fan seiner Mutter war, wäre ihr komisch und irgendwie riskant vorgekommen), hatte Daniel nicht gleich begriffen und begriff wahrscheinlich noch immer nicht, wie viel seine Mutter ihr bedeutete. Seitdem hatten sie öfter darüber gesprochen, aber er schien seinen ersten Eindruck nie grundsätzlich zu revidieren.

»Da kommt sie«, sagte Emily, als der Saal abgedunkelt wurde.

8

Die Veranstaltung war eine Podiumsdiskussion zum zwanzigsten Jahrestag der Herbstrevolutionen von 1989.

Was für Herbstrevolutionen?, dachte Emily.

Florence saß mit zwei deutlich jüngeren Männern an einem Tisch. Einer hatte eine glänzende rasierte Glatze, der andere üppige braune Locken, denen offensichtlich besondere Pflege zuteilwurde. Alle beide strahlten testosteronsatte Selbstgewissheit aus. Emily bekam beinahe Angst, als sie ihre Großmutter, eine knochige, spröde Mittsiebzigerin, zwischen diesen strotzenden Jungs sitzen sah.

Emily war mitgekommen, um ihrer Mutter Gesellschaft zu leisten. Es interessierte sie wenig, wenn Experten über Revolutionen und soziale Umwälzungen theoretisierten. Einmal hatte sie einen Psychologen der Länge und Breite nach ausführen hören, was an Witzen witzig sei; Diskussionen über Revolutionen hatten ungefähr denselben Reiz.

Aber es machte ihr nichts aus, hier zu sein. Sie hatte ihre Ausgabe von *Middlemarch* dabei und ihre Mini-Taschenlampe am Schlüsselbund. Sie hatte alles, was sie brauchte.

Der glänzend beglatzte Mann griff nach dem Mikrophon und begann zu reden.

In letzter Zeit hatte Emily darüber nachgedacht, einen Roman zu schreiben. Sie wusste, dass sie dafür recht jung war, aber etliche ihrer Freunde hatten am

National Novel Writing Month teilgenommen, und sie dachte, wenn es nächstes Jahr wieder so weit war, könnte sie es auch einmal versuchen.

Wenn ich einen Roman schreiben würde, dachte Emily, würde ich keine Podiumsdiskussion nacherzählen wollen. Ich würde sie einfach überspringen.

9

Nach der Podiumsdiskussion gingen Emily und ihre Mutter mit Florence und zwei alten Freundinnen von ihr in ein Restaurant.

»Wie war ich?«, fragte Florence.

»›Wie war ich?‹«, sagte eine ihrer Freundinnen. »Du klingst ja wie Ed Koch.«

»Ja, wirklich?«, fragte Florence. »Verdammt.«

Emily lächelte (um so auszusehen, als wüsste sie, von wem die Rede war) und senkte den Blick (damit sie niemand darauf ansprach).

Sie hatte keine Ahnung, wer dieser Ed Koch sein sollte. Normalerweise hätte sie nachgefragt, aber ihre Großmutter hatte etwas an sich, das sie zögern ließ. Emily konnte sich an keine Gelegenheit erinnern, bei der Florence jemandem seine Wissenslücken vorgeworfen hätte, trotzdem schien sie genau die Sorte Mensch zu sein, die so etwas tat.

Die beiden alten Freundinnen waren Vanessa, die Emily schon kannte, und Alexandra, der sie noch nicht begegnet war. Florence stellte sie als »zwei Fünftel meiner Lesegruppe« vor. Diese Lesegruppe gab es seit dreißig Jahren.

Während sie ihren Salat aß und den Gesprächen lauschte, fühlte Emily sich ziemlich meta. Einerseits hörte sie nur ein paar älteren Damen beim Reden zu. Andererseits erlebte sie das Wunder einer Frauenfreundschaft.

Einer der wenigen Texte von Florence, die Emily gelesen hatte, handelte von solchen Frauenfreundschaften. Er stammte aus den 1970ern, aus der Anfangszeit ihrer Karriere. Florence führte darin im Wesentlichen aus, dass »Frauenfreundschaft« tautologisch sei, weil nur Frauen wirklich wüssten, was Freundschaft bedeute. Männer standen demnach, soweit Emily sich erinnerte, mit Affen oder Elchen auf einer Stufe: Sie konnten sich zusammenrotten und Grunzlaute von sich geben oder Geweihe vergleichen, aber nie so wie Frauen Zuneigung, Mitgefühl und Gedankenaustausch kultivieren.

Emily wusste nicht, ob Florence noch dazu stand, aber sie konnte nicht anders, als das Gespräch im Licht der Argumentation von damals anzuhören.

Die Erwachsenen hatten ihren zweiten Krug Sangria angefangen. Emily, die noch keinen Alkohol trinken durfte, hatte einen Shirley Temple bestellt – teils als Witz und teils, weil sie diesen Drink wirklich mochte.

»Kannst du das nicht beiseitelegen?«, fragte Florence.

Alexandra sah auf ihr Blackberry und tippte unbeholfen auf den Tasten herum.

»Billy kommt später vorbei, wenn er ... Er bringt Alison mit.«

Bei dem Tonfall, in dem Alexandra das sagte, war Emily sicher, dass sie von ihrem Sohn und einer Enkelin sprach. Woher weiß man so etwas? Man weiß es irgendwie.

»Man sollte das SMS-Schreiben in Restaurants verbieten«, sagte Florence. Sie patschte auf Alexandras Fingerknöchel. »Tu das weg.«

»Manche tun das sogar«, sagte Vanessa – und schon ging es los. Florence, ihre Freundinnen und Emilys Mutter redeten über das Internet, und das Gespräch wurde noch vorhersehbarer als zuvor. Warum musste bei jeder einzelnen Zusammenkunft von Erwachsenen dasselbe Gespräch stattfinden? Emily hätte manchmal am liebsten Drehbücher ausgeteilt, damit alle sich das Denken sparen konnten, aber das hätte überhaupt nichts gebracht, denn sie dachten gar nicht nach – sie sagten einfach dasselbe wie beim letzten Mal. Erst redeten sie darüber, wie überflüssig Twitter sei, und dann widersprach jemand und sagte, Twitter habe den Menschen weltweit geholfen, Proteste zu organisieren, und dann ging es um Facebook, und manche hielten es für Zeitverschwendung, und letztlich gestanden die meisten verschämt, dass sie selbst auf Facebook waren. Ungefähr an der Stelle verschwand Emily üblicherweise im Bad, weil sie wusste, was kommen würde, nämlich, dass jemand sich an sie wandte, als wäre sie die Repräsentantin der Jugend von heute, und sie fragte, ob sie noch in der Lage sei, lange Texte zu lesen, oder ob sie Twitter nutze oder ob sie auf Facebook sei (das fragten sie allen Ernstes) oder ob sie eine Gmail-Adresse hätte. Es konnte einen wahnsinnig machen.

Emily war ein toleranter Mensch, aber die Ignoranz alter Leute war manchmal schwer zu ertragen.

»Also, wie war ich?«, fragte Florence, als das Facebook/Twitter-Gespräch beendet war. »Das hat noch niemand beantwortet.«

»Du warst brillant, Florence«, sagte Alexandra.

»Allerdings«, sagte Vanessa. »Und hast du die Nasenringe im Publikum gezählt? Du bist ein richtiges Jugendidol.«

Florence aalte sich wie eine Katze im Sonnenschein. Es war seltsam, dachte Emily, wenn jemand, der so alt und vermeintlich weise war, nach Komplimenten fischte. Aber so offen und gut gelaunt, wie Florence es tat, wirkte es fast schon wieder süß.

»Ich war allerdings überrascht. Es gab Momente, da hast du dich wie eine blauäugige Optimistin angehört«, sagte Vanessa.

»Ich halte nicht viel von der ewigen Unkerei«, sagte Florence. »Habt ihr *Die Stadt und das Land* gelesen?«

Aus unerfindlichen Gründen sah sie dabei Emily an, die nie davon gehört hatte.

»Raymond Williams«, sagte Florence, als sei damit alles erklärt. »Williams zitiert einen seiner Zeitgenossen – Leavis, glaube ich – mit der Behauptung, vor dreißig Jahren sei das Leben besser gewesen, als England eine echte Gemeinschaft war. Dann zitiert er jemanden aus der Zeit dreißig Jahre davor, der meint, der Gemeinschaftssinn sei dreißig Jahre vor *seiner* Zeit abhandengekommen. So geht es immer weiter zurück bis zum Römischen Reich, wo Plinius, oder wer immer es war, den Verhältnissen nachweint, die er aus *seiner* Jugend kennt.«

»Das bedeutet doch gar nichts«, sagte Vanessa, und dann sagte sie noch etwas über Raymond Williams, und Florence konterte mit etwas über Joan Scott, und Emily verstand kein Wort.

»Wirst du wohl aufhören?«, sagte Florence.

Alexandra starrte wieder auf ihr Blackberry.

»Nur kurz. Ich muss nur …«

Und mehr sagte sie nicht. Sie war ganz von dem eingenommen, was sie da las.

»Herrgott«, sagte Florence. »So weit sind wir schon?«

Sie beugte sich über den Tisch und schlug auf den Handrücken ihrer Freundin – schlug ihr das Blackberry aus der Hand. Sie nahm es und versenkte es im Sangriakrug.

10

Emily war die Schnellste in der Runde. Sie fischte es aus dem Krug, trocknete es mit ihrer Serviette und gab es Alexandra zurück.

»Was erwartet ihr denn?«, sagte Florence. »Solange sie die Anti-Handy-Gesetze nicht verschärfen, nehmen besorgte Bürger die Sache eben selbst in die Hand.«

Die Unterhaltung plätscherte weiter. Alexandra verzieh ihr; mit kaum mehr als einem entnervten Kopfschütteln war die Sache aus der Welt.

Ich an ihrer Stelle wäre sofort gegangen, dachte Emily, aber anscheinend sind sie schon so lange befreundet, dass sie einander einfach alles verzeihen können.

Emily wollte ihre Großmutter liebenswert finden. Aber das war nicht leicht. Florence schien richtig stolz darauf zu sein, das Handy ruiniert zu haben, und ihre Freundin schien sich damit abzufinden. Für das Privileg, sie zu kennen, nahm man offenbar ihre Marotten in Kauf. Aber Emily musste immer wieder daran denken, wie sehr sich Alexandra auf den Besuch ihres Sohnes und der Enkelin freute. Vielleicht hatte sie gerade auf dem Blackberry rumgetippt, um die Ankunftszeit am Flughafen herauszufinden.

Als sie aufbrachen, schlug Florence Janines Angebot aus, gemeinsam ein Taxi zu nehmen.

»Ihr seht großartig aus, alle beide«, sagte Florence. »Emma, ich kann gar nicht glauben, wie groß du geworden bist.«

»Emma«, sagte Emily, als sie im Taxi saßen.

»Es war dicht dran«, sagte Janine.

11

Ihre Schwiegertochter und ihre Enkelin loszuwerden war ein schwieriger Akt. Janine versuchte immer wieder, sie zu einer gemeinsamen Taxifahrt zu überreden, weil es unverantwortlich sei, um diese Zeit allein zu Fuß zu gehen – als hätte Janine eine Ahnung von New York –, aber schließlich gelang es Florence doch noch, sie abzuschütteln, die beiden ins Taxi zu bugsieren und die Tür hinter ihnen zuzumachen.

Emily war wie üblich neugierig gewesen und dabei ironisch und distanziert. Florence hatte vielleicht überhaupt noch niemanden kennengelernt, der sich derart bedeckt hielt wie ihre Enkelin, die sie soeben vielleicht aus Versehen Emma genannt haben könnte.

Es war eine Freude, allein zu sein. Sie schlüpfte gern in ihre öffentliche Rolle, und es machte Spaß, in der Town Hall die alte Löwin zu geben, aber wieder allein zu sein war noch viel, viel besser. Sie lief Richtung Norden, fünfundzwanzig Häuserblocks durch die prachtvollen, regennassen Straßen, und kam sich vor wie der fleischgewordene Glamour dieser Stadt.

Die Last, sich mit anderen abzugeben, war ihr manchmal kaum erträglich. Die Last so vieler Bedürfnisse. Sie spürte, wie bedürftig auch ihre Schwiegertochter war, und sie begriff nicht, warum. Was habe ich ausgerechnet mit ihr zu tun? Hat sie nicht Daniel, hat sie nicht ihre eigenen Eltern und die Kinder? Wozu braucht sie dann mich?

12

Für wie abgebrüht man sich auch immer halten mag, dachte Daniel Gordon, auf New York ist man nie richtig vorbereitet.

Als Polizist taxierte er auf dem Weg zur Grand Central Station gewohnheitsmäßig jeden Passanten auf sein kriminelles Potential – nach gut zwanzig Dienstjahren merkte er das nicht einmal mehr – und fühlte sich gleich überfordert. In New York sah jeder wie ein Missetäter aus. Selbst die älteren Damen – selbst die wirkten, als gingen sie irgendwelchen krummen Geschäften nach.

Mit dem Bus vom Kennedy Airport kam man bis Midtown, und Emily hatte darauf bestanden, ihn dort abzuholen, also hatten sie sich im Grand Central verabredet.

Als er dort ankam, stand sie schon in der riesigen Haupthalle mit der Gewölbedecke neben der Information und wartete. Er erblickte sie aus zwanzig Metern Entfernung und hatte dasselbe Gefühl, das ihn immer überkam, wenn er sie sah, diese Mischung aus Beglückung und Sorge. Die Welt kann nie sicher genug sein, wenn man Kinder hat.

Mit neunzehn war sie eine langgliedrige brünette Schönheit – er jedenfalls fand sie schön.

Er stellte seine beiden Koffer ab, und sie umarmten sich.

»Hast du mich vermisst?«, fragte sie.

»Es ging.«

Darüber lächelte sie, weil sie wusste, dass die Antwort seine Art war, ja zu sagen.

»Es ist komisch, dich in New York zu treffen«, sagte sie.

»Dito. Wo ist deine Mom?«

»Sie ist erkältet. Hat sie das nicht gesagt?«

»Ich habe sie seit Dienstag nicht gesprochen.«

Emily begann ihm von Janines Erkältung zu erzählen. Er konnte sich kaum darauf konzentrieren vor Freude, sie zu sehen.

Kurz vor dem Ausgang des Gebäudes sprintete ein Mann an ihnen vorbei. Sekunden später folgten ihm vier Polizisten. Emily redete weiter.

»Du bist schon eine echte New Yorkerin«, sagte er, aber weil sie die Szene nicht mitbekommen hatte, wusste sie gar nicht, wovon er sprach.

»Nehmen wir ein Taxi?«, fragte er.

»Lass uns erst mal laufen. Ich helfe dir ziehen.«

Sie wollte nach einem der Koffer greifen, aber er ließ es nicht zu.

Sie gingen in den sonnigen Tag hinaus. An einer Straßenecke nahm sie sanft seinen Arm und bog mit ihm nach Norden ab.

Selbst das Gehen war in New York etwas anderes. Es war voll auf den nachmittäglichen Straßen, und immer wieder schoben sich Leute ungeduldig an ihm vorbei. Eine Frau, die seine Mutter hätte sein können, starrte ihn im Vorübereilen verächtlich an.

Er würde Zeit haben, sich an das alles wieder zu gewöhnen. Weil er pro Jahr nur eine Woche frei nahm, hatte er seit zwei Jahrzehnten Urlaubstage angespart und inzwischen genug beisammen, um vom Memorial Day bis Ende September zu pausieren.

»Wie gefällt dir der Kurs?«

Sie hatte sich für einen Literaturkurs eingeschrieben, den das Barnard in seinem Sommer-Studienprogramm anbot.

»Der beginnt nächste Woche. Es wird toll. Jane Austen. George Eliot. Virginia Woolf. Was kann da schon schiefgehen?«

»Und wovon ernährst du dich so in letzter Zeit?«

»Wie bitte?«

»Wovon du dich ernährst.«

»Wir schreiten zum Verhör.«

»Ich frage nur, was du isst. Was soll daran …«

»Und warum fragst du, was ich esse?«

»Ich will nur wissen, ob du richtige Nahrung zu dir nimmst oder dasselbe Vogelfutter wie zu Hause. Ich verstehe nicht, was …«

»Schon gut! Ich gestehe! Ich esse Vogelfutter.«

»Im Ernst, bist du immer noch vegan?«

»Vegan. Ja, ich bin immer noch vegan.«

»Warum? Vegetarier verstehe ich ja, aber …?«

»Willst du es wirklich wissen?«

»Ja, will ich.«

»Den eigentlichen, wahren Grund?«

»Ja.«

»Weil ich dich so gern ärgere.«

Er schüttelte scheinbar resigniert den Kopf, aber in Wirklichkeit genoss er jeden Augenblick.

Er hatte sie schon tausend Mal zu ihren Ernährungsgewohnheiten befragt, und im Grunde interessierten sie ihn nicht – sie war offensichtlich kerngesund –, aber trotzdem fragte er immer wieder gern, weil sie es von ihm erwartete.

Mitten in Manhattan bewegte sie sich genauso leicht und unbekümmert wie sonst in Seattle. Das war gut, denn es hieß, dass sie sich überall zu Hause fühlte. Es war schlecht, weil man in New York auf der Hut sein sollte.

Er sorgte sich um ihre Sicherheit, er sorgte sich um ihr persönliches Glück, er sorgte sich um ihr Durchhaltevermögen. Als sie beschloss, ihr College-Studium auszusetzen, hatte es ihn nicht gerade gefreut; man könnte fast sagen, dass er in Panik geraten war. Janine hatte ihn beruhigen müssen.

Aber dann wieder fühlten sich all diese Sorgen rein oberflächlich an. Tief drinnen war er voller Vertrauen – in das, was sie war, und das, was sie werden würde.

Seine Kinder zu lieben ist nichts Besonderes; es löst ganz andere Glücksgefühle aus, wenn man feststellt, dass man sie bewundert. Emily war eine sehr anständige junge Frau. Er erinnerte sich noch an einen Nachmittag, als sie sechs oder sieben gewesen war und mit einer Freundin im Wohnzimmer spielte. Die beiden warfen sich einen Ball zu oder so etwas, und ihre Freundin sagte: »Ich bin viel schlechter da drin als du«, und Emily antwortete schlicht: »Du übst noch.« Das war Emily.

»Hast du Kontakt mit dem ewigen Wanderer?«, fragte er. Mit Mark, ihrem Bruder.

»Klar.«

»Wie geht es ihm?«

»Keine Ahnung. Sahnemäßig wahrscheinlich, wie du es ausdrücken würdest.«

»Was macht er so?«

»Woher soll ich das wissen?«

»Du weißt es. Dir entgeht nie was. Liest er? Erfindet er Sachen im Internet? Geht er mit irgendwem aus? Was tut er den ganzen Tag?«

»Ich weiß es wirklich nicht. Seinen Facebook-Status hat er nicht geändert. Das ist alles, was ich weiß.«

»Das ist alles, was du rausrückst. Und deine Mom?«

»Hat ihren Status auch nicht geändert«, sagte Emily.

»Was macht sie so?«

»Lesen. Sachen im Internet erfinden. Ausgehen.«

»Ich will Fakten, verdammt. Fakten!«

»Ich habe keine Fakten. Ich sehe sie ja praktisch nie. Wenn ich nach Hause komme, schläft sie schon. Wenn ich morgens aufstehe, ist sie laufen.«

Janine war eine passionierte Läuferin und Schwimmerin. Sie pflegte diese Hobbies nicht in dem verbissenen Bemühen, das Alter abzuwehren, sondern aus purem Überschwang, weil sie so viel Energie abzubauen hatte.

Zu Hause fuhr er manchmal beim YMCA vorbei und holte sie vom Schwimmen ab. Er sah sie gern aus dem Wasser steigen.

»Habt ihr meine Mutter getroffen?«, fragte er.

»Ungefähr anderthalb Mal.«

»Wie geht es ihr?«

»Großartig. Neulich waren wir mit ihr essen. Sie hat ein Blackberry ruiniert. Und mich Emma genannt.«

»Das fasse ich nicht.«

»Welches fasst du nicht?«

»Dass sie dich Emma genannt hat.«

»Klar hat sie das. Letztes Jahr hieß ich für sie Amelia.«

»Sie hat es nicht so mit Namen. Aber sie liebt dich.«

»Sie liebt mich auf ganz eigene Weise«, sagte Emily.

»Und meinen Vater?«

»Noch weniger. Ein halbes Mal.«

Männer, Männer aller Altersklassen drehten sich nach seiner Tochter um. Daniel hätte sie alle am liebsten geschlagen.

Die Mietwohnung lag in der Upper West Side. Janine bezahlte sie von dem Stipendium, das es ihr ermöglicht hatte, nach New York zu kommen. Zufällig lag die Wohnung nur wenige Blocks von dem Haus entfernt, in dem Daniel aufgewachsen war.

Die Gegend hatte sich geändert und auch wieder nicht. Es verpasste ihm eine Gänsehaut, hier zu sein, aber das hätte er Emily nie gesagt. Er war nicht der Typ dafür, zuzugeben, dass er eine Gänsehaut bekam.

In der Lobby hing ein undefinierbarer, aber unverkennbarer Geruch: nach gekochten Kartoffeln, Putzmittel, altem, ausgelaugtem Marmor und der Traurigkeit älterer Juden. Ein Geruch, den er aus allen Upper-West-Side-Mietshäusern seiner Jugend kannte.

Der Fahrstuhl war eine echte Antiquität; während sie langsam aufwärts ruckelten, kam es Daniel vor, als würde er in die Vergangenheit gesogen. Als sei er mit siebenundvierzig Jahren unten eingestiegen und sei jetzt, im vierten Stock, ein Kind.

Schnell schüttelte er das Gefühl wieder ab. Er trug ein Jackett. Seine neunzehnjährige Tochter stand neben ihm. Er war ein erwachsener Mann.

»Ich bin gespannt, wie du es hier findest«, sagte Emily.

Sie öffnete die Tür zu einer Wohnung mit schäbigem Mobiliar, verblassten Tapeten, seit Jahrzehnten vernachlässigten Dielen und, als Entschädigung für alles andere, einem Blick auf das spätfrühlingsfrische Grün des Riverside Park.

Er stellte die Koffer ab und fühlte sich friedvoll. Er war da, wo er hingehörte, nicht weil er seine Kindheit und Jugend hier zugebracht hatte, sondern weil seine Frau und eins seiner Kinder bei ihm waren.

»Wo ist die Frau?«

Emily wies mit dem Kopf auf eine Durchgangstür, und er folgte dem Wink.

Janine lag im Wohnzimmer auf der Couch. Sie trug ihren Bademantel, und neben ihr türmten sich zerknüllte Taschentücher auf.

»Du siehst schrecklich aus, Schatz«, sagte Daniel.

Er sagte es leise, und Emily, die die beiden beobachtete, war peinlich berührt. So selten Daniel sie auch in Worte fasste, seine Gefühle waren manchmal so stark, dass es fast unerträglich wurde. Bei dem Blick, mit dem er jetzt ihre Mutter ansah, zog sich Emily aus dem Zimmer zurück.

13

Die folgenden Stunden waren anstrengend. Für Janine jedenfalls. Wie es den anderen ging, wusste sie ja nicht.

Daniel und sie waren seit dreiundzwanzig Jahren verheiratet. Sie hielt ihre Ehe für glücklich, sie hielt sie für intakt – nicht nur oberflächlich, sondern wahrhaftig. Aber sie hatten sich monatelang nicht gesehen, und schon wenn sie sich ein paar Tage trennten, erinnerte sie das Wiedersehen an die simple Tatsache, dass er nie ihr Typ gewesen war.

Er war so *männlich*, dachte sie, als er durch die Küche pirschte und alles anatmete. Sie und Emily hatten die zwei Monate in so intuitivem Einvernehmen verbracht, dass es ihnen nicht einmal bewusst geworden war. Aber jetzt war Daniel hier und verteilte seine Männlichkeit überall.

Sie trank am Küchentisch Tee, und er durchsuchte die Schränke. Angeblich suchte er etwas zu essen, aber als sie ihn so beobachtete, wurde sie den Verdacht nicht los, dass sein Verlangen nach Nahrung, so hungrig er auch sein mochte, im Augenblick zweitrangig war und dass es ihm, wenn auch unbewusst, in Wirklichkeit nur darum ging, ihre Ordnung durcheinanderzubringen. Er schaute in den Kühlschrank und räumte Sachen um; er schaute in ein Regal und räumte wieder Sachen um. Unter dem Vorwand, etwas zu suchen, stellte er den Zucker dahin, wo sie den Tee aufbewahrte, und den Tee, wo die Rosinen hingehörten, und stellte die Rosinen Gott weiß wohin.

Er brachte eigentlich gar nichts durcheinander, sondern räumte nur alles um. Es war, als hätte sie, als sie die Wohnung einrichtete, einen weißen Bauern gezogen und als zöge er jetzt einen schwarzen, und schon begann die nächste Partie im großen Spiel der Ehe.

14

»Lass uns spazieren gehen«, sagte sie.

Sie liefen den Broadway entlang. Hier draußen ging es ihr gleich ein wenig besser.

»Wie war es bis jetzt?«, fragte Daniel. »Wie geht es dem Mädchen?«

»Ihr geht es bestens. Sie sieht gut aus, findest du nicht?«

»Großartig. Was macht sie so?«

»Sie freut sich auf ihren Kurs. Lauter Schriftstellerinnen, von …«

»Hat sie mal davon geredet, wieder richtig zu studieren?«

»Nur wenn ich sie darauf angesprochen habe. Aber – ja. Das hat sie vor. Sie hat Onlinebroschüren durchgeblättert.«

»Will sie nicht ans Oberlin zurück?«

»Eher nicht. Manchmal will sie was Größeres, sagt sie, und manchmal etwas Trendigeres. Sie sagt, sie findet Studieren toll, will es aber seitwärts angehen.«

»Was zum Geier soll das denn heißen?«

»Wenn ich das nur wüsste.«

Weil sie im dritten Collegesemester unzufrieden gewesen war, hatte Emily beschlossen, das vierte freizunehmen und in der Buchhandlung zu arbeiten, in der sie seit drei Jahren den Sommer über jobbte. Und als die im März plötzlich schließen musste, hatte sie Janines Einladung angenommen, mit ihr ein paar Monate in New York zu verbringen.

»Hast du von dem Jungen gehört? Er ruft mich nie zurück.«

Ihr Sohn hatte ein Jahr zuvor seinen Abschluss am Reed gemacht und lebte jetzt in Portland von der Hand in den Mund.

»Dem Jungen geht es prima«, sagte sie. »Der Junge liest und schreibt. Angeblich jedenfalls.«

»Angeblich jedenfalls. Und was schreibt er angeblich so?«

»Keine Ahnung. Beat-Lyrik. Den großen amerikanischen Roman.«

»Schon komisch«, sagte er. »Man weiß gleich, wie es klingt, noch bevor man ein Wort gelesen hat. Wenn er denn schreibt.«

Sie nickte, aber ohne zu lächeln, weil sie Mark gegenüber nicht unsolidarisch sein wollte. Trotzdem wusste sie genau, was Daniel meinte. Falls ihr Sohn an einem Roman arbeitete, wäre es ein pubertärer

Kerouac-Verschnitt, zusammenhangloses Stream-of-Conciousness-Geraune über Drogen, Sex und Reisen, und ziemlich schwer verdaulich.

»Aber eines Tages schreibt er vielleicht doch den großen amerikanischen Roman«, sagte sie. »Vielleicht muss er, was er jetzt schreibt …«

»Falls er jetzt etwas schreibt.«

»Vielleicht muss er sich das erst von der Seele schreiben.«

»Natürlich. Ich sollte nicht so hart zu ihm sein. Natürlich produziert er erst mal Juvenilia. Er ist schließlich jung.«

»Du musst einer von wenigen Polizisten sein, die das Wort ›Juvenilia‹ benutzen.«

»Das ist ein verbreiteter Irrglaube. Viele von uns tun das. Es gibt einen richtigen Trend.«

»Einen Trend zum Gebrauch des Wortes ›Juvenilia‹.«

»Einen Trend, unser Vokabular zu erweitern.«

»Das habe ich irgendwo mal gelesen. Ihr benutzt … wie hieß es … *Word Power*, oder?«

Er lächelte, als sie das sagte, denn nur Menschen in einem ganz bestimmten Alter kannten die *Word Power*-Wortschatzhefte aus ihrer Grundschulzeit.

»*Word Power*. Ganz genau. Wir treffen uns einmal die Woche, freitags nach der Mittagspause, und lernen neue Vokabeln. Eine neue Vokabel pro Woche.«

»Ich wollte schon fragen, ob es genau ein Wort pro Woche ist. So war doch das Rezept von *Word Power* immer.«

»So war das Rezept, und so halten wir es auch. Es gab Leute, die fanden, wir sollten schneller machen, aber die Traditionalisten haben die Oberhand behalten.«

»Du musst einer von wenigen Polizisten sein, die Ausdrücke wie ›die Oberhand behalten‹ benutzen.«

»Das ist ein verbreiteter Irrglaube«, sagte er, und sie lachte.

So also fanden sie wieder zueinander, so überbrückten sie den Graben nach einer Trennung. Sie spielten. Seit sie ihm zum ersten Mal begegnet war, konnte sie mit ihm auf eine Weise spielen, die sie sonst überhaupt nicht von sich kannte.

Jetzt war es alles wieder da: wer er war, was sie aneinander hatten.

15

Aber diesmal war es anders als bei früheren Wiedersehen. Es war anders, weil sie sich diesmal nicht von dem Genuss einer Reise losreißen musste oder dem Genuss, die Kinder allein zu betreuen (Eltern geben es ungern zu, aber den meisten fällt es leichter, ihre Kinder allein zu betreuen, ohne dass ihnen der Partner dazwischenpfuscht), sondern heute musste sie sich von dem Genuss losreißen, einen anderen Mann kennenzulernen. Sie hatte gehofft, dass ihre Verliebtheit in Lev sich verflüchtigen würde, wenn sie Daniel wiedersah, und erst dachte sie, es würde funktionieren, aber im Laufe des Tages musste sie sich eingestehen, dass dem nicht so war.

16

»Würdest du bitte dieses Ding weglegen?«, fragte Daniel.

»Das kann ich nicht so einfach.«

»Kommst du nicht mal eine Stunde ohne aus?«

»Ich weiß ja nie, wann Oma mich erreichen will.«

Sie saßen in einem italienischen Restaurant, wo sie mit Florence und Saul zum Abendessen verabredet waren.

»Glaubst du, das war eine gute Idee?«, fragte Janine. »Die beiden zusammen?«

»Darüber reden wir danach noch mal«, sagte Daniel.

Als Daniel rausging, um jemanden zurückzurufen, sagte Emily: »Dad wirkt so nervös.«

»Findest du?«

»Ist es dir gar nicht aufgefallen?«

»Nein. Was soll mir aufgefallen sein?«

»Dass er nervös ist.«

»Warum denkst du, er sei nervös? Hat er Nägel gekaut, hat er …«

»Nein. Er hat gar nichts gemacht. Ich habe es trotzdem gemerkt. Und du auch.«

»Es ist ja auch kein Wunder«, sagte Janine.

»Warum?«

»Er macht sich eine Menge Gedanken.«

»Welche denn?«

»Zum Beispiel, ob er seinen Job kündigen soll.«

»Darüber hat er sich schon vor sechs Monaten Gedanken gemacht.«

»Aber jetzt sind sechs Monate vergangen, also stellt sich die Frage anders. Und na ja, du weißt schon, seine Eltern.«

»Was ist mit denen? Das sind nette alte Leute.«

Janine fragte sich, ob ihre Tochter mauerte. Es gab viele treffende Beschreibungen für Florence und Saul, aber »nette alte Leute« gehörte nicht dazu.

»Seine Eltern sind der Wahnsinn«, sagte Janine. »Zwei ganz eigene Ausprägungen davon. Das weißt du doch.«

»So wahnsinnig finde ich sie gar nicht.«

»Dann hast du Glück.«

»Und überhaupt«, sagte Emily lächelnd, »sind Eltern nicht immer der Wahnsinn?«

Sie saßen dicht am großen Fenster und konnten mehrere Blocks weit sehen.

»Da kommt sie«, sagte Emily.

Florence überquerte gerade die Straße – eine gepflegte, forsche und ganz und gar einschüchternde 75-jährige Dame. Sie ging ein wenig schief, weil sie eine schwere Laptoptasche über der Schulter trug.

Wie üblich war sie ganz in Gedanken versunken. Sie lief an Daniel vorbei, ohne ihn zu bemerken.

Janine beobachtete ihn: Er telefonierte immer noch, hob aber die Hand, um seine Mutter zu begrüßen, und schmunzelte, als sie vorüber war.

»Wie schön, euch wiederzusehen«, sagte Florence, als Janine aufstand, um sie zu umarmen.

Wenn sie weniger höflich gewesen wäre, hätte Janine darüber gelacht. Gleich nach ihrer Ankunft in New York hatte sie mit Florence telefoniert, und sie hatten beide beteuert, sich bald treffen zu wollen, und dann hatte mit Ausnahme der unseligen Überraschungsparty keine von beiden die andere kontaktiert, bis Janine die Ankündigung für die Podiumsdiskussion in der Town Hall entdeckt und Florence geschrieben hatte, dass sie mit Emily kommen würde.

Janine hatte öfter überlegt, sie anzurufen, sich aber doch jedes Mal zurückgehalten, weil ihr im letzten Moment wieder einfiel, dass ein Treffen mit Florence nie so lief, wie man es sich erhoffte. Florence ließ nie zu, dass man sich entspannte. Immer fragte sie Janine, ob sie dieses gelesen oder jenes gehört hätte, und die Antwort lautete meistens nein. Nach so einem Gespräch ging es ihr, als hätte sie eine intellektuelle Tracht Prügel eingesteckt. Florence war selbst dann irgendwie beleidigend, wenn sie es gar nicht beabsichtigte. Sie gab Janine immer das Gefühl, die feministische Verheißung nicht erfüllt zu haben. Janine verstand selbst nicht, wie sich dieses Gefühl bei ihr festsetzen konnte, schließlich war sie so emanzipiert, wie man nur sein konnte, ohne direkt Aktivistin zu werden. Sie war erfolgreich in ihrem Beruf, der sie nach fast zwanzig Jahren noch immer faszinierte, hatte ihren eigenen Lebensunterhalt verdient, während sie zwei Kinder großzog.

Sie wusste nicht, was das Problem war, aber offensichtlich gab es ein Problem.

Zu Beginn ihrer Ehe mit Daniel hatte Janine noch oft versucht, Florence in Gespräche zu verwickeln. Es gab so vieles, das sie ihre Schwiegermutter fragen wollte. Arbeitest du gerade an einem Buch? Wie war dieser Satz in deinem letzten Essayband gemeint, der so klang, als wolltest du Susan Sontag beleidigen? Hat dir mal jemand vorgehalten, dass in dem Essay über deine wichtigsten Einflüsse über die Hälfte der Genannten Männer sind? Aber sie hatte einsehen müssen, dass sie auf solche Fragen immer nur unwirsche Antworten bekam. Manchmal hatte Janine Florence zu Schlüsselstellen in ihrem Werk befragt – Stellen, die sie zumindest für Schlüsselstellen hielt –, und Florence hatte sich gar nicht an sie erinnert oder sie für unwichtig erklärt. Irgendwann kam Janine sich wie ein tragisches Fangirl vor, eins dieser Mädchen, die bei Scifi-Messen Spock-Ohren tragen, also hörte sie auf, Florence zu ihren Texten zu befragen.

Mit anderen Themen erging es ihr nicht besser. Ein oder zwei Mal war sie in den ersten Jahren nach der Hochzeit allein in New York gewesen und hatte sich bei Florence gemeldet, und wenn sie dann essen gingen, versuchte sie es mit Daniel als Einstiegsthema. Aber egal, was sie Florence über Daniels Leben erzählte, es schien sie bemerkenswert wenig zu interessieren.

Als Daniel jetzt an den Tisch zurückkehrte, knöpfte Florence ihn sich vor.

»Na, wie geht's, mein Sohn? Lochst du schön viele Kriminelle ein?«

»Das ist eigentlich nicht mein Job, Mom.«

»Ach, nein? Bist du gar nicht mehr bei der Polizei?«

»Doch, Mom. Ich bin bei der Polizei. Aber ich loche keine Kriminellen ein.«

»Lochst du Bastarde ein?«

»Bastarde?«

»Bastarde. So nennt man Kriminelle doch als Cop.«

»Da hat wohl jemand *The Wire* geguckt«, sagte Emily.

»Vanessa hat es mir zum Geburtstag auf DVD geschenkt«, sagte Florence.

»Dann kennst du dich mit Cops ja besser aus als ich«, sagte Daniel.

Florence schien ihren Sohn ständig triezen zu müssen. Janine verstand das nicht, hatte aber eine Theorie dazu. Die Theorie lautete, dass Florence oder dass Daniels Eltern beide noch immer nicht fassen konnten, wie er als Sohn zweier reinrassiger New Yorker Intellektueller ein Polizist hatte werden können; dass beide es nach all den Jahren noch immer nicht akzeptierten.

»Und wie lange bleibst du jetzt hier?«, fragte Florence.

»So lange ich mag. Ich feiere meine Urlaubsansprüche der letzten zweiundzwanzig Jahre ab.«

»Du kannst Urlaub ansammeln? Ihr müsst eine gute Gewerkschaft haben.«

»Yep.«

»Und du hast allen Ernstes zwei Jahrzehnte lang nicht frei genommen? Das kann doch nicht sein.«

»Genau eine Woche pro Jahr«, sagte Janine. »Man konnte die Uhr danach stellen.«

»Wolltest du nie richtig frei haben und irgendwo hinfahren?«

»Doch«, sagte Daniel. »Wollte ich. Ich hatte immer vor, mal im Reisebüro vorbeizuschauen.«

»Bis es dann keine Reisebüros mehr gab«, sagte Emily.

»Na, wie auch immer. Jetzt bist du also raus aus der Tretmühle. Wie gefällt es dir, wieder in New York zu sein?«, fragte Florence.

Daniel trank langsam sein Glas leer und stellte es ab. »Könnte nicht besser sein.«

Es folgte eine unbehagliche Pause, bis Emily sagte: »Er tut so, als sei das ein Witz, aber es ist keiner. Wir sind alle begeistert. Wir finden es toll, in New York zu sein, und besonders toll, dich zu sehen.«

Janine fand es rührend, wie aufrichtig Emily das sagte. Sie war wie alle anderen Jugendlichen ihrer Generation vom Ironievirus infiziert und trotzdem zu emotionaler Unmittelbarkeit imstande. Emily legte keinen Wert darauf, immer cool zu sein.

»Das stimmt«, sagte Janine.

Florence lächelte beifällig, was sich wohl eher auf Emilys Begeisterung für New York als auf ihre Zuneigung zu Florence bezog. Sie war praktisch die Botschafterin von Manhattan. In ihren Augen ließ sich alles Leben, das anderswo stattfand, nur eingeschränkt

Leben nennen. Sie fand vermutlich, dass es für Paris-Bewohner gut und schön sein mochte, in Paris zu leben, und für Londoner in London, aber wie ein denkender Mensch innerhalb der USA freiwillig außerhalb von New York leben konnte, war ihr unbegreiflich.

Florence musterte Janine. Sie inspizierte sie, wie man einen möglicherweise gefälschten Geldschein inspiziert.

»Ich glaube kaum, dass sie wieder heimgehen wird«, sagte sie dann zu Daniel. »Pass bloß auf, Junge.«

Janine fühlte sich ertappt, als hätte Florence sie durchschaut.

In dem Moment, im schlimmstmöglichen Augenblick, meldete sich Janines Handy. Es war in der Handtasche, die neben ihr auf dem Boden stand; es surrte, zappelte und bebte. Eigentlich war es nur im Vibrationsmodus, aber Janine kam es gerade besonders lebhaft vor.

»Und du gehst auch nicht zurück«, sagte Florence zu Emily. »Das sehe ich doch. An welchem College warst du noch mal?«

»Das muss sich erst noch zeigen.«

»Nein, muss es nicht. Du wirst natürlich ans Barnard wechseln oder an die NYU.«

»Warum natürlich?«

»Aus demselben Grund, aus dem auch deine Mutter hierbleiben wird. Euch hungert nach dem Leben des Geistes.«

»Mich hungert auch nach dem Leben des Geistes«,

sagte Daniel freundlich. Sein zweiter Drink wurde vor ihm abgestellt.

»Dich«, sagte Florence.

Janines Handy hatte sich beruhigt, aber jetzt erzitterte es noch einmal, schüttelte sich vor Freude, eine Nachricht empfangen zu haben. Sie hoffte, dass sie nicht rot geworden war.

»Sollte dein Vater nicht auch hier sein?«, fragte Florence.

»Wir haben gestern telefoniert«, sagte Daniel. »Er sagte, er würde kommen. Selbstredend. Was auch immer das wieder heißen soll.«

»Wahrscheinlich kann er sich nicht von der Arbeit losreißen. Du kennst doch Saul. Er hat seine Geistesfülle noch nicht zur Neige gekostet.«

Es war nicht nett, das zu sagen, denn Sauls Geistesfülle war offensichtlich schon vor längerer Zeit zur Neige gegangen. Er sah sich noch immer als Schriftsteller, hatte aber seit zwanzig Jahren nichts Nennenswertes veröffentlicht. Er behauptete immer zu schreiben, behauptete immer, mit »zwei, drei Verlagen« in Kontakt zu sein, die sich für seine Arbeit interessierten, aber nichts wurde je fertig, nichts wurde je gedruckt.

»Wir sollten bestellen«, sagte Florence. »Die Gunst der Stunde wartet auch nie, bis Saul auftaucht.«

Als der Kellner wieder gegangen war, fragte Emily: »Und du schreibst also deine Memoiren?«

»Woher weißt du das?«

»Von der Überraschungsparty. Du hast es irgendwem gesagt, bevor du verschwunden bist.«

»Die legendäre Überraschungsparty«, sagte Daniel. »Saubere Leistung, Mom.«

»Danke sehr«, sagte Florence.

Janine glaubte eine Andeutung von Scham in Florence' Zügen zu lesen, aber vermutlich irrte sie sich. Vermutlich denke ich das nur, weil ich mich an ihrer Stelle schämen würde.

»›Vielen Dank, dass ihr alle gekommen seid‹«, zitierte Daniel. »›Und jetzt lasst mich gefälligst in Frieden.‹«

»Sagt man das nicht so bei Geburtstagspartys?«, antwortete Florence.

»Das könnten deine letzten Worte werden«, sagte Emily. »›Lasst mich gefälligst in Frieden.‹«

»Und deine letzten Worte?«, fragte Florence.

»Emilys?«, sagte Janine. »›Lasst mich nur kurz noch die Seite zu Ende lesen.‹«

»Also, in deinen Memoiren«, sagte Emily, »schreibst du da auch über Dad?«

»In einer Fußnote vielleicht«, sagte Daniel.

»In einer Fußnote vielleicht«, sagte Florence.

»Sie hat viel Wichtigeres zu sagen«, sagte Daniel. »Mit Nebensächlichkeiten wie ihrem Sohn gibt sie sich ganz bestimmt nicht ab.«

»Und dir wurde eine Medaille verliehen, stimmt's?«

»Stimmt.«

Florence war im Frühjahr von der American Academy of Arts and Letters mit einer Goldmedaille ausgezeichnet worden.

»Das muss ja toll gewesen sein.«

»War es auch«, sagte Florence. »Man sitzt natürlich nicht da und wartet auf so eine Anerkennung. Aber es ist schön, wenn man sie bekommt.«

Janine wusste selbst, dass sie jede Äußerung ihrer Schwiegermutter überinterpretierte, aber das fand sie irgendwie erfrischend – was sie gesagt hatte und wie. Jede andere Frau hätte, wenn man sie auf so eine Auszeichnung ansprach, ihre Verdienste heruntergespielt, die Ehrung kleingeredet oder sich sonst irgendwie herabgesetzt. Janine bewunderte Florence dafür, dass sie die Anerkennung einfach genoss.

»Für meine Mom bist du der Held«, sagte Emily mit dieser beunruhigenden Fähigkeit, Janines Gedanken zu lesen.

»Na, hoffentlich nicht.«

»Doch! Du bist für sie der Inbegriff der feministischen Intellektuellen. Sie findet, jede Frau sollte sich ein Beispiel an dir nehmen.«

»Hör schon auf«, sagte Janine.

Aber sobald sie ihr Glas Wein ausgetrunken hatte, konnte sie nicht mehr anders. Sie war begeistert, dass Florence an ihren Memoiren schrieb, und jetzt, wo der Alkohol ihr die Zunge löste, musste sie unbedingt danach fragen. Würde sie die Town-Hall-Debatte mit Germaine Greer und Norman Mailer erwähnen? Wollte sie über ihr Jahr in England in den Siebzigerjahren schreiben? Stimmte es, dass sie sich mit Juliet Mitchell zerstritten hatte? Nein? Aber wenn …

Florence, die bis dahin schmallippig geantwortet hatte, unterbrach Janine.

»Was ist denn mit dir?«, fragte sie. »Wie läuft es bei *dir* beruflich? Ich meine, fühlst du dich schon wie eine der Letzten deiner Art?«

»Warum?«

»Psychologie. Ist die Psychologie, wie wir sie kennen, nicht so gut wie tot? Alles wird von der Hirnchemie determiniert, ist es nicht so?«

»Ist es so?«

»So lese ich es immer wieder. Die Gesprächstherapie ist erledigt. Du kannst endlose Stunden auf der Couch verbringen und erzählen, was Mummy und Daddy dir alles Schreckliches angetan haben, und es hilft dir nicht halb so viel wie die richtige Tablette.«

Florence hatte offensichtlich keinen Schimmer, womit Janine sich befasste. Was sie dazu getrieben hatte, sich um das New Yorker Stipendium zu bewerben, war ja gerade ihr Forschungsinteresse an den komplizierten Beziehungen zwischen Intentionen und Impulsen, zwischen den Bereichen unseres Selbst, über die wir Kontrolle zu haben meinen, und den anderen. Janine glaubte tatsächlich an die Gesprächstherapie – sie hielt die klassische therapeutische Beziehung, in der einer spricht und der andere geduldig zuhört, letztendlich für unersetzlich –, aber in New York war sie ausschließlich deshalb, weil sie ausloten wollte, inwiefern neuere, wissenschaftlichere Überlegungen zu Fragen des Willens, der Motivation und der Selbstbeherrschung die klassische Sicht ergänzen konnten.

Aber Florence hatte wenig Interesse, sich mit alldem zu befassen. Und wenn dem so war, wollte Janine sie nicht bekehren.

»Vielleicht hast du Recht«, sagte Janine. »Vielleicht bin ich eine der Letzten meiner Art.«

»Ach, komm schon. Magst du dich überhaupt nicht mit mir streiten? Nicht mal ein bisschen?«, fragte Florence.

»Ich mag mich mit dir streiten«, sagte Emily.

»Oh, gut.«

»Kann ja sein, dass sie einer aussterbenden Spezies angehört, aber wirfst du nicht im Glashaus mit Steinen? Du bist *Schriftstellerin*. Du schreibst *Bücher*.«

»Und?«

»Wer liest denn heute noch Bücher?«

»Viele tun das. Habe ich überhaupt erwähnt, dass sie mein letztes für den Kindle rausbringen wollen? Die Leute werden mich auf ihrem Kindle lesen.«

»Und du findest dann ihren Standort raus und wirfst ihren Reader in die nächste Pfütze, oder wie?«

»Nicht, wenn mein Buch drauf ist.«

»Was soll das heißen – wer heute noch Bücher liest?«, fragte Daniel Emily. »Du liest doch gerade – was noch mal?«

»*Middlemarch*«, sagte Emily.

»Und?«

»Ich bin eine ungewöhnliche junge Frau.«

Janine bestellte noch ein Glas Wein und sah verstohlen auf die Uhr. Sich mit Florence zu unterhalten war immer unerfreulich. Bemerkenswert nur, dass es jedes Mal anders unerfreulich war. Vielleicht sollte sie das Florence hoch anrechnen. Sie überraschte einen immer wieder.

17

Als Florence am späteren Abend karpaltunnelvergrämt am Computer saß und in die Tasten hackte, kehrten ihre Gedanken immer wieder zu Daniel und seiner Familie zurück. Sie fragte sich, warum sie nicht etwas mehr Wohlwollen aufbringen konnte. Es war, als seien sie gar nicht miteinander verwandt. Da saß er, wann immer sie sich trafen, stoisch und solide und undurchdringlich, und betrank sich kaum merklich, um nur ja nicht die Frage an sich heranzulassen, was zur Hölle aus seinem Leben geworden war.

Noch schlimmer war seine Frau: die ewige Unschuld vom Lande, hechelnd vor Verehrung. Florence, schreibst du am Computer oder an der Schreibmaschine? Florence, schreibst du morgens oder nachmittags? Florence, was hast du mit dem Doppelpunkt gemeint, dem auf Seite 32 in dem Buch von vor dreißig Jahren? Warum steht da ein Doppelpunkt und kein Gedankenstrich? Ich würde ihn nämlich so interpretieren … Florence, hast du Gloria Steinem gekannt? Hast du Norman Mailer gekannt? Hattest du mal was mit ihm? Ich dachte, alle Feministinnen deiner Generation hätten heimlich was mit ihm gehabt. Florence, hast du Emma Goldman gekannt? Ulysses S. Grant? Sokrates? Jesus? Hast du Jesus wirklich nicht gekannt,

Florence? Ich hätte schwören können, dass er dich in der Bergpredigt erwähnt. Nicht namentlich natürlich, aber die Anspielung ist doch offensichtlich. Auf Seite 32 des Neuen Testaments. Ich meine, warum würde da ein Doppelpunkt stehen, wenn es nicht von dir handeln würde? Habe ich schon mal gesagt, wie ich den Doppelpunkt auf Seite 32 in deinem Buch interpretieren würde?

Die einzige Chance, mit so jemandem fertigzuwerden, ist die Flucht, und wenn die nicht möglich ist, ist die einzige Chance der Frontalangriff. Florence hatte ein etwas schlechtes Gewissen wegen der Sache mit der Hirnchemie – davon hatte sie selbst kein Wort geglaubt –, aber irgendetwas musste sie ja tun, um dieser Frau den bedrückenden Ausdruck der Bewunderung vom Gesicht zu wischen. Die Verwirrung und der Schmerz, die sich stattdessen darauf ausbreiteten, waren ihr immer noch lieber. Florence sprach sehr gern mit intelligenten jüngeren Leuten; es freute sie, dass viele junge Frauen ihre Bücher lasen, aber was sie garantiert nicht wollte, waren Jüngerinnen, Groupies, Gefolgsleute, Bewunderer, »Mentees«. Warum hatte ihr Sohn bloß so eine Kriecherin geheiratet?

Die Enkeltochter war schon besser. Die hatte zumindest ein bisschen Mumm.

18

Florence saß mit ihrem langjährigen Lektor beim Frühstück.

»Tut mir leid, dass ich nicht zu deiner Geburtstagsfeier kommen konnte«, sagte er.

»Da hast du nicht viel verpasst.«

»Es klang, als hätte ich eine Menge verpasst. Ich habe von deinem Auftritt gehört. Du bist eine ganz neue Spezies, Florence. Die gemeine alte Schachtel.«

»Was soll daran neu sein? Gar nichts ist neu. Ich bin eine dieser Schreckschrauben geworden, die Sachen von sich geben wie: ›In meinem Alter sollte ich öfter lila tragen‹.«

Auf dem Tisch stand eine silberne Kaffeekanne. Edward schenkte ihr nach. Er war ein Gentleman alter Schule – Florence konnte sich nicht erinnern, ihn je ohne Jackett und Krawatte gesehen zu haben – und war ihr mit seiner formvollendeten Höflichkeit schon immer zeitlos vorgekommen. Er war eine beruhigende Konstante in ihrem Leben.

»Gibt es spektakuläre Neuigkeiten?«, fragte sie.

Das war nicht ganz ernst gemeint. Zwei Monate zuvor war ein Buch von ihr erschienen, *Betrachtungen über Frauen*. Es war eine Sammlung von Essays über Intellektuelle und Aktivistinnen von Mary Wollstonecraft über Elizabeth Cady Stanton bis Rosa Parks, ihr sechstes Buch, und das fünfte, bei dem sie mit Edward zusammengearbeitet hatte.

Ihre Frage war nicht ernst gemeint, weil zwei Monate nach Erscheinen eines Buches nie etwas Spektakuläres passiert. Eins der traurigen kleinen Geheimnisse der Buchbranche ist, dass sie der Filmbranche immer ähnlicher wird, wo eine Neuerscheinung »durchstarten« muss – wenn ein Buch in den ersten zwei Wochen keine Aufmerksamkeit erregt, passiert überhaupt nichts mehr. Florence musste sich überwinden, überhaupt noch eine Buchhandlung zu betreten, weil sie wusste, dass der Titel schon wieder aus den Regalen verschwand, wie Milch, die ihr Mindesthaltbarkeitsdatum überschritten hat.

Aber ein bisschen ernst meinte sie es doch, weil man nie aufhört zu hoffen.

Er antwortete nicht einmal.

Sie hatten sich schon vor zwei Monaten treffen wollen. Es war als kleine Feier zur Veröffentlichung ihres Buches gedacht. Aber dann war Edward krank gewesen und anschließend beschäftigt, und jetzt wurde weniger eine Taufe als eine Totenwache daraus.

Als sie bestellt hatten, zog Florence einen dicken Umschlag aus der Tasche und schob ihn über den Tisch.

»Auf zum nächsten also«, sagte sie.

Edward hatte sie vor Wochen gebeten, ihm mitzubringen, was immer von ihren Memoiren schon fertig war.

»Darauf freue ich mich«, sagte er. »Aber … tja, das bringt mich auf etwas, das ich dir sagen muss. Ich lese das hier nur als Zivilist.«

Sie verstand nicht, was er sagen wollte.

»Ich wollte nicht, dass du es von jemand anderem erfährst, und am Telefon wollte ich es auch nicht sagen. Ich habe leider einen Rückfall gehabt, und es fällt mir zunehmend schwer, zu arbeiten und den Krebs zu bekämpfen. Ich habe gekündigt. Ende nächster Woche höre ich auf.«

»O Gott, Edward, das tut mir leid.«

»Mir tut es auch leid.«

»Wie geht es dir damit?«

»Ich habe ungefähr eine schöne Stunde pro Tag. Womit sich gar nicht so viel geändert hat. Vor dieser Sache waren es zwei schöne Stunden.«

»Machst du wieder Chemotherapie?«

»Chemo, Bestrahlung und irgendwas Experimentelles. Sie werden tun, was sie können, und noch ein, zwei Sachen mehr. Das wird ein richtiges Flächenbombardement. Und ich bin Nordvietnam.«

Er lächelte, als hätte er etwas Geistreiches gesagt, und Florence lächelte zurück, obwohl es natürlich überhaupt nicht geistreich war. Das Flächenbombardement als Metapher für Chemotherapie gab es seit Ewigkeiten. Einen Moment lang überwältigte sie die Trauer darüber, dass selbst in Zeiten größter Tragik die Sprache, zu der wir greifen, die einzige Sprache, die wir haben, eine gebrauchte Sprache ist.

Aber es war wohl nicht der passende Moment, unseren Umgang mit Sprache zu betrauern.

»Wie geht es Susan?«

»Susan ist sehr tapfer. Sie ist großartig.«

Florence arbeitete seit zwanzig Jahren so eng mit

ihm zusammen, wie es Autor und Lektor irgend können, aber seine Frau kannte sie nur flüchtig und hatte keine Ahnung, ob ihn die Ehe glücklich machte.

»Fang nicht an, meinen Nachruf zu verfassen. Selbst wenn die nächste Behandlungsrunde nicht verfängt, soll ich angeblich noch fünf Jahre vor mir haben. Ich gehe nicht auf Grabstellensuche. Ich will nur nicht den Rest meiner Tage am Schreibtisch verbringen.«

»Was hast du vor?«

»Reisen. Gärtnern. Meine Enkel besuchen. Mehr als ich aufzählen kann.«

Sie nickte und bemühte sich auszusehen, als sei sie noch anwesend, noch geistig in seiner Reichweite, aber das war sie nicht. Sie dachte an sich selbst. Sie dachte, dass es auf der ganzen Welt nur diesen einen, einzigen Lektor gab, der ihre Lebenserinnerungen herausbringen wollte, und jetzt wäre er bald nicht mehr da.

Sie musste da wieder herauskommen, aus ihren Gedanken in den Raum zurück. In diesem Augenblick der Not hatte sie die Chance, Edward ein Geschenk zu machen, das Geschenk ihrer ungeteilten Aufmerksamkeit, und sie ließ die Gelegenheit verstreichen, indem sie sich um ihre Karriere sorgte.

Florence hatte immer das Gefühl gehabt, dass Edwards Anwesenheit im Verlag sie schützte. Ihre Bücher hatten sich nie besonders gut verkauft, und es gab Mitarbeiter, die seine Loyalität kritisierten, aber solange er da war, konnte sie sicher sein, dass keins ihrer Bücher nur nach seinem Gewinnpotential beurteilt würde und dass alles, was sie schrieb, die Chance hatte, gedruckt zu werden. Und was fast ebenso wichtig war – sie konnte sicher sein, dass das Gedruckte lieferbar blieb. (Wenn ein Buch nicht mehr lieferbar ist – das ist nicht, wie wenn man ein Kind verliert, aber in der Welt der Literatur die größtmögliche Annäherung daran.)

Als sie darum rang, ihre Sorge um ihn ihren Sorgen um sich selbst voranzustellen, machte sie sich keine Vorwürfe; sie wünschte sich nicht, eine Heilige zu sein, die sich nur um andere kümmerte. Aber sie wäre durchaus nicht ungern ein klein wenig besser gewesen, als sie war.

»Meine Autoren kriegen neue Ansprechpartner«, sagte er. »Dich haben sie einem der jüngeren Kollegen zugeteilt. Er will dich unbedingt treffen. Er bewundert dich. Hat alles von dir gelesen.«

Das glaubte sie ihm nicht ganz. Die Vorstellung eines jungen Lektors, der alles von ihr gelesen hatte, ging einfach nicht ganz auf.

»Wie heißt er?«

»Kevin. Kevin Cleaver.«

»Kevin Cleaver. Mein Gott. Das soll ein Witz sein, oder?«

»Kennst du ihn?«

»Nein. Aber dieser Name.«

»Ein beängstigender Name, ich weiß. Kevin Hackmesser. Aber er ist ein guter Lektor. Schwer im Kommen. Einer, den man gern auf seiner Seite hat.«

Florence mochte ihn jetzt schon nicht. Sie war zu alt für Leute, die schwer im Kommen waren.

Sie stellte ihn sich als schwadronierenden Macker vor, der sein iPhone zückte, um auf *Gawker* abzuchecken, was hip war und was nicht.

Schwer zu glauben, dass Kevin Cleaver, der Ninjakrieger unter den Talkshow-Intellektuellen, der *Gawker*-Checker, einen Scheiß auf irgendetwas gab, das sie zu sagen hatte. Ihre Lebenserinnerungen, die ihr so solide vorgekommen waren, als sie dachte, sie würde sie irgendwann an Edward schicken, wirkten plötzlich substanzlos und vernachlässigbar, wenn sie sich ausmalte, wie sie auf Kevin Cleavers Schreibtisch landeten.

Nur dass sie nie auf seinem Schreibtisch landen würden. Florence würde sie ihm mailen müssen. Der Mann empfing wahrscheinlich überhaupt keine reguläre Post. Kevin Cleaver, Meister des Neuen.

Sie erkundigte sich nach Edwards Behandlungsplan, und als es aussah, als hätte er alles dazu gesagt, was er sagen wollte, sprachen sie über Obama – es war sein erstes Amtsjahr als Präsident –, und dann sprachen sie über Edwards Sommerhaus in Rhinebeck. Susan und er wollten dauerhaft dort wohnen. Florence interessierte sich nicht für dieses Sommerhaus – die Häuser anderer Leute waren ungefähr so spannend wie ihre Träume –, und unter anderen Umständen hätte sie ihm genau das auch gesagt, aber heute lächelte und nickte sie zu seinen Ausführungen über Renovierungsarbeiten, den Dachdecker, den er finden musste, und neue Bodenbeläge.

Als sie das Restaurant verließ, dachte sie, dass sie ihm von ihrem moralischen Dilemma, dem ganzen

Drama, das sich in ihr abgespielt hatte, während sie auszusehen versuchte, als hörte sie ihm zu, ruhig hätte erzählen können. Er hätte sie verstanden, hätte ihr bestätigt, dass solche Konflikte zum Menschsein dazugehörten. Vielleicht wäre er sogar erleichtert gewesen. Wenn man dem Tod ins Auge blickt, beginnen einen alle mit besonderer Rücksicht zu behandeln – mit Rücksicht und einer Art oberflächlicher Ehrerbietung. Wahrscheinlich hätte es ihm gefallen, von ihren egoistischen Überlegungen zu erfahren. Aber so ein Geständnis war genauso undenkbar wie im Minirock und mit Nasenring herumzulaufen. Seine Krankheit hatte ihn bereits von jeder normalen Unterhaltung abgeschnitten. Es war das erste Anzeichen, dass sie ihn fortnehmen würde.

19

Sie fühlte sich gebrochen, als sie zur Bushaltestelle lief. Irgendetwas stimmte nicht mit ihrem Gleichgewicht. Ihr linker Fuß schlappte oder schleppte hinter ihr her. Einen Moment lang fragte sie sich, ob sie einen Schlaganfall erlitten hatte – das fragt man sich mit über siebzig, wenn man sich ein bisschen komisch fühlt. Aber sie wusste, dass es das nicht war. Sie wusste, dass die Sache mit Edward ihre Welt in Schieflage brachte.

Das Wesen der Zeit verblüffte sie, genau wie an ihrem neunten Geburtstag, als sie sich zum ersten Mal mit der Vorstellung auseinandersetzte, dass der Moment, den sie gerade erlebte, im nächsten Moment der Vergangenheit angehören würde. Edward lebte; sie hätte kehrtmachen, zurückgehen, ihn umarmen können, wenn sie wollte. Aber bald wäre er nicht mehr da.

Mit neun, als sie sich zum ersten Mal damit beschäftigte, hatte sie ernsthaft geglaubt, sie müsse sich nur genug konzentrieren, den Moment nur intensiv genug auskosten – dieses Vokabular hatte sie damals nicht benutzt, aber so hatte sie es sich vorgestellt –, und die Zeit stünde still.

20

Fünf Tage die Woche lief Janine die zwanzig Blocks von der Wohnung zur Arbeit zu Fuß. Seit Monaten hielt sie das schon so, und es hatte nie seinen Reiz verloren.

Manchmal dachte sie, New York sei ihr zu Kopf gestiegen. Als sie hier studierte, hatte sie sich in die Stadt verliebt, und jetzt liebte sie sie noch mehr.

Die Stadt war überwältigend im bestmöglichen Sinn. Auf den belebten Straßen fühlte es sich an, als rauschten Welten an einem vorbei: Unerforschliche Männer, Frauen und Kinder mit ihren ganz eigenen Hochgefühlen und Nöten. Sie alle wirkten auf diese unverwechselbare New Yorker Weise gestählt und doch hoffnungsvoll.

Sie hielt an der nächsten Ampel und wartete auf Grün. Selbst das wurde in New York zum Erlebnis. Sie liebte es, wie es hier niemanden bei Rot auf dem Gehweg hielt. Egal in welchem Alter, jeder pirschte sich ungeduldig, auf einen Vorsprung hoffend, auf die Straße vor.

Es war ein schöner Dienstagmorgen, der Tag nach Memorial Day, und sie freute sich wie immer auf das Labor.

Anfangs hatte sie diese Freude der Arbeit zugeschrieben. Seit Jahren befasste sie sich schon mit Themen wie Selbstbeherrschung, Willensstärke, Entscheidungsfreude und Aufmerksamkeitssteuerung – wie man diese Fähigkeiten kultivieren kann und warum es den meisten so schwerfällt, das zu tun –, aber immer nur nebenher. Es waren Themen, über sie sie sich privat informierte, ohne dass es ihr gelungen wäre, sie in ihre berufliche Praxis zu integrieren.

Als sie von dem Forschungsstipendium an der Columbia hörte, hielten Neugier und Zweifel sich die Waage. Die Arbeit mit ihren Patienten erfüllte sie – es waren Studenten der University of Washington –, und wenn sie aussetzte, würde sie sie vermissen. Der Ortswechsel machte sie nervös und die Vorstellung, ohne Daniel in New York zu sein. Aber das Timing war perfekt. Die Kinder waren aus dem Haus; dass Emily bald zurück sein würde, konnte Janine da noch nicht wissen. Und Daniel plante ohnehin, seinen gesamten Urlaub aufzubrauchen, zumal das Anrecht darauf vermutlich die nächste städtische Etatsitzung nicht überleben würde. Also wäre sie nicht das ganze Jahr von ihm getrennt.

Und sie sehnte sich danach, sich fortzubilden und aus ihrer bisherigen Bildung mehr zu machen. Bei einer Konferenz zu »exekutiven Funktionen« bei Jugendlichen in San Francisco im Jahr davor hatte sie festgestellt, dass sie sich nicht weniger in der Literatur auskannte als die Referenten. Die Chance, Tag für Tag mit Menschen zusammenzuarbeiten, die zu diesen Themen forschten, war irgendwann zu verlockend, um sie auszulassen.

Lev war anfangs nicht mehr gewesen als ein angenehmes Hintergrundrauschen. Ein Glück, dass der Laborleiter nett war, hatte sie anfangs gedacht. Mehr nicht.

Bis ihr dann, eines Tages im März, als sie mit dem inzwischen vertrauten Eifer zur Arbeit lief, ein Lied im Kopf herumging, das ihr seit Jahren nicht in den Sinn gekommen war. Eine Liedzeile eigentlich nur. Das Lied hieß »The Dresses Song« und die Zeile »You make me want to wear dresses« – deinetwegen will ich Kleider tragen.

Was sie dachte, verriet ihr, was sie fühlte. Erst als ihr diese Liedzeile eingefallen war, begriff sie, dass, sosehr die Arbeit sie beglückte, sie nicht nur wegen der Arbeit so glücklich war.

21

Lev war schon da, als sie ankam. Egal, wie früh sie zur Arbeit ging, Lev war immer schon da, wenn er nicht gerade reiste. Gerüchten zufolge war er auch schon morgens um sechs gesichtet worden.

Er war geschieden, seine Kinder erwachsen und weit weg, so dass er seinen Alltag frei gestalten konnte. Wenn er nicht unterwegs war – auf Kongressen oder um Geldgeber zu treffen –, arbeitete er tagsüber lange und verbrachte seine Abende mit Kollegen und Studenten und Freunden bei Konzerten, Vorträgen oder in Restaurants. Er kriegte nie genug von Gesprächen, Geselligkeit, Großstadtleben, aber die Arbeit im Labor stand immer an erster Stelle. Wenn er davon erzählte, sah er aus, als spräche er über einen Menschen, den er liebte.

Er war ein zerzauster, übergewichtiger älterer Mann, aber wenn Überschwang Schönheit ist, wie einmal jemand behauptet hat, war er zumindest insofern schön.

»Da bist du ja«, sagte er, als er sie bemerkte. »Schön, dass es dir wieder besser geht.«

Immer wenn sie kam, gab er ihr das Gefühl, es ginge gerade die Sonne auf. Aber so begrüßte er jeden. Seine Sekretärin war über siebzig, und auch sie brachte ihn zum Strahlen. Ob alt oder jung, hinkend oder behände: Er leuchtete wie eine dicke, männliche Freiheitsstatue auf sie alle gleichermaßen herab.

»Ist Daniel gut angekommen?«

»Ja. Ja, sehr gut.«

»Ich hoffe, ich lerne ihn bald mal kennen.«

»Das wäre toll«, sagte sie.

Sein Haar war wie immer einsteinisch ungekämmt. Er trug einen schönen Anzug, der aber völlig falsch saß; es war, als sei es dem Anzug peinlich, mit ihm gesehen zu werden.

»Da hast du dir schöne Klamotten zum drin Schlafen ausgesucht«, sagte sie.

Lev forschte seit dreißig Jahren im selben Feld und war nach wie vor fasziniert davon. Nach seinem Examen hatte er als wissenschaftlicher Assistent für Walter Mischel gearbeitet, den Psychologen, der im Zuge seiner Forschung zur Impulskontrolle den berühmten Marshmallow-Test entwickelt hatte. Bei dem Versuch wurde je ein Kind instruiert, es könne sofort einen einzelnen Marshmallow bekommen oder etwas später zwei, und wurde dann mit der Süßigkeit allein gelassen. Manche aßen den Marshmallow sofort, andere entwickelten Strategien, um die Wartezeit zu überbrücken. Mischel stellte fest, dass es den Kindern, die mit vier oder fünf zum Warten imstande waren, zehn Jahre später im Hinblick auf etliche Variablen besser ging als denen, die sich nicht beherrschen konnten.

Lev hatte seither ähnliche Fragestellungen verfolgt, und jetzt, im Internetzeitalter, wo niemand den vielen Ablenkungen widerstehen konnte, war das Thema gefragter denn je. Er wurde mit Drittmitteln überschüttet und in Zeitschriften porträtiert. Die *U. S. News & World Report* hatte ihn unlängst in einem Artikel über seine Forschung zu Beharrlichkeit und zielgerichtetem Handeln bei Jugendlichen den »Ausdauer-Guru« getauft. Über die zusätzlichen Gelder freute er sich, schien sich aus den Porträts aber nichts zu machen. Ihn interessierte nur seine Arbeit.

Janine praktizierte in seinem Labor Gesprächstherapie mit Studenten der Columbia University und benachbarter Colleges, die gleichzeitig »Verhaltensmanagement« trainierten. Ihre Arbeit war Teil einer Studie, in der ermittelt werden sollte, ob Gesprächstherapie in Kombination mit Verhaltenstherapie effizienter war als jede Methode einzeln. Also tat sie dasselbe wie zu Hause – sie hörte jungen Leuten zu –, nur dass sie dabei viel mehr lernte, als es zu Hause je möglich gewesen wäre.

Heute hatte sie sechs Therapiesitzungen, recherchierte im Netz für einen Aufsatz und versuchte ihre E-Mails abzuarbeiten. Wenn sie nur zweieinhalb Stunden mehr erübrigen könnte, dachte sie, könnte sie endlich im Posteingang Ordnung schaffen, aber das dachte sie seit fünf Jahren jeden Tag.

Normalerweise genoss sie jede Minute im Labor, aber heute fühlte sie sich gehemmt. Jetzt, wo Daniel da war. Sie hatte nichts getan, für das sie sich hätte schuldig fühlen müssen, und trotzdem fühlte sie sich schuldig. Sie war ein bisschen verliebt, etwas völlig Alltägliches eigentlich, nur dass sie seit Jahren nicht verliebt gewesen war.

Um halb sieben holte Lev sie ab. Sie wollten zur Abschiedsfeier einer Kollegin, die jahrzehntelang im Labor gearbeitet hatte.

Janine hatte Daniel eingeladen mitzukommen – Ehepartner waren ausdrücklich willkommen –, aber er hatte nur kurz den Blick vom Fernseher abgewandt und gesagt: »Glaub mir, Herzchen …«

Das war eine Anspielung auf einen Ausspruch, den sie in einer Rezension zu Dennis Rodmans Autobiografie gelesen hatten: Angeblich hatte der Basketballspieler, als Madonna ihm detaillierte Anweisungen dazu gab, wie er sie im Bett befriedigen sollte, ihr geantwortet: »Glaub mir, Herzchen, das werde ich ganz bestimmt nicht tun.« Seitdem zitierte Daniel den Satz von Zeit zu Zeit.

22

»Bist du sicher, dass das in Ordnung ist?«, fragte sie Lev auf dem Weg. »Ich kenne sie ja kaum.«

»Macht nichts«, sagte Lev. »Du gehörst zum Team.«

Es war so seltsam, sich ausgerechnet in ihn zu verlieben. Er war nicht jung, nicht gutaussehend, nicht besonders maskulin.

Wenn Lev eines war, dann warm. Er war warm, wärmer, am wärmsten. Wenn Janine sich vorstellte, mit ihm zusammen zu sein, phantasierte sie selten über Sex. Sie phantasierte vom Kuscheln. Sie phantasierte davon, ganz behutsam in ein warmes Lev-Bad einzutauchen.

Das Labor, das ehemalige Zentrum für Motivationsforschung, war ein entlegener Außenposten des Psychologieinstituts der Columbia University. Es erstreckte sich über alle fünf Etagen eines umgebauten Townhouse an der 74. Straße nahe der Central Park West.

Die Party fand in einem Veranstaltungsraum auf der 72. Straße statt. Als sie dort waren, trank Janine zu hastig ein Glas Punsch, und es stieg ihr zu Kopf.

Der Saal war zu voll, und die Musik war zu laut. Sie lehnte sich an die Wand und sah Lev zu, wie er mit Leuten redete, sah zu, wie er seine stattliche Gutmütigkeit von einem zum Nächsten schob. Emily war Lev kurz nach ihrer Ankunft einmal begegnet und nannte ihn seitdem den Weihnachtsmann. Das traf es nicht ganz, lag aber auch nicht weit daneben.

Er drehte eine Runde um den Saal, dann kehrte er zu Janine zurück.

»Beobachtest du Leute?«, fragte er.

»Eigentlich nicht.«

»Was dann? Du siehst aus …«

»Wie Jim Thorpe?«

»Das war nicht das, was ich sagen wollte.«

»Es ist seltsam«, sagte sie, »sich wieder aneinander zu gewöhnen. Selbst wenn man seit zwanzig Jahren zusammenlebt.«

»Mit Daniel meinst du?«

Sie zog die Augenbrauen hoch, was irgendwie »ja« bedeutete.

»Ich weiß, was du meinst«, sagte Lev. »So ging es mir auch, wenn ich Rachel ein, zwei Wochen nicht gesehen hatte. Man fragt sich: ›Wer bist du noch mal?‹«

Welchem anderen Mann hätte sie erzählen können, dass es sonderbar war, sich Daniel wieder anzunähern? Keinem. Nicht, weil es zu intim gewesen wäre, sondern weil die meisten Männer nicht verstanden hätten, wovon sie sprach.

Er hatte etwas an sich, das sie nur als weiblich beschreiben konnte. Er war hochgewachsen, und er war heterosexuell (das hätte sie auch ohne seine Familienumstände gleich gewusst; man spürt so etwas), aber trotzdem besaß er mütterliche Qualitäten. Deshalb war ihre Freundschaft mit ihm so verwirrend genderambivalent. Daniel besetzte in ihrer Ehe so unumstößlich das männliche Feld, dass sie gar nicht anders konnte, als den Frauenpart zu übernehmen. Mit Lev schien alles verschiebbar zu sein. Es war die psychosexuelle Entsprechung einer »Twister«-Partie.

Sie hatte schon viel zu oft versucht, dahinterzukommen, ob er mit ihr flirtete, und versuchte es noch immer. Vor einer Woche hatte er sie eingeladen, in diesem Sommer mit ihm zusammen eine Konferenz in Pittsburgh zu besuchen. Bedeutete das etwas? Oder hieß es nur, dass er dachte, sie könnte sich für die Beiträge interessieren? Manchmal ist eine Konferenz nichts weiter als eine Konferenz. Sie hatte nicht ja und nicht nein gesagt; irgendetwas würde sie sagen müssen, irgendwann.

»Warum magst du mich eigentlich?«, fragte Janine. Sie war vielleicht ein wenig betrunken.

»Warum ich dich mag?«

»Das ist eine simple Frage.«

»Es ist eine simple Frage, aber es gibt keine simple Antwort darauf.«

»Das muss es aber! Bestimmt erinnere ich dich an irgendwen. Bestimmt an deine Lieblings … ich weiß nicht … an ein Mädchen aus deiner Grundschulklasse.«

»Du erinnerst mich an keine Liebling-Irgendwas. Das ist es ja gerade. Du erinnerst mich an niemanden, den ich je getroffen habe.«

Damit hatte sie nicht gerechnet; sie spürte, wie sie rot wurde.

»Also wirklich. Dann bin ich überhaupt niemand?«

»Du bist nicht niemand. Aber du weißt bestimmt, was ich meine. Du hast so etwas Unfertiges, was in deinem Alter eine echte Errungenschaft ist.«

Vielleicht war er auch ein wenig betrunken.

»Äh, danke«, sagte sie.

»Ich weiß, das klingt komisch, aber ich meine es ernst. Du bist so offen dem Leben gegenüber. Offen dafür, dich überraschen zu lassen. Dich vom Leben verändern zu lassen. Die meisten Menschen legen das ab, wenn sie über zwanzig sind. Ich weiß nicht, wie du es geschafft hast, so zu bleiben, aber du hast es jedenfalls geschafft.«

Die Musik war laut, und die Leute waren laut. Es war seltsam genug, was er sagte, und noch seltsamer, dass er es schrie.

»Ach, das ist nur … Ich bin aus Seattle. Alle anderen, die du kennst, haben immer ihre New-York-City-Rüstung an.«

»Tja, das könnte es sein. Könnte sein, dass ich dich nur mag, weil du aus Seattle kommst.«

»Dachte ich mir«, sagte sie.

23

Sie ging zu Fuß nach Hause, statt mit dem Bus zu fahren, weil sie sich noch eine Weile dafür geißeln wollte, wie wenig vertrauenswürdig sie war.

Das hier war nämlich schon einmal passiert, und dann noch ein zweites Mal.

Das erste Mal mit Trotzki. Er arbeitete in der Unibibliothek, als sie an ihrer Masterarbeit schrieb. Sie nannte ihn Trotzki, weil er vorzugsweise die Russen las und sich einen aggressiven Ziegenbart stehenließ. Er war ein hübscher Junge, ungebügelt, ungehobelt, ungekämmt und unachtsam, und er dachte ununterbrochen über weltbewegende Themen nach, wie zum Beispiel, wer die Seele besser verstanden hatte, Tolstoi oder Dostojewski, und rief ihr eine Reihe Fragen ins Gedächtnis, die sie vergessen zu haben glaubte, und ein paar Monate lang träumte sie täglich davon, mit ihm durchzubrennen und ein neues Leben zu beginnen, in dem sie gemeinsam über die großen Mysterien nachsinnen würden. Eines dämlichen Abends, bei einer Semesterabschlussparty, hatte sie Trotzki in seinem Auto geküsst, und eines noch viel dämlicheren Abends nicht lange darauf hatte sie Daniel davon erzählt, und er hatte nicht so amüsiert und gelassen reagiert, wie sie es sich vorgestellt hatte. Darauf folgende Gespräche hatten alles nur schlimmer und schlimmer gemacht, und ihre Ehe hatte sich erst nach Monaten davon erholt.

Fünf Jahre später war das mit Chips Ahoy passiert. Er hatte sie während ihrer Promotion betreut; er war Akademiker, ein brillanter Denker und ein Manipulationsgenie: Er klappte dich auf, wanderte mit seiner psychologischen Taschenlampe in deinem Kopf umher und gab dir das Gefühl, es hätte dich nie jemand so vollkommen verstanden wie er. Am liebsten spürte er dann den Bereich deiner Psyche auf, der auf nichts und niemanden Rücksicht nahm, und überzeugte dich, dieser Ort, wohin nur er dir folgen konnte, sei dein wichtigstes inneres Heiligtum. Zu Chips Ahoy wurde er, als Janine und Daniel eines Abends im Safeway einkaufen gingen. Sie begegneten ihm in dem Gang für Gebäck und Knabberzeug, und als sie sich unterhielten, ließ Janine eine Packung »Chips Ahoy!«-Kekse zu Boden fallen, und Daniel gab ihr eine neue Packung aus dem Regal, die sie ebenfalls fallen ließ. Daniel merkte natürlich, dass irgendetwas vor sich ging, und fragte später hin und wieder, wie es mit Chips Ahoy so liefe.

Ein Bieratem-Kuss und zwei verunglückte Kekspackungen in dreiundzwanzig Jahren. Auf der Skala ehelicher Abschweifungen wog beides nicht allzu schwer. Aber das hier war etwas anderes.

24

In der Wohnung saß Daniel am Küchentisch und las ein Buch über die Räuberbarone des Industriezeitalters.

»Wie war's?«, fragte er und hob nur flüchtig den Blick dabei. »Was macht das Motivations-Business?«

Sie beugte sich vor und küsste ihn.

»Es ist alles hochspannend«, sagte sie.

»O Gott, du stinkst vielleicht nach Zigaretten. Hast du geraucht?«

»Natürlich habe ich nicht geraucht«, sagte sie und fühlte sich, als sei das gelogen, obwohl sie die Wahrheit sagte.

»Dann hast du einen Raucher geküsst.«

Sie redeten selten über ernsthafte Themen, außer über die Kinder, und doch war er ganz auf ihre Wellenlänge eingestellt. Er glaubte nicht wirklich, dass sie jemanden geküsst haben könnte, und doch …

»Stimmt, ja. Ich habe mit Humphrey Bogart rumgeknutscht.«

»Ach, das geht ja noch. Ich dachte, mit Christopher Hitchens.«

»Christopher Hitchens mag gar keine Frauen.«

»Klar mag er Frauen. Er spricht ihnen nur jeglichen Sinn für Humor ab.«

»Wer Frauen jeglichen Sinn für Humor abspricht, der mag sie auch nicht.«

»Und deshalb hast du ihn nicht geküsst?«

»Das war einer der Gründe.«

»Und die anderen?«

»Na ja, seine Ansichten eben.«

»Welche Ansichten? Sein Atheismus wird wohl kaum das Problem gewesen sein.«

»Sein Atheismus stört mich nicht.«

»Vielleicht was er über Mutter Teresa verbreitet hat?«

»Nur teilweise. Ich gebe ihm eigentlich in vielem Recht, was er über sie sagt.«

»Also was dann?«

»Es sind nicht seine Ansichten selbst, sondern seine Verachtung für jeden, der diese Ansichten nicht teilt.«

»Also hättest du Christopher Hitchens geküsst, wenn er nicht so fies zu Gläubigen wäre?«

»Ja. Kurz gesagt, ja.«

»Aber wen hast du denn nun geküsst?«

»Mutter Teresa.«

»Und die hat geraucht?«

»Geraucht würde ich nicht gerade sagen. Nur ein bisschen von einer Zigarre gepafft.«

»Mutter Teresa! Wer hätte gedacht, dass sie eine Raucherin ist.«

»Das ist es ja gerade: Sie versteht sich als statistische Nichtraucherin.«

»Was soll das denn sein?«

»Wenn man nur ein bisschen pafft.«

»Verstehe.«

»Aber Pot raucht sie wie Wolf.«

»Wie ein Wolf.«

»Ja, wie ein Wolf.«

»Ist dir heiß?«

»Warum fragst du?«

»Weil du dir Luft zufächelst.«

»Ich fächele manchmal eben. Ist ein Hobby von mir.«

»Das ist mir noch gar nicht aufgefallen.«

»Ich habe schon immer gefächelt. Ich habe gefächelt, als wir uns zum ersten Mal begegnet sind.«

»Jetzt, wo du es sagst, fällt es mir wieder ein. Ich fand das sehr attraktiv.«

»Ich wusste, dass du es attraktiv findest. Das ist mir aufgefallen.«

»Auseinander, ihr beiden!«, rief Emily aus dem Nebenzimmer.

25

Florence' neuer Lektor wollte sich mit ihr treffen. Er bot an, in die Upper West Side zu kommen, was sie als Unterwerfungsgeste zu schätzen wusste.

Aber er wollte sich natürlich nur deshalb mit ihr treffen, weil er sie davon unterrichten musste, dass man künftig auf ihre literarischen Dienste verzichten würde. Sie wusste genau, dass ihre Bücher mit beeindruckender Stetigkeit Verlustgeschäfte gewesen waren; sie wusste, dass Edward ihre Werke aus persönlicher Verbundenheit herausgebracht hatte und nicht aus geschäftlichen Erwägungen. Nach Edwards Fortgang, das war ihr vollkommen klar, würde auch sie gehen müssen.

Sie hatte versucht, dem grauenhaften Kevin Cleaver aus dem Weg zu gehen. Warum musste sie ihn extra treffen, um sich von ihm eine Abfuhr erteilen zu lassen? Wahrscheinlich hielt er es für humaner, ihr direkt ins Gesicht zu sagen, dass man sie fallenließ. Sie brauchte das alles nicht – ›Schreib mir doch einfach eine E-Mail‹, dachte sie sich –, aber er war nicht davon abzubringen, und drei Mailboxnachrichten später beschloss sie, es würde so schlimm schon nicht werden. Es war eine Gelegenheit, eine bisher unbekannte Menschensorte kennenzulernen, was sie schon immer interessant gefunden hatte, und außerdem bekäme sie ein Mittagessen umsonst.

Sie trafen sich auf seinen Vorschlag hin im Gabriel's, das ihr gefiel und das sie trotzdem selten besuchte, einem freundlichen, entspannten und teuren Restaurant auf der 66. Straße West.

»Sie sind also die große Florence Gordon«, sagte er.

»Florence Gordon«, sagte Florence.

Sie dachte: Mach dich nicht lustig über mich. Wenn du mich absägen willst, tu es. Aber erniedrige mich nicht noch.

Er war so hip, dass sie nicht einmal das Vokabular hatte, ihn zu beschreiben. Sie hätte nicht sagen können, was er für Kleidung trug. Jeans natürlich, aber für sein Hemd fehlten ihr ebenso die Worte wie für seinen Ohrring und die Schuhe. Besonders für die Schuhe. Es waren Hipsterschuhe, die ihn als Insider auswiesen und die es bestimmt nur in Williamsburg zu kaufen gab.

»Wozu?«, fragte sie.

»Wozu was?«

»Wozu treffen wir uns hier?«

Er lachte.

»Ich habe schon gehört, wie geradeheraus Sie sind«, sagte er. »Wenn nicht, wäre ich auch enttäuscht gewesen.«

»Danke. Also. Wozu?«

»Es tut mir leid, wenn ich Sie belästigt habe. Das habe ich aus zwei Gründen getan. Erstens wollte ich Sie kennenlernen. Zweitens habe ich vorletztes Wochenende den Anfang Ihrer Memoiren gelesen und wollte sagen, wie großartig ich sie finde.«

Edward musste sie ihm beim Abschied gegeben haben.

Sie wartete auf seinen nächsten Satz, der unweigerlich mit »aber« beginnen würde. Aber das Buch ist schlecht zu positionieren. Aber wir haben im Augenblick andere Pläne. Aber Ihr Buch würde anderswo besser zur Geltung kommen.

»Einfach großartig. Da ist alles drin, was ich mir erhofft hatte, und noch mehr.«

Es dauerte, bis die Worte sie erreichten. Als redete er mit ein paar Sekunden Verzögerung.

»Freut mich, dass Sie das finden«, sagte Florence.

Sie wartete immer noch auf das »Aber«.

»Bis letzte Woche waren das jedenfalls meine Gründe. Seit gestern gibt es aber noch einen dritten.«

Er zog zwei Blatt Papier hervor und schob sie über den Tisch. Eine verschwommene Fax-Nachricht. Die verschwommene, per Fax verschickte Kopie der ersten Seite der *New York Times*-Literaturbeilage. Mit einer Rezension zu *Betrachtungen über Frauen*.

»Ist das ein Aprilscherz?«

»Wenn ja, fallen demnächst ein paar Millionen Leute darauf rein.«

Es war kein Scherz. Es war die Literaturbeilage, die am übernächsten Sonntag erscheinen würde.

»Lesen Sie.«

Florence las. Es fiel ihr schwer, sich zu konzentrieren – vielleicht habe ich einen Schlaganfall, dachte sie –, aber es kamen Formulierungen wie »nationales Kulturgut« und »unbesungene Heldin des amerikanischen Geisteslebens« darin vor.

Die Rezension war von Martha Nussbaum, Philosophin an der University of Chicago, Autorin diverser Bücher über alles Mögliche von der griechischen Tragödie bis zu geistigen Behinderungen, Bildungsreformen, dem Ideal der religiösen Toleranz in der amerikanischen Kulturgeschichte und – auch sonst über alles eben. Nichts Menschliches war ihr fremd.

Sie schien alles zu kennen, was Florence je geschrieben hatte. Nach der Rezension hätte man meinen können, sie verbrächte ihr ganzes Leben damit, über Florence' Werk zu meditieren.

»Mein Gott«, sagte sie. »Seit wann haben Sie das?«

»Seit gestern. Tut mir leid, dass ich es nicht gleich gesagt habe, aber ich bin übermütig geworden. Ich wollte es Ihnen selbst zeigen. Ihr Gesicht dabei sehen.«

»Und hat es sich gelohnt?«

»Sie wirken erstaunlich ruhig.«

»Tja. Oder auch nicht.«

»Oder Sie sehen immer so aus, wenn Sie ekstatisch sind.«

Sie dachte an Edward, den armen, lieben Edward. Er war ihr so lange so treu geblieben. Es war ungerecht, dass jemand anderes ihr diese Nachricht überbrachte. Seit dem gemeinsamen Frühstück hatte sie ihn zwei Mal angerufen, aber er hatte nicht die Kraft gehabt, ans Telefon zu kommen.

Sie blickte noch einmal auf die Rezension. Der Text hörte überhaupt nicht mehr auf. Martha Nussbaum hatte schon immer eine Menge zu sagen gehabt, und jetzt sagte sie eine Menge über Florence.

»Ich muss das erst einmal sacken lassen. Im Grunde verstehe ich es einfach nicht. Ich meine – warum?«

»Das kommt darauf an, wie Sie es sehen wollen. Man könnte sagen, dass es längst überfällig war. Oder man könnte sagen, Sie hätten Glück gehabt. Manchmal gefällt sich die *Times* einfach darin, alle anderen zu überraschen. So oder so wird es Ihr Leben ändern. Man hat Sie zum nationalen Kulturgut erklärt.«

Er zog sein iPhone hervor, oder was es auch war, las ein paar Nachrichten und schrieb ein paar. Es war erstaunlich, wie die Leute für so etwas ein Gespräch unterbrechen konnten, ohne sich zu entschuldigen. So selbstverständlich, wie man einen Schluck Wasser trinkt.

»Können wir jetzt über Ihre Memoiren reden?«

»Klar. Natürlich.«

Sie versuchte die Rezension zu vergessen. Bezweifelte, dass es ihr gelingen würde.

»Ich will vor allem sagen, wie *brillant* der Text ist. Vielleicht das Beste, was Sie je geschrieben haben.«

Sie griff nach einem Mohnbrötchen. Der Fußboden schwankte. Sie waren an Bord eines Schiffes, und das Schiff krängte. Das nationale Kulturgut griff nach einem Mohnbrötchen.

»Warum?«, fragte sie. »Warum mögen Sie den Text?«

»Sie haben mir nicht zugehört. Ich mag ihn gar nicht. Ich liebe ihn. Bestimmt haben Sie ihn aus ganz persönlichen Gründen angefangen. Sie schreiben ihn für sich selbst und haben keine Ahnung, was er anderen bedeuten könnte. Sie glauben die ganze Zeit, es ginge um Ihre Memoiren, dabei schreiben Sie gerade die Geschichte Ihrer Generation.«

Die Geschichte ihrer Generation. So in etwa hatte sie es sich natürlich auch schon überlegt und gehofft, dass andere es genauso sehen würden, aber jetzt, wo er es sagte, klang es prätentiös und oberflächlich.

»Sie dachten, Sie seien jemand, der sich in dem gemütlichen kleinen Ghetto der feministischen Literatur häuslich eingerichtet hat. Jetzt stellt sich heraus, dass das nicht Ihre Bestimmung war. Ihre Bestimmung war, die innere Geschichte Ihrer Ära zu Papier zu bringen.«

Es hatte sie schon immer verblüfft, dass selbst gebildete junge Leute gern von der »Bestimmung« sprachen und sich einredeten, es hätte »alles seinen Sinn und Zweck«. Dass sie ihren schrulligen Individualismus mit einer passiven Akzeptanz des Gegebenen paarten.

Warum bin ich nur so feindselig? Der Mann bringt nur frohe Botschaften und sagt nur nette Sachen.

Bin ich etwa, dachte sie, eine dieser traurigen Gestalten, die keinem Club beitreten wollen, der bereit ist, sie aufzunehmen? Sie hoffte, nicht.

»Jetzt habe ich ganz schön was zu verdauen«, sagte sie. »Als ich herkam, dachte ich, ich würde einen neuen Verlag finden müssen, und jetzt gehe ich …«

»Und jetzt gehen Sie als amerikanischer Klassiker.«

Sie verzog das Gesicht.

»Das sind Sie«, sagte er. »Gewöhnen Sie sich dran.«

26

Als sie sich von Kevin Cleaver verabschiedet hatte, wusste sie nichts mit sich anzufangen. Sie wollte es ihren Freundinnen erzählen, aber nicht sofort.

Sie schlenderte zur West End Avenue und wandte sich nach Norden. Erst glaubte sie nur ziellos umherzuwandern, aber spätestens an der Ecke 79. Straße begriff sie, dass sie diesen Weg nicht grundlos eingeschlagen hatte. Kurz darauf stand sie vor dem Haus einer Frau, mit der sie vor langer Zeit befreundet gewesen war.

Die Frau hieß Simone. Sie hatte Florence an der Bronx Highschool of Science in Französisch unterrichtet. Simone war die Erste gewesen, die ihr ernsthaftes Interesse entgegenbrachte. Einmal, erinnerte sich Florence, hatte Simone zu ihr gesagt, sie werde sicher ein spannendes Leben führen.

Nach dem College waren Simone und Florence in Kontakt geblieben, aber irgendwann hatte Florence ihn im Sand verlaufen lassen. Ein Jahrzehnt lang, als sie kaum mehr als eine Gehilfin ihres Ehemanns war, hatte sie sich geschämt, mit Simone zu reden. Sie hatte zu sehr das Gefühl, sie enttäuscht zu haben.

Simone war gestorben, bevor Florence als Autorin Karriere machte; sie hatte nie die Chance gehabt, auf den Erfolg ihrer Schülerin stolz zu sein.

Florence blieb eine Weile vor dem Gebäude stehen und blickte zu dem Fenster auf, das einmal Simones gewesen war.

Danke.

Dann machte sie sich auf den Nachhauseweg.

27

»Das ist mal was anderes«, sagte Janine.

»Meine Mutter ist eine Legende«, sagte Daniel.

»Es ist so seltsam«, sagte Florence. »Ich weiß gar nicht, ob es mir gefällt.«

»Glaub mir«, sagte Daniel. »Es gefällt dir.«

Florence war in ihrer Wohnung zu Besuch. Es war Sonntagnachmittag. Die Rezension würde erst in einer Woche erscheinen, aber es begann sich herumzusprechen. Eine Redakteurin der *Time Out New York* hatte wegen eines Interviews angerufen. Das O-Magazin wollte einen Essay abdrucken. Florence war für einen Auftritt im National Public Radio gebucht, und ihre Agentin war mit jemandem von der Talkshow *Charlie Rose* im Gespräch.

Emily behielt von der Couch aus alles im Blick oder versuchte es zumindest. Es war wie bei einem Sportwettkampf, wo an drei Enden des Spielfelds gleichzeitig Bewegung ist.

Florence wirkte verändert, aber Emily hätte nicht sagen können, wie.

Vielleicht war sie auch gar nicht verändert. Vielleicht nahm Emily sie nur anders wahr, jetzt, da man sie zum nationalen Kulturgut ernannt hatte.

Emilys Großmutter mochte verändert wirken oder nicht, aber ihre Mutter war es definitiv. Sie wirkte zutiefst erschüttert. Aber warum hätte Florence' Erfolg sie zutiefst erschüttern sollen?

Ihr Vater wirkte wie immer.

Er war so unfassbar statuenhaft. Was war er überhaupt? Emily war fest davon überzeugt, dass nichts ihn je wirklich verändern würde. Selbst wenn man ihm MDMA in den Kaffee kippte, dachte sie, würde er sich nicht anders verhalten als sonst. Egal, was in seinem Inneren vor sich ging, er würde unbeeindruckt, unbeirrbar, unablenkbar bis zum Ende seine Pflicht erfüllen.

Man sah ihm an, dass er sich auf seine zurückhaltende Art für seine Mutter freute. Von den drei Erwachsenen war er der Einzige, der einfach glücklich wirkte.

»Sie wollen mich auf Lesereise schicken«, sagte Florence.

»Magst du Lesereisen?«, fragte Emily.

»Das beantworte ich, wenn ich eine erlebt habe.«

»Du warst noch nie auf Lesereise?«

»Als meine Geschichte der Bewegung erschienen war, haben sie ein Auto organisiert und mich zu verschiedenen New Yorker Buchhandlungen gefahren. Bis runter nach Park Slope. Das was meine Lesereise.«

»Und wo fahren sie dich diesmal hin?«

»Zu all den großen Absatzmärkten.«

»Was heißt das?«

»Keine Ahnung.«

»Natürlich weißt du, was das heißt«, sagte Daniel. »Los Angeles, San Francisco, Boston vielleicht und vielleicht auch Chicago. Was könnte es sonst noch heißen?«

»Seattle vielleicht, Dad?« sagte Emily. »Und Portland?«

»In New York weiß man nicht mal, dass Seattle und Portland existieren«, sagte Daniel.

»Das ist nicht wahr«, sagte Emily. »Das sind beides bedeutende Buchhandelsmärkte.«

»Woher weißt du so was?«, fragte Daniel.

»Deine Tochter weiß eine Menge«, sagte Janine.

»Stimmt. Aber entscheidend ist doch, dass Oma jetzt eine Literaturgöttin ist. Und du weißt, was das bedeutet, oder, Oma? Es heißt, dass du anfangen musst zu twittern.«

»Mein Lektor hat das Thema auch schon aufgebracht.«

Weil ihre Mutter so seltsam unbeweglich war, ging Emily in die Küche, stellte ein paar Snacks zusammen und brachte sie ins Wohnzimmer zurück. Niemand schien sich vom Fleck gerührt zu haben.

»Wird der Erfolg Florence Gordon verändern?«, sinnierte Daniel.

Emily war überrascht, dass Florence die Frage ernst zu nehmen schien.

»Wenn man in *ihrem* Alter groß rauskommt«, sagte Florence mit einem Blick auf Emily, »das verändert einen. Ich bin zu alt für Veränderungen.«

»Na, ich weiß nicht«, sagte Emily. »Ich glaube, es hätte dich auch in meinem Alter nicht verändert.«

»Meinst du nicht?«

»Ich glaube, du bestehst aus massivem Eisen.«

»Freut mich, dass du mich so siehst.«

»Wirst du jetzt irgendwas anders machen?«

»Was sollte ich anders machen?«

»Dad sagte, du hättest gesagt, die Rezensentin hätte alles richtig gemacht. Richtig?«

»Ich habe keinen Grund zur Klage.«

»Also kannst du jetzt davon ausgehen, dass du verstanden worden bist. Und ich habe mich gefragt, ob du nicht ganz andere Dinge schreiben willst, wo du deine Meinung gesagt hast und man dich verstanden hat. Vielleicht ist das eine Chance, dein Leben zu ändern.«

»Ich habe nie daran gezweifelt, dass ich verstanden werde. Da musste nicht erst Martha Nussbaum kommen und irgendwem meinen Standpunkt erklären. Ich denke, den habe ich selbst klar genug gemacht.«

»Okay.«

»Und ich brauche mein Leben nicht zu ändern. Mein Leben ist ganz in Ordnung, wie es ist.«

»Sie wollte dich nicht beleidigen, Mom«, sagte Daniel. »Geh dem Mädchen nicht gleich an die Gurgel, verdammt.«

»Sie ist mir nicht an die Gurgel gegangen.«

»Ganz genau«, sagte Florence. »Ich bin ihr nicht an die Gurgel gegangen. Und du halt dich da raus.«

Emily war nicht sicher, ob ihre Großmutter ihr an die Gurgel gegangen war. Florence gab einem immer das Gefühl, etwas Dummes gesagt zu haben. Es war schwer auszumachen, ob sie gereizter war als sonst.

28

Janine fühlte sich seltsam ... wie hieß es noch gleich? Nicht entlastet, aber so in der Art. Verschont? Vom Haken gelassen? Normalerweise traf sie Florence' prüfender Blick, aber jetzt stürmte das Leben so heftig auf die alte Dame ein, dass sie für die übliche peinliche Befragung keine Kraft übrig hatte.

Trotzdem war Janine nicht erleichtert. Rastlosigkeit machte sich in ihr breit. Sie konnte kaum erwarten, dass Florence endlich ging, aber als Florence dann tatsächlich aufbrach, fühlte Janine sich allein, obwohl ihr Mann und ihre Tochter bei ihr waren.

Am Abend gingen Daniel und sie ins Kino. Danach wollte er im East Village spazieren gehen, wo sie einmal gewohnt hatten.

Seit sie nach Seattle gezogen waren, hatte Janine oft genug New York besucht, aber im East Village war sie nie gewesen. Sie hatte seit gut zwanzig Jahren keinen Fuß in den Stadtteil gesetzt. Als sie den Cooper Square erreichten, fühlte sie sich wie ein Geist, der durch ihr früheres Leben spukte.

Da war die Straße, in der sie ihren ersten New Yorker Sommer verlebt hatte, bis das Semester an der NYU begann. Da war die Bar, in der sie diesen süßen, melancholischen Jungen getroffen hatte, den sie eine Zeitlang für die Liebe ihres Lebens hielt. Wie hieß er noch gleich? Dort auf der Bank hatte sie das Mädchen mit dem violetten Haar geküsst. Sie war sich damals so verwegen vorgekommen.

Hier hatte sie einmal ein verzweifeltes, erniedrigendes Telefongespräch mit dem Jungen geführt, für den sie im dritten Semester schwärmte. Die Telefonzelle gab es natürlich nicht mehr. Hier war früher der Club, in dem ihr Freund Spider manchmal Gitarre spielte. Der Laden war inzwischen ein Schuhgeschäft. Und hier an der Ecke hatte sie Daniel kennengelernt.

»Was meinst du?«, fragte sie Daniel.

»Hier war es, oder?«

»Hier war es.«

Sie waren an dem Abend beide mit Freunden unterwegs gewesen. Einige ihrer Freunde hatten einige seiner Freunde gekannt. An der Straßenecke trafen sich beide Gruppen, und während die Freunde besprachen, was sie zusammen unternehmen sollten, hatten die beiden sich in eine Diskussion über Stadt- und Landleben verwickelt. Pures Geplänkel. Er brandmarkte die Stadt seiner Kindheit und Jugend als gefängnisartig; sie, die im Vorort aufgewachsen war, sah nicht ein, wie man sich hier jemals unwohl fühlen oder langweilen konnte. Sie hatte wahllos auf eins der Mietshäuser gedeutet und gerufen: »Jeder einzelne Ziegel in dieser Wand bebt vor Ambitionen!« Später hatte er ihr gestanden, dass er in dem Moment beschloss, mit ihr zusammen sein zu wollen.

Sie blieben ein Jahr zusammen, trennten sich nach dem Studienabschluss und wurden Jahre später erneut ein Paar.

»Ich frage mich, was aus uns geworden wäre, wenn wir nie weggegangen wären«, sagte sie.

»Du wärst genau so geworden, wie du bist. Zielstrebig, selbstkritisch, von deinem Beruf begeistert. Und ich wäre bis heute ein snobistischer Möchtegernpoet.«

»Glaubst du wirklich?«

»Ich weiß nicht, ob ich den Mumm gehabt hätte, aufzuhören.«

29

Der junge Mann, der den Mut aufbringt, ein Leben als Künstler zu beginnen – das ist eine Geschichte, die man immer wieder gerne hört. Daniel hatte es stattdessen Mut gekostet, dieses Leben aufzugeben. Die Begleitmusik seiner Kindheit mit den beiden obsessiven Eltern war ein Duett für Schreibmaschinen, und er war selbstverständlich davon ausgegangen, dass auch er Schriftsteller werden würde. In der Highschool sah er sich als byronesker Romantiker; eines Frühjahrs stakste er, von Lyrik und Gras benebelt, sogar im Cape durch die Stadt. Am College schrieb er sich für Literatur und Kreatives Schreiben ein. In der Woche vor der Abschlussfeier fragte ihn sein Lyrikdozent – ein Ex-Marine, dessen Lyrik eine Art robuste Seelenqual verströmte und der seinen akademischen Kollegen wohlwollende Verachtung entgegenbrachte –, was Daniel als Nächstes vorhabe, und als Daniel nur mit den Schultern zuckte, schlug der Dozent ihm vor, statt ziellos seine Zeit zu vertrödeln, könne er ein paar Jahre beim Militär verbringen und sehen, was der Rest der Welt so trieb.

Normalerweise hätte Daniel über so einen Vorschlag nur gelacht – nichts anderes erwartete der Dozent vermutlich –, aber das Gespräch fiel in eine Zeit, als er seinen Eltern gegenüber kompromisslos kritisch war, und ein paar Wochen später unterschrieb er im Rekrutierungsbüro seine Papiere. Wenn er später auf diese Entscheidung zurückblickte, fragte er sich nur, ob er seine Eltern damit hatte ärgern oder bloß überraschen wollen. Er blieb zwei Jahre im Dienst, und obwohl er nie an Kampfeinsätzen teilnehmen musste und nicht einmal die USA verließ – er wurde nach Fort Lewis, Washington, abkommandiert, wo man ihn gleich als Bücherwurm erkannte und dazu einteilte, den Veteranen-Rundbrief zu betreuen –, fühlte er sich bei der Entlassung gründlich von seinen Eltern abgenabelt. Und nicht nur von ihnen: Auch von ihrer Welt fühlte er sich befreit.

Florence und Saul, inzwischen längst geschieden, waren sich nur in einem einig: Sie konnten beide nicht begreifen, warum zum Teufel er diesen Schritt gegangen war. Sie hatten sich in der Weltsicht der Upper West Side behaglich abgeschottet – als Pazifisten hätten sie sich nicht bezeichnet, hatten aber jeden Krieg, den die Staaten seit ihrer Jugend führten, abgelehnt. Sich einer revolutionären Zelle anzuschließen, die den Umsturz plante, hätte in ihren Augen zumindest potentiell Sinn ergeben können; sich bei der Armee einzuschreiben, ergab überhaupt keinen Sinn.

Als er später beschloss, Polizist zu werden, war er sich über eins im Klaren und war froh darüber: dass er es nicht tat, um seine Eltern zu ärgern. Er wusste, dass es sie empören würde, aber das war nicht sein Grund, es zu tun.

Was er in der Armee erlebte, hatte er größtenteils gehasst: die Starrheit, die Feindseligkeit dem Denken gegenüber, wie man in eine Maschine verwandelt wurde, die darauf programmiert war, Schaden anzurichten. Aber er liebte es, dass er dort zum ersten Mal einen Begriff von Demokratie bekam. Die Armee als Ganze war hierarchisch aufgebaut, aber die Rekruten lebten miteinander in einem Zustand abgespeckter Gleichartigkeit. Nichts von ihrer Vergangenheit, nichts, was sie erreicht oder besessen hatten, war dort von Bedeutung. Das Einzige, was den Kameraden etwas bedeutete, war, dass man sich nicht wie ein Arschloch verhielt, dass man kein schlechtes Licht auf die anderen warf, indem man nichts auf die Reihe kriegte, und dass man kein schlechtes Licht auf die anderen warf, indem man deutlich besser war als sie.

Als er bei der Polizei anheuerte, dachten seine Eltern, er hätte sie zum zweiten Mal zurückgewiesen. Sie begriffen nicht, dass er sich aus seiner eigenen ungewohnten Perspektive nicht sehr von seinem früheren Selbst unterschied. Er besaß noch dasselbe soziale Bewusstsein, das ihn mit acht dazu getrieben hatte, Plakate für eine Anti-Müll-Kampagne in der Upper West Side zu gestalten, und mit vierzehn, für Jimmy Carter von Tür zu Tür zu ziehen. Er wollte sich noch immer nützlich machen.

Seine Entscheidung, Polizist zu werden, hatte er selten bereut, aber in den über zwanzig Jahren im Seattle Police Department hatte er nie richtig dazugepasst. Zu Beginn seiner Dienstzeit hatte ihn ein Kollege dabei ertappt, in der Mittagspause ein Buch zu lesen, ein einschneidendes Ereignis in der Geschichte des Polizeiapparats offenbar, und in Folge hatte ihn jemand den »Professor« genannt, ein Name, den er nie wieder loswerden sollte – hauptsächlich, weil er gern las, und zum Teil, vermutete Daniel, auch weil er Jude war. Niemand schikanierte ihn oder machte ihm das Leben schwer, aber er fühlte sich immer als Außenseiter.

Nach ein paar Jahren wechselte er in die Kriseninterventionseinheit, eine kleine Welt für sich innerhalb des Polizeiapparats, mit eigenen Werten und Regeln. Die meiste Zeit verbrachte er dort damit, psychisch Kranke davor zu bewahren, dass sie in die Fänge der Kriminaljustiz gerieten. (Die Einheit wurde nur deshalb jedes Jahr von der Stadt finanziert, weil man begriffen hatte, dass es Kosten sparte, wenn gewalttätige Geisteskranke nicht die Gerichte verstopften.) Wer in der Krisenintervention arbeitete, wurde von den meisten Kollegen nicht mehr richtig als Polizist angesehen, eher als Sozialarbeiter mit Dienstmarke. Und zumindest auf Daniel traf diese Beschreibung auch zu.

Seine Eltern ahnten nichts von alledem. So wie sie es sahen, war er jetzt durch und durch ein Cop. Sie ahnten nicht, dass er weiter beharrlich und aufmerksam las – wahrscheinlich glaubten sie, er hätte das Lesen aufgegeben. Manchmal hatte er, ohne es recht erklären zu können, das Gefühl, sie sähen ihn nicht einmal mehr als jüdisch an. Vermutlich hielten sie es mit Lenny Bruce' Theorie, dass nur wer in New York lebt, Jude ist, und überall sonst ist man Goi.

Wenn er seinem jüngeren Selbst viel ähnlicher war, als seine Eltern es wahrhaben wollten, hieß das allerdings nicht, dass unter der Oberfläche derselbe alte Daniel steckte. Seine Erfahrungen hatten ihn verändert, und er hatte diese Veränderung gewollt. Er hatte jetzt andere Vorstellungen davon, was bedeutsam war. Daniel beurteilte Menschen nicht danach, wie viele Bücher sie gelesen und wie viele Artikel sie veröffentlicht hatten; er bemaß ihren Wert nicht an ihren Kenntnissen oder ihrer Belesenheit, nicht einmal an ihrer Intelligenz. Worauf er wirklich Wert legte, war ganz simpler Anstand.

Janine hatte ihn auf diesem ganzen Weg begleitet. Sie hatte miterlebt, wie er zum Mann heranreifte. Jahr für Jahr bewunderte sie ihn immer mehr – für seine Ruhe, sein Mitgefühl, seine Güte und sein Interesse an den Kindern. Aber wenn sie ehrlich war, hatten nicht alle Entwicklungen ihr gefallen. In jungen Jahren war er so ehrgeizig gewesen – vielleicht hatte sie ihm das auch nur unterstellt –, aber jetzt ließ er schon seit Ewigkeiten keinen Willen mehr erkennen, sich in irgendeiner Hinsicht weiterzuentwickeln. Vielleicht war dagegen gar nichts einzuwenden. Vielleicht sollte sie seine Gabe zu schätzen wissen, das Leben dankbar anzunehmen, wie es war. Aber Janine hatte immer daran geglaubt, dass Stillstand den Tod bedeute, und wusste mit seiner Genügsamkeit nichts anzufangen.

Das Leben, das sie miteinander führten, war von dem, das sie immer erträumt hatte, weit entfernt – einem Leben voller kultureller Erlebnisse, voll geistigem Austausch, voller Begegnungen, die einen ins Grübeln brachten. Soweit sie dieses Leben dennoch führte, nahm Daniel kaum Anteil daran; sie hatte es sich selbst aufbauen müssen.

Manchmal dachte sie, Daniels Rivale sei nicht Lev, sondern Manhattan. Erst seit sie hier war, wurde sie sich all ihrer Möglichkeiten bewusst. Sie war in Seattle nicht unglücklich gewesen; ihr Job erfüllte sie, und sie hatte zwischen ihrer Mutterrolle, die sie liebte, und ihrer Rolle in der Arbeitswelt eine gute Balance gefunden. Aber in den vergangenen Wochen war ihr aufgegangen, wie sehr sie gelernt hatte, sich zu bescheiden. Hier war alles so viel aufregender: das Arbeitsleben, das kulturelle Leben, das Leben auf den Straßen, sogar ihre Träume. Sie wusste nicht, ob sie es über sich bringen würde, zurückzukehren.

Heute Abend wurde sie ihre Rastlosigkeit nicht los. Vorm Losgehen hatte sie das Gefühl gehabt, unpassend gekleidet zu sein, und hatte sich zwei Mal umgezogen, aber jetzt fühlte sie sich immer noch unpassend gekleidet.

Florence' Erfolg hatte etwas in Janine in Bewegung gesetzt. Florence war nie Kompromisse eingegangen. Und jetzt, nach all den Jahren, erntete sie den Lohn für ihren Mut. Und dann, dachte Janine, muss man sich doch fragen: Wenn ich selbst so unerschrocken wäre wie Florence, was hieße das für mein Leben? Was würde ich anders machen?

30

»Glaubst du, du könntest wieder hier leben?«, fragte sie.

»In Saint Mark's Place?«

»Du weißt, was ich meine. In New York.«

»Das könnten wir uns niemals leisten. Wir müssten in Brooklyn bei meinem Vater wohnen. Lauschige Abende am Kamin mit Saul. Wir könnten seine Meisterwerke frisch aus der Schreibmaschine lesen.«

»Egal wo. Du weißt, was ich meine. Könntest du dir vorstellen, in den Osten zurückzukehren?«

Sie konnten es schaffen, wenn er nur wollte. Daniel wurde immer unzufriedener mit seiner Arbeit, seit die Etatkürzungen ihn allmählich von einem Sozialarbeiter mit Dienstmarke zum Sachbearbeiter machten. In ein paar Jahren wäre er berechtigt, in den Vorruhestand zu gehen, und sie war überzeugt, dass er auch hier Arbeit finden konnte – überzeugter als er selbst, aber sie vertraute auf ihre Einschätzung. Und es stand so gut wie fest, dass sie dauerhaft im Labor bleiben konnte, wenn sie wollte. Nichts konnte sie aufhalten, außer vielleicht seine Vorbehalte dagegen, an einen Ort zurückzukehren, von dem er einmal geflohen war.

»Kennst du die Serie *McCloud*?«, fragte er. »Da kommt so ein Cop aus dem Westen nach New York, zieht im Cowboyhut durch die Straßen und zeigt den Großstädtern, wo es langgeht.«

»Die habe ich nie gesehen«, sagte Janine und bemerkte selbst, wie entmutigt sie klang.

»Vielleicht gibt es sie auf Netflix. Ich müsste mir mal ein paar Folgen anschauen. Mal sehen, ob das für mich funktioniert.«

»Für McCloud scheint es funktioniert zu haben.«

»Oh, ja. Aber ich weiß nicht, ob ich mich mit ihm messen kann. Du solltest sehen, wie er reiten konnte. Einmal springen die Bösen in einen Fluchtwagen, aber McCloud …«

Den Rest hörte Janine schon nicht mehr. Sie hakte sich unter, und die beiden setzten ihren Spaziergang fort.

31

»Das muss alles schrecklich sein für dich«, sagte Vanessa.

»Warum schrecklich?«, fragte Florence.

»Weil es all deine Routinen durcheinanderbringt. Bestimmt ist es schwer, deinen Posteingang in Ordnung zu halten.«

Florence stöhnte. Sie war sehr stolz auf ihren aufgeräumten Posteingang.

»Mal im Ernst«, sagte Vanessa. »Ist es dir zu viel? Oder ist schon wieder Normalität eingekehrt?«

Florence saß mit fünf Freundinnen, die sie seit über vierzig Jahren kannte, beim Abendessen. Drei von ihnen waren in ihrer Lesegruppe; sie trafen sich seit den siebziger Jahren monatlich, um über Bücher und Politik zu diskutieren. (Damals hatten sie es eine Bewusstseinsbildungsgruppe genannt, aber den Begriff benutzten sie schon seit Jahren nicht mehr.) Heute hatten die anderen sie eingeladen, um ihre »Inthronisierung« zu feiern, wie Vanessa es nannte.

»Die Normalität war überhaupt nie weg. Das weißt du doch. Es kommen ein paar Anrufe, ein paar E-Mails, und das Leben geht weiter wie gehabt.«

»Da wäre ich nicht so sicher«, sagte Vanessa. »Erfolg kann einen in den Wahnsinn treiben.«

Vanessa war als Psychotherapeutin auf Künstler spezialisiert. Ihr fielen gleich mehrere Beispiele ein. Ein Maler, der von sich selbst in der dritten Person zu sprechen begann, als eins seiner Werke vom Whitney Museum angekauft wurde. Eine Schriftstellerin, die so lange ihre Ruhmsucht im Zaum gehalten hatte, so lange den Narzissmus unterdrückte, der jedem kreativen Ausdruck zugrunde liegt, dass, als sie endlich ein bisschen Aufmerksamkeit bekam, all ihr Verlangen sich auf einmal Bahn brach – ein Verlangen, das kein noch so großer Ruhm hätte stillen können – und sie in Depressionen stürzte, von denen sie sich Monate später erst erholte. Eine andere Patientin, scheinbar der Inbegriff von Toleranz und Taktgefühl, hatte, als eins ihrer Bücher halbwegs erfolgreich lief, für alle, die sie lobten, nichts als Hass übrig gehabt. Späte Anerkennung, fand Vanesa, war ein Einfallstor für die Rückkehr des Verdrängten.

Auch Alexandra glaubte, dass Erfolg einen in den Wahnsinn treiben konnte, und auch sie hatte ihre Theorie dazu. Demnach gab es in den Tiefen der Seele eine Art Geschwulst, eine Kreatur, die ausschließlich nach Stabilität verlangte, und wenn es nach ihr ging, war eine Veränderung zum Guten kein bisschen weniger schlimm als eine negative Veränderung.

Das Gespräch bewegte sich immer weiter von ihrem Ausgangspunkt weg, von Florence' plötzlichem Erfolg, und Florence war dankbar dafür. Sie hatte den Wandel ganz anders erlebt, als ihre Freundinnen es schilderten, und war froh, dass niemand von ihr erwartete, diesen Unterschied zu benennen oder wegzuleugnen.

Florence hatte ihren Augenblick des Ruhms überhaupt nicht als verstörend empfunden. Nicht enttäuschend, nicht ärgerlich noch irgendwie kompliziert. Er war eins dieser seltenen Vorkommnisse von ungetrübtem Glück.

Seit die wortgewaltige Philosophin ihr die Weihen erteilt hatte, fühlte Florence sich richtig wohl. Es war, als hätte sie sich ihr Leben lang darauf vorbereitet, nur darauf gewartet, Anerkennung zu erfahren. Sie hatte nicht danach gelechzt, hatte nie geglaubt, Zustimmung nötig zu haben. Aber jetzt, wo sie sie bekam, war es ein Genuss.

Mit seinem Glück zu prahlen war allerdings nicht weniger vulgär, als seinen Wohlstand zur Schau zu stellen, also war sie froh, das Thema aussparen zu können, wie es ihr in letzter Zeit ging.

Die Unterhaltung mäanderte weiter, und Florence entspannte sich mehr und mehr. Mit diesen Frauen fühlte sie sich wohler als mit irgendwem sonst. Im Laufe der Jahre hatten ihre Biographien unterschiedliche Wendungen genommen; bei manchen jagte ein Erfolg den nächsten, und andere trafen seit Jahrzehnten eine Fehlentscheidung, machten eine Pechsträhne nach der anderen durch. Aber wenn sie zusammen waren, spielte all das keine Rolle. Es spielte keine Rolle, was sie erreicht oder nicht erreicht hatten. Sie kannten einander gut genug, um über die Wechselfälle des Lebens hinwegzusehen.

Sie saßen stundenlang beisammen, und das Gespräch kam nur noch ein, zwei Mal auf Florence' Erfolg zurück, und dann nur, weil ihre Freundinnen sie damit aufziehen wollten.

Es gefiel ihr, von diesen Frauen aufgezogen zu werden. Sie vertraute ihnen. Sie waren ihre Sippe.

32

Aber seltsam war es doch, dass gerade enge Freunde selten die entscheidenden Fragen stellten.

Florence grübelte immer noch über die Fragen ihrer Enkelin: »Wirst du jetzt irgendwas anders machen? Ist das nicht eine Chance, dein Leben zu ändern?«

Keine ihrer Freundinnen wäre je auf die Idee gekommen, sie so etwas zu fragen.

Vielleicht hätten sie es nicht getan, weil sie sie so gut kannten. Sie wussten, dass Florence sich nicht ändern wollte.

Oder sie hätten nie gefragt, weil sich unsere Vorstellungen von Freunden mit der Zeit verfestigen. Wir haben gleichbleibende, begrenzte Ansichten über sie, deshalb halten wir sie selbst für gleichbleibend und begrenzt.

Als Emily fragte, hatte Florence sie kaum einer Antwort gewürdigt. Sie hatte klarstellen wollen, dass die gesamte Fragestellung unter ihrer Würde war.

Aber die Fragen hatten sie nicht wieder losgelassen.

Sie verstand durchaus, was Emily meinte. Nussbaums Rezension hatte ihr Lebenswerk wohlwollend und präzise auf den Punkt gebracht. Florence brauchte sich nicht zu wiederholen, weil alles verstanden worden war. Vielleicht war tatsächlich Zeit für etwas Neues.

Aber für was?

Ein paar Tage nach dem Gespräch mit ihrer Enkelin hatte Florence einen Karton voller alter Notizen hervorgeholt. Sie hatte vor Jahren mit der Idee geliebäugelt, sich ein Großprojekt vorzunehmen, eine Synthese aus Feminismus und radikaler Gesellschaftstheorie – *Verteidigung der Rechte der Frau* trifft *Das Kapital*. Sie stellte sich ein sperriges, einschüchterndes, umfassendes Werk vor, voller Fußnoten und so dick wie eine Dose Corned Beef. Jetzt grub sie die Notizen wieder aus, um zu entscheiden, ob sie die Arbeit wiederaufnehmen wollte, und verbrachte ein paar Tage damit, sie durchzusehen.

Es war eine erhellende Erfahrung, weil sie ihr half, zu verstehen, warum sie das Projekt damals aufgegeben hatte. Mehr noch, sie half ihr zu verstehen, wer sie war. Sie hatte das Buch aufgegeben, weil sie nicht als systematische Denkerin taugte. Das war sie nicht und wollte es auch nicht sein. Sie war eine Guerillakriegerin, Saboteurin, Meisterin des Überraschungsangriffs. Ihr Metier war der Langessay. Die meisten ihrer Bücher waren Essaysammlungen, und die anderen waren nur als etwas anderes getarnt.

Nachdem sie sich ein paar Tage mit den Notizen beschäftigt hatte, warf sie sie mit einem immensen Gefühl der Befriedigung in den Müll.

Emilys Fragen waren entscheidend, weil sie Florence daran erinnerten, was sie wollte. Sie wollte nichts anders machen. Sie wollte ihr Leben nicht ändern. Sie wollte weitermachen. Allenfalls konnte ihr die öffentliche Zustimmung helfen, noch skrupelloser, noch drastischer zu werden, sich noch mehr Angriffe, Beleidigungen, Kränkungen zu erlauben. Aber wahrscheinlich nicht. Anzugreifen, zu beleidigen und zu kränken war ihr ohnehin nie schwergefallen.

Alles, was ich will, dachte sie, ist weitermachen, solange ich kann.

33

Im Alter von 75 Jahren begab sich Florence auf ihre erste Lesereise. Sie war hastig zusammengestoppelt worden und umfasste nicht alle wichtigen Absatzmärkte, aber Florence fand sie trotzdem luxuriös. Sie fuhr nach Miami, Washington, Philadelphia und Boston, schlief in schönen Hotels und trat in einer Buchhandlung und in drei Synagogen auf. Kevin hatte erklärt, genau so müsse eine Lesereise sein. »Jüdische Frauen«, sagte er, »sind die Einzigen, die das Verlagswesen noch am Leben halten.«

Florence' Freundinnen erwarteten, dass sie sich über die Reise beschweren würde, aber sie hatte Spaß daran. Man reist, und man kommt mit Frauen ins Gespräch, die nie Teil irgendeiner Bewegung gewesen sind, die sich unter »Organisieren« nichts Revolutionäreres vorstellen als eine Neuordnung ihrer Kleiderschränke, und man stellt fest, dass sie nicht nur ihr Lebtag lang feministische Impulse mit sich herumgetragen, sondern auch danach gehandelt haben, indem sie sich aus widrigen, beengenden Umständen herausarbeiteten, um endlich freiere Luft zu atmen.

Am meisten Freude machte ihr, dass Frauen von Anfang, Mitte zwanzig zu den Veranstaltungen kamen. Ein neues Online-Magazin von frisch graduierten Feministinnen, die *New Inquiry*, schien Florence als Großmutter ehrenhalber adoptiert zu haben – sie brachten in ein und derselben Woche eine Werkschau und ein Interview mit ihr –, also tauchten sowohl in Washington als auch in Philadelphia selbstsichere, belesene junge Frauen auf, von denen die meisten sie aus der *New Inquiry* kannten. Sie war vielleicht kein Jugendidol, wie Vanessa gern behauptete, aber so viel Aufmerksamkeit vonseiten junger Leute hatte sie lange nicht mehr erlebt, und es schmeichelte ihr.

34

Die letzte Station der Lesereise war Hartfort, Connecticut, wo sie wieder in einer Synagoge auftreten sollte. Sie reiste mit dem Zug aus Boston an, nachdem ein Unwetter dort das Publikum auf vier oder fünf alte Freunde und E-Mail-Bekanntschaften beschränkt hatte. Sie war müde, und die Sache mit der Hand und dem Fuß war wieder aufgeflammt – die Finger wollten herumzappeln, und der Fuß wollte über den Gehweg schleifen –, und Florence, die ganze Florence, nicht ihre Einzelteile, wollte nur noch nach Hause zurück.

Am Bahnhof erwartete sie eine junge Frau – war sie jung, oder lag es an Florence, der jetzt alle jung vorkamen? – namens Dolly.

Dolly hatte die Veranstaltung organisiert. »Ich bin Ihre persönliche Assistentin, Ihr Bodyguard, Ihr Schutzengel und Ihr Groupie in einer Person«, sagte sie.

Dollys Auto war anders, als Florence es sich vorgestellt hätte, wenn sie überhaupt auf die Idee gekommen wäre, sich irgendetwas vorzustellen. Die meisten Menschen, die sie zu ihren Auftritten brachten, waren in professionell gepflegten Autos vorgefahren. Man hätte von den Fußmatten essen können. Aber dieser Wagen roch entschieden nach einer großen und, wie Florence deutlich spürte, nicht besonders glücklichen Familie.

Einer Familie mit Hunden, wurde ihr klar. Ein Hundeauto. Ein Auto, wie ein Hund es besitzen würde, wenn Hunde Autobesitzer wären. Hundehaare auf den Sitzbezügen, der Geruch von Hundefutter, von Hundeatem, von nassem Hundefell im überhitzten, stickigen Innenraum.

Auch Kindermüll lag überall herum: Apfelsaftpackungen, die Plastikhüllen von Käsestangen, leere Chipstüten. Nach nur einer Minute Fahrt meinte Florence die Familie besser zu kennen, als ihr lieb war.

»Ich dachte, das hier würden Sie unterwegs vielleicht gern lesen«, sagte Dolly. Sie gab Florence ein von Hand getackertes Heftchen, das sich als der aktuelle Gemeinderundbrief der Synagoge herausstellte. Er enthielt einen Artikel zu Florence' Vortrag von einer Frau namens Alice Tyler. Florence überflog den Text.

»Unglaublich, dass die es nie auf die Reihe bringen. Wenn diese Transuse keinen Groschen in einen Anruf investieren mag, dürfte man doch zumindest erwarten, dass sie die paar Daten im Netz überprüft. Ich bin nicht 1937 geboren, habe nicht promoviert und bin nicht im Ruhestand.«

»Das habe ich geschrieben«, sagte Dolly. »Das ist mein Pseudonym.«

»Sie waren das? Gut, dass Sie unter Pseudonym schreiben, damit keiner merkt, was für eine schlechte Autorin Sie sind. Sie müssen dringend Ihre Fakten prüfen. Und Sie müssen die Grammatik in den Griff bekommen. ›Der brillanten New Yorkerin wurde zu Beginn diesen Jahres eine besondere Ehrung zuteil.‹ Es heißt ›dieses Jahres‹, nicht ›diesen‹. ›Diesen Jahres‹

ist pseudoelegant, und es ist grammatikalisch falsch. ›Sie verwehrt sich nicht dagegen, als demokratische Sozialistin zu gelten.‹ Das muss ›verwahrt sich‹ heißen. Vielleicht sollten Sie gelegentlich nachschlagen, was ein Ausdruck bedeutet, bevor Sie ihn vervielfältigen. Das ist ja fürchterlich.«

Dolly lächelte selig. »Das ist ja so super. Ich werde von Florence Gordon beschimpft. Nicht mal, na, fünf Minuten nach der ersten Begegnung. Ich bin gerade in die oberste Liga aufgestiegen.«

»Man steigt nicht in die oberste Liga auf, indem man dermaßen schlecht schreibt, dass Florence Gordon einen beschimpft.«

»Ich weiß, ich weiß. Ich bin nur so im Stress in letzter Zeit. Mein Mann – er ist Prodekan am Trinity – hat solche Rückenprobleme, dass er mir kein bisschen im Haushalt helfen kann. Er kann nicht mal bequem auf dem Sofa liegen. Manchmal kommt er von der Arbeit heim und legt sich vor dem Fernseher auf den Boden.«

»Klingt, als hätte der Herr Prodekan es ganz gut getroffen.«

»Nein, Ronald würde nie … ach, Sie machen nur Spaß. Und die Kinder sind beide im Hochbegabtenförderprogramm und kriegen irrsinnig viele Schularbeiten auf. Ich mache ohne Witz jeden Tag drei Stunden Hausaufgaben mit ihnen.«

»Gott steh ihnen bei, wenn Sie mit ihnen auch Grammatik üben.«

Dolly gab ein lautes, wieherndes Lachen von sich. An ihr schien alles abzuprallen. Diese Widerstandsfähigkeit hatte zumindest etwas für sich, fand Florence, und die Gabe, sich selbst nicht zu ernst zu nehmen.

Auf der Weiterfahrt betrachtete Florence die vorüberhuschenden Straßen. Domino's Pizza, Starbucks, Subway. Es war alles dasselbe wie überall sonst. Florence ahnte, dass sie das hätte missbilligen sollen, aber sie fand es tröstlich. All diese Läden gab es auch in der Upper West Side.

Sie hatte nur einmal eine Woche auf dem Land verbracht, während einer kurzen Affäre mit einem Naturliebhaber, und das war die schlimmste Woche ihres Lebens.

»Warum das Pseudonym?«

»Wie bitte?«, fragte Dolly.

»Warum schreiben Sie unter Pseudonym? Haben Sie etwas zu verbergen?«

»Ja, habe ich. Mich. Ich muss mich vor meiner Mutter verbergen.«

»Warum das?«

»Weil sie ein Felsblock ist. Meine Mutter ist ein Felsblock. Sie jagt mir eine Höllenangst ein. Sie überschattet mein ganzes Leben.«

»Das muss ja schwierig sein.«

»Es *ist* schwierig. Sehr schwierig sogar. Ich habe Ihren Sarkasmus durchaus gehört, und ich weiß, dass es Sie im Grunde herzlich wenig interessiert, aber es tut trotzdem gut, darüber zu reden. Ich will sogar meine Memoiren schreiben. Ich weiß nur nicht, ob ich es jetzt als Alice tun soll oder warten, bis meine Mom nicht mehr ist, und sie dann unter Dolly veröffentlichen. Jetzt gleich wäre mir lieber, aber wenn ich dann Fernsehauftritte habe, ist es mit meiner Tarnung vorbei.«

»Wenn Sie Fernsehauftritte haben?«

»Ich habe viel zu erzählen. Das Buch wird bestimmt ein Riesenerfolg. Keine Ahnung, ob die von *Charlie Rose* mich wollen würden, aber vom Frühstücksfernsehen wären bestimmt manche interessiert. Meine Geschichte ist echt faszinierend.«

»Wie alt ist Ihre Mutter?«

»Siebenundsechzig.«

»Dann könnte es noch ein Weilchen dauern.«

»Ich weiß.«

Dolly sah immer wieder verstohlen lächelnd zu ihr herüber.

»Was ist?«

»Ich weiß, das klingt komisch jetzt, aber Sie erinnern mich an meine Mutter. Sie sieht Ihnen sogar ein bisschen ähnlich. Es ist unglaublich, wie gut sie in Form geblieben ist. Dauernd mailt sie mir Texte über Diätmethoden. Und sie hat diese … sie wirkt immer irgendwie wütend. Nicht dass Sie wütend wirken würden. Oder wenn doch, dann wegen all der Ungerechtigkeit in der Welt. Meine Mutter ist eher wütend weil, na ja, weil ich mich zu selten bei ihr melde.«

»Ich verspreche, dass ich Ihnen nie Vorwürfe machen werde, weil Sie sich bei *mir* zu selten melden«, sagte Florence.

In der Synagoge erwartete sie ein nettes Publikum.

Florence hielt ihren Vortrag, las ein bisschen aus dem Buch und beantwortete Fragen. Es waren ein paar intelligente Frauen da, die intelligente Fragen stellten, meistens zu Elizabeth Cady Stanton, von der im Buch der längste Essay handelte. Sie schienen sie nicht recht zu mögen – Stanton, nicht Florence –, vielleicht, weil das Beharren, jeder von uns sei grundsätzlich allein, ihnen wesenhaft männlich vorkam.

Nach der Veranstaltung fuhr Dolly sie zum Hotel.

»Ich kann gar nicht beschreiben, wie bewegend ich Ihre Lesung fand. Ich kann nicht sagen, wie viel es mir bedeutet hat, dass Sie gekommen sind.«

»Danke, Dolly.«

»Viel von dem, was Sie sagen, betrifft mich auch ganz persönlich. Manches aus Ihrem Vortrag steht fast genau gleich in meinen Memoiren.«

»Das ist ja ein netter Zufall.«

»Ich wette, meine Memoiren würden Ihnen gefallen. Sie wären tief bewegt von dem Buch. Ich habe Teile davon Cynthia Ozick gezeigt, als sie letztes Jahr hier gelesen hat, und sie fand es toll. Sie sagte, ich sollte es gleich veröffentlichen.«

»Ach ja?«, sagte Florence.

»Ja. Ich weiß, dass Sie sich mit ihr vermutlich nicht vertragen, wegen der Sache mit dem Mittleren Osten, aber sie ist eine erstklassige Literatin, meinen Sie nicht?«

»Doch. Meine ich.«

»Alice Munro habe ich auch mal ein Stück zu lesen gegeben. Sie ist – es ist so unfassbar, dass ich ihr überhaupt begegnet bin. Sie ist praktisch die Meryl Streep der Literatur. Leider hatte sie keine Zeit, es zu Hause zu lesen, aber auf der Fahrt hat sie ein bisschen reingeguckt und gesagt, dass ich dranbleiben soll. Ich habe immer ein Exemplar im Kofferraum, wissen Sie. Das hab ich immer dabei, damit ich es überarbeiten kann – wenn ich zum Zahnarzt muss und es alles wieder länger dauert, hole ich schnell meinen Text und setze mich dran. Deshalb sind ein paar Bleistiftnotizen am Rand, und deshalb bedeutet er mir ganz schön viel, weil es das einzige Exemplar mit den neuesten Korrekturen ist, aber es wäre toll, wenn Sie es mitnehmen und mir sagen könnten, was Sie davon halten. Ich könnte Ihnen Briefmarken schicken, damit Sie es mir wiedergeben können.«

Der Literaturkritiker Edmund Wilson hatte gegen Ende seines Lebens einen Stapel Postkarten drucken lassen, auf denen stand: »Edmund Wilson sieht sich leider nicht in der Lage ...«, Manuskripte zu begutachten, Jurymitglied zu werden, Festreden zu halten, Fotos von sich zur Verfügung zu stellen und so weiter. Solche Postkarten hätte Florence auch gut gebrauchen können.

»Ich glaube, das wäre eine spannende Lektüre für Sie«, sagte Dolly. »Ich glaube, Sie hätten echt viel davon. Verstehen Sie mich nicht falsch, aber es kommt mir vor, als seien Sie eine Ahnin von mir.«

»Wie bitte?«, fragte Florence.

»Ich weiß, das ist jetzt albern, aber ich habe manchmal diesen Tagtraum, wissen Sie. Es ist wirklich albern, aber Ihnen kann ich es erzählen, weil ich mich Ihnen so nahe fühle. Ich habe so viel von Ihnen gelesen, dass ich mich Ihnen nahe fühle. Ich träume davon, wie eines Tages Leute meine Biographie schreiben, und dann kommen Sie darin vor und wie wichtig Sie für meine Entwicklung waren.

In dem Tagtraum – ich weiß, dass es nur ein Tagtraum ist, aber in diesem Traum ist das dann der Grund, warum Sie in den Köpfen der Leute lebendig bleiben. Vielleicht ist Ihr Werk eine Zeitlang in Vergessenheit geraten, aber wenn die Leute lesen, was Sie mir bedeutet haben – also wenn sie meine Biographie lesen –, dann interessieren sie sich auch wieder für Ihre Bücher.«

Sie fuhren durch die stillen, leeren Straßen von Hartford. Es war neun Uhr, und alles war dunkel und verschlossen. Florence sehnte sich nach der Stadt, wo man um zwei Uhr morgens losziehen und eine Sauer-scharf-Suppe bestellen konnte. Nicht dass sie das je getan hätte, aber es tat gut zu wissen, dass es möglich war.

»Ich weiß, das klingt irgendwie verrückt«, sagte Dolly. »Aber so stelle ich mir vor, Ihnen etwas zurückgeben zu können. Das meine ich damit. Ich stelle mir vor, Ihnen etwas zurückzugeben, weil Sie mir so viel gegeben haben.«

»Das meinen Sie damit?«, fragte Florence. »Es klingt eher wie ein Traum davon, mich zu vernichten.«

»Nein. Nein! Das ist es ganz sicher nicht. Ich meine, ich verstehe schon, was Sie meinen, aber … tut mir leid. Ich wollte Sie nicht beleidigen.«

»Kein Problem. Ich bin nicht beleidigt, weil es hier nicht um mich geht. Man kann von Freud halten, was man will, aber Ihr Tagtraum handelt ganz klar davon, die Macht zu brechen, die Ihre Mutter über Sie hat, und sie von sich abhängig zu machen. Glauben Sie nicht?«

Dolly schwieg einen halben Häuserblock weit.

»So hat noch niemand mit mir geredet. Das war so gemein. So hat noch nie jemand mit mir geredet.«

»Und wissen Sie auch, warum? Weil niemand Sie je ernst genommen hat. Die meisten lassen Sie wahrscheinlich einfach plappern, weil Sie so viel dummes Zeug daherreden. Ich will mal probehalber darauf setzen, dass Sie nicht so dumm sind, wie Sie tun. Aber wenn Sie jemanden zu einer Lesung einladen und dann von Ihrem Tagtraum erzählen, in dem diese Person längst vergessen ist – also, Dolly, wenn Sie wirklich erwarten, dass das jemanden freut, sind Sie übergeschnappt. Ich kann dazu nur sagen, dass vielleicht mehr in Ihnen steckt, als Sie durchblicken lassen. Vielleicht auch nicht. Vielleicht sind Sie wirklich so verrückt, gedankenlos und unsensibel, wie Sie wirken. Aber es könnte ja sein, dass Sie diese alberne Armes-Hascherl-Fassade nur aus Angst davor aufrechterhalten, was aus Ihnen werden könnte, wenn Sie es wagten, Ihren Aggressionen freien Lauf zu lassen. Das wäre mein Rat, wenn ich Therapeutin wäre. Lassen Sie Ihre verdammten Aggressionen endlich raus. Wie es jetzt ist, bemühen Sie sich krampfhaft, diese jiddische Pollyanna darzustellen, und der

Hass auf die Rolle dampft Ihnen aus allen Poren. Also lassen Sie mal Ihre wahren Emotionen von der Leine und schauen Sie, was passiert! Vielleicht wird Ihr Leben gleich interessanter. Und wenn Sie schon dabei sind, legen Sie sich gleich einen richtigen Namen zu. Ich meine – *Dolly*? Im Ernst? Heißen Sie schon immer so?«

»Ich hieß ursprünglich Dora. Alle haben mich immer Dolly genannt.«

»Dann nennen Sie sich gefälligst Dora, oder finden Sie was anderes, das zu einer Erwachsenen passt. Dolly mag mit fünf in Ordnung gewesen sein, aber wird es nicht Zeit für einen weniger einschränkenden Namen?«

Sie standen an der Ampel. Es wurde grün, aber Dolly nahm den Fuß nicht von der Bremse. Sie saß einfach da, das Lenkrad fest umklammert, und sah verdattert aus. Verdattert, aber nicht beleidigt, wie sich herausstellen sollte.

»Ich muss Ihnen wirklich, wirklich, wirklich danken. Sie haben Recht. Niemand hat je so mit mir geredet. Niemand hat mich je so ernst genommen. Da sieht man mal wieder, warum Sie eben *Sie* sind.«

Jetzt stand ein anderes Auto hinter ihnen, dessen Fahrer mit Wucht auf die Hupe drückte, und Dolly trat schnell aufs Gas; sie raste los, als die Ampel gerade wieder auf Rot gesprungen war.

»Es ist so toll, dass Sie bereit sind, offen mit mir zu reden«, sagte Dolly. »Es ehrt mich, dass Sie sich für mich interessieren.«

»Ich interessiere mich nicht für Sie. Sie haben nur Sachen gesagt, und ich habe meine Meinung dazu geäußert. Sobald ich im Hotel bin, denke ich wahrscheinlich nie wieder an Sie.«

»Sie sind brutal«, sagte Dolly. »Aber ich weiß das zu schätzen.«

Sie hielten in der halbkreisförmigen Zufahrt des Hotels.

»Ich kann Ihnen gar nicht sagen, was das hier für mich bedeutet hat«, sagte Dolly.

Ihre hündische Dankbarkeit war nervenaufreibend, aber andererseits wirkte es rührend, wie unerschütterlich sie war.

»Danke«, sagte Florence. »Sie haben ganz schön was zu bieten. Verkaufen Sie sich nicht unter Wert.«

Sie zog am Türgriff, aber nichts geschah. Sie hielt nach dem Knöpfchen am Fenster Ausschau, mit dem sich die Tür entriegeln ließ, aber so einen gab es nicht. Diese Knöpfchen an Autofenstern mussten irgendwann verschwunden sein, ohne dass Florence es gemerkt hatte.

»Ich kann einfach … ich kann wirklich nicht in Worten sagen, wie wichtig dieses Gespräch für mich war«, sagte Dolly. »Das muss unbedingt in meinen Blog.«

»Schön.«

»Unbedingt. Das kommt nicht nur auf Twitter. Da will ich richtig in die Tiefe gehen.«

»Na wunderbar. Könnten Sie …?«

»Oh, Entschuldigung. Natürlich.«

Das sagte Dolly, aber sie löste nicht die Verriegelung. Sie saß da und weidete sich an Florence' Gegenwart.

»Ich muss Sie einfach mal umarmen«, sagte Dolly. »Darf ich das?«

Ohne eine Antwort abzuwarten, schloss sie die Augen, und ihr Gesicht näherte sich Florence, seltsam körperlos im dunklen Auto.

»Lassen Sie's gut sein«, sagte Florence und wand sich in ihrem Sitz auf der Suche nach dem Entriegelungsknopf. Während Dollys Gesicht immer näher schwebte, fand sie das unverzeihlicherweise unter der Armlehne versteckte Ding. Sie drückte darauf, öffnete die Tür und riss sich aus Dollys halber Umarmung los.

»Okay«, sagte Florence. »Das war es dann wohl. Vielen Dank für die Einladung. Und wenn mich Ihre Biographen wirklich eines Tages vor dem Vergessen bewahren, bin ich auch dafür dankbar.«

»Oh … ich …«, sagte Dolly.

»Viel Glück«, sagte Florence. »Machen Sie's gut.«

Sie versuchte so schnell wie möglich zu verschwinden, aber irgendwo zwischen dem Auto und dem Kantstein verlor sie die Balance und landete in einem Knoten auf dem Gehweg, den sie sich komplizierter nicht hätte ausdenken können.

Der Schmerz war heftig.

Dolly war aus dem Wagen gesprungen.

»O Gott, Florence! Wow. Sie müssen echt besser aufpassen. Das sieht schlimm aus. Autsch.«

Sie wollte ihr aufhelfen, aber Florence ignorierte sie. Es tat zu sehr weh, um aufzustehen.

»Soll ich Sie ins Krankenhaus bringen?«, fragte Dolly.

»Danke, Dolly, aber es geht schon.«

»Es geht überhaupt nicht, das sehe ich doch. Ich glaube, Sie haben sich das Bein gebrochen.«

»Ich habe mir nur den Knöchel verdreht. Es ist alles in Ordnung, wirklich. Ich habe schon ganz andere Schmerzen durchgemacht. Die Wehen zum Beispiel.«

»Dann sind Ihre Kinder durch den Knöchel auf die Welt gekommen?«, sagte Dolly, ein Witz, der sie selbst zu einem kleinen Tänzchen verleitete.

»Alles bestens«, sagte Florence und rappelte sich auf, wieder ohne Dollys Hand zu nehmen. »Es ist nichts.«

In Wahrheit war es durchaus nicht nichts. Der Eingang zur Lobby war keine zehn Meter entfernt, aber es kam ihr viel weiter vor. Dolly lief neben ihr her und fragte ständig, ob alles in Ordnung sei, während Florence sich so wenig wie möglich anmerken ließ, wie höllisch ihr Knöchel schmerzte.

Vielleicht war es keine schlechte Idee, zum Arzt zu gehen, dachte Florence, aber sie musste sich erst aus den Klauen ihres Fans befreien. An der Fahrstuhltür gab sie Dolly die Hand – am steif nach vorn gestreckten Arm – und verabschiedete sich von ihr.

Die Zugfahrt nach New York hatte sie sich als luxuriöse Gelegenheit vorgestellt, ungestört ein Buch zu lesen, und verbrachte die drei Stunden stattdessen in einer Symphonie der Schmerzen.

Vom Bahnhof ging sie nicht nach Hause, sondern in eine Klinik, wo man sie röntgte, ihr den verstauchten Knöchel bandagierte und ihr sagte, wo sie in der Nähe einen Gehstock bekommen konnte.

35

Daniel und Janine spazierten den Broadway hoch.

»Du bist wirklich gut darin, dich hier fortzubewegen«, sagte er.

»Ja«, sagte sie. »Die Kunst habe ich gemeistert.«

Es *war* eine Kunst, und er war so lange aus New York fort gewesen, dass er sie nicht mehr beherrschte. Wenn er nicht gerade anderen im Weg war, waren sie ihm im Weg. Seit er hier war, hatte er sich immerhin den Nerv-Touristen-Modus abtrainiert, bei dem man stehen bleibt, um aufregenden urbanen Erscheinungen nachzugaffen, und die Leute einen von hinten anrempeln, aber den schnellen Net-Stopp hatte er noch nicht im Griff, bei dem der Vordermann plötzlich hält, um etwas auf seinem iPhone zu checken.

»Glaubst du, Emily ist glücklich?«, fragte Janine.

»Sie sieht so aus.«

»Ich denke manchmal, dass sie öfter ausgehen sollte. Wäre schön, wenn sie mal einen netten Jungen kennenlernen würde.«

»Bestimmt nicht leicht, über Brokkoli-Boy hinwegzukommen«, sagte Daniel.

»Sei nicht fies«, sagte Janine, aber sie lächelte dabei.

Brokkoli-Boy war Emilys Freund zu Highschool-Zeiten, sehr nett, aber schwermütig und irgendwie lasch. Seinen Namen hatte er sich bei einem gemeinsamen Abendessen zugezogen – er hatte eine klare Meinung zu Brokkoli –, aber in Emilys Gegenwart hatten sie ihn nie so genannt.

Janine war auf dem Weg zum Labor, und Daniel wollte sich mit einer alten … es war schwer zu beschreiben, mit wem er sich treffen wollte.

Caroline stand vor dem Eingang der Columbia University an der Ecke 116. Straße. Sie begrüßte erst Janine mit einem Kuss, dann Daniel.

»Meine Güte«, sagte Janine. »Du bist bildschön geworden. Ist sie nicht bildschön, Daniel?«

»Yep. Bildschön.«

Caroline wirbelte einmal im Kreis, um ihre Schönheit herzuzeigen.

Daniel hatte sich ihrer vor zehn, zwölf Jahren angenommen, als ihre Eltern bei einem Raubüberfall gestorben waren. Es zählte offiziell nicht zu seinen Befugnissen, aber er hatte sich für sie zuständig gefühlt. Sie hatte sonst keine Angehörigen, also sorgte er dafür, dass sie in einer guten Pflegefamilie unterkam – saß dem Sozialamt im Nacken, damit sie nicht in der Bürokratie verloren ging –, und später meldete er sich von Zeit zu Zeit bei ihr, ermutigte sie, aufs Community College zu gehen, und als das gut lief, sich um ein Uni-Stipendium zu bewerben und schließlich nach New York zu ziehen, was schon immer ihr Traum gewesen war.

»Du bist auch bildschön«, sagte sie zu Janine. »Du nicht, Oldtimer. Du baust ganz schön ab.«

Caroline war jetzt eine Frau. Hochgewachsen, vor Gesundheit strahlend, mit wildem blondem Haar und Augen, die grau, grün und gelblich waren, freundlich und grausam zugleich.

»Lass dich irgendwohin ausführen, wo es nett ist«, sagte Janine. »Nicht dass ihr bei Dunkin' Donuts landet.« Sie machte kehrt und ging in Richtung Downtown.

Caroline hakte sich bei Daniel unter.

»Ich bin wirklich hübsch, oder?«, sagte sie.

Er ging mit ihr zum Mittagessen, und sie erzählte, wie es ihr seit der letzten Begegnung ergangen war. Sie hatte für Theaterrollen vorgesprochen. Sie wollte sich über den Broadway an Hollywood heranpirschen, so in etwa lautete der Plan. Bis dahin hielt sie sich mit Werbespots über Wasser. In dreien hatte sie bisher mitgespielt: Für Stouffer's Mikrowellenmenüs, Bose-Kopfhörer und Glade-Lufterfrischer.

»Den hast du gar nicht gesehen? Da habe ich im Fahrstuhl geduscht.«

»So was habe ich noch niemanden tun sehen.«

»Dann solltest du sehen, wie ich es tue.«

»Ich achte mal darauf«, sagte er. »Und wenn du nach Hause kommst, kochst du dann?«

Daniel hielt es für ein Zeichen der Stabilität, wenn Menschen ihr Essen selbst zubereiteten. Wenn sie kochte, ging er davon aus, dass sie gut für sich sorgte.

»Warum sollte ich?«, sagte sie. »Ich besitze ein Telefon.«

Er fragte, wo sie wohnte und mit wem, was für Freunde sie hatte, womit sie ihre Freizeit verbrachte.

»Behältst du das alles im Kopf?«, fragte sie. »Als würdest du eine Checkliste führen!«

Aber er wusste, dass sie sich über die Fragen freute und darüber, ihm beruhigende Antworten geben zu können.

Sie erzählte von ihren Vorsprechproben. Soundso fand sie toll, aber nicht ganz passend für die Rolle, und soundso hatte im Moment nichts anzubieten, aber sie glaubte, er habe sich beim Vorsprechen ein bisschen in sie verliebt. Daniel fand das alles interessant, aber manchmal wünschte er sich, die Leute könnten etwas weniger ins Detail gehen.

»Ich kann bestimmt groß rauskommen, wenn die mir eine Chance geben. Ich wette, in mir steckt ein Star.«

Er sah sie an, um abzuschätzen, ob das ein Witz sein sollte, aber es schien ihr ernst zu sein.

»Was bedeutet das überhaupt?«

»Was bedeutet was?«

»Ein Star zu sein. Was meinst du damit?«

»Was bist du, ein Marsmännchen? Du weißt, was das bedeutet.«

»Aber was bedeutet es dir?«

»Guckst du manchmal *Der Therapeut*? Du wärst ein super Psychologe.«

»Das überlasse ich Janine. Also, was bedeutet es?«

»Es bedeutet, dass du dir Rollen aussuchen kannst. Dass du die Wahl hast. Es bedeutet, keine Geldsorgen zu haben. Es bedeutet, dass du schöne Kleider tragen, zu Premieren gehen und über den roten Teppich laufen kannst. Es gibt nichts auf der Welt, das näher an dem Gefühl dran wäre, als Prinzessin aufzuwachsen. Das bedeutet es.«

Als Janine und er zum ersten Mal mit den Kindern nach Disneyland gefahren waren, hatte Emily, damals fünf oder sechs, als sie Cinderella und Schneewittchen entdeckte, sich zu Janine umgedreht und gesagt: »Also gibt es sie doch!«

Daran erinnerte er sich und wünschte sich in die gemeinsame Wohnung zurück. Es war schön, Caroline wiederzusehen, aber er wollte in letzter Zeit nichts lieber, als mit seiner Familie zusammen sein.

»Aber du weißt selbst, was es bedeutet«, sagte Caroline. »Warum fragst du?«

»Ich weiß nicht. Ich … begreife es einfach nicht richtig.«

Das Thema Ruhm. Es ließ ihn seit Wochen nicht los, seit seine Mutter von der Rezension berichtet hatte. Alle hatten reagiert, als sei es eine Sensation. Janine benahm sich, als sei sie es kaum noch wert, mit ihr im selben Zimmer zu weilen. Saul benahm sich, als sei für ihn alles verloren. Und Florence, als hätte man sie auf den Thron gesetzt. Aber worum ging es eigentlich? Um eine Rezension. Es war eine gute Rezension, aber nicht besser als manche andere, die Florence bekommen hatte. Das Besondere daran war nicht das Was, sondern das Wo. Das Besondere war, dass die Rezension auf der ersten Seite der *Book Review* gestanden hatte.

Aber warum war das wiederum so weltbewegend? Es war nicht die *New York Times*, die Florence für brandheiß hielt, sondern irgendeine Frau, die zufällig von der Zeitung beauftragt worden war. Hätte sie gerade keine Zeit gehabt und hätte jemand anderes das Buch rezensiert, dann wäre etwas anderes dabei herausgekommen. Trotzdem benahmen sich alle, als sei der literarische Weltgeist vom Himmel herabgestiegen und hätte Florence den Mantel unbestreitbarer Größe um die Schultern gelegt.

Zugegeben, für einen Polizisten hielt er einen ausgefallenen inneren Monolog, aber kein Wunder, wenn man bedenkt, wie er aufgewachsen war.

Daniel fragte sich, ob ihm irgendein Gen oder Sinnesorgan fehlte. Er hatte vor kurzem einen Artikel darüber gelesen, dass Erwachsene manche Laute nicht hören konnten; vielleicht gab es auch Vorstellungen, die mancher nie erfasste, und der Ruhm war eine davon. Worum ging es da? Menschen, die Stars werden wollten, schienen zu glauben, es müssten sie nur genug Leute kennen, und schon … was? Wären sie nie mehr unglücklich? Müssten sie nicht sterben?

»Vielleicht hat es mit New York zu tun«, sagte er. »Emily musste letzten Monat zum Zahnarzt. Ein Kommilitone hat ihr jemanden empfohlen und dazugesagt: ›Er ist gut. Nicht gerade ein Star, aber ein guter Zahnarzt.‹ Kannst du dir das vorstellen? Wo sonst auf der Welt würde sich jemand dafür entschuldigen, dass sein Zahnarzt kein Star ist?«

»Ich würde nie zu einem Zahnarzt gehen, der kein Star ist«, sagte Caroline.

Vielleicht war die Sehnsucht nach Ruhm kein Geräusch, das er nicht hören konnte, sondern eine Krankheit, gegen die er immun war. *In mir steckt ein Star.* Meine Güte.

Wenn man es tatsächlich mit einer Krankheit vergleichen konnte, war er aus guten Gründen dagegen immun. Seine Eltern waren beide davon infiziert gewesen, und er hatte die Idiotie des Ganzen kennengelernt. Er kannte die Folgen. Er war selbst eine Folge davon.

»Und wenn es nichts wird?« fragte er. »Wie lautet dann Plan B?«

»Das liebe ich so an dir, Daniel.«

»Was denn?«

»Dass du keine Angst vor plumpen Fragen hast.«

»Und wie lautet Plan B?«

»Plan B ist, keinen Plan B zu haben. Wenn man Pläne für den Fall macht, dass man versagt, plant man dann nicht zu versagen?«

»Das kann man auch anders sehen.«

»Hältst du mich jetzt für kindisch?«

Ja, dachte er. Aber was weiß ich denn im Grunde schon? Also beschloss er, optimistisch zu sein.

»Ich halte dich für mutig. Du weißt, was du willst, und du verfolgst dein Ziel. Genau so soll man es machen. Steck das weg.«

»Komm schon, ich lade dich ein!«

»Du bist eine aufstrebende Künstlerin. Ich bin die Bourgeoisie. Der Jugend Essen auszugeben ist meine einzige Daseinsberechtigung.«

Er nahm sich vor, sich nicht allzu sehr um sie zu sorgen. Sie war klug und einfallsreich. Und schön, was auch nicht schaden konnte. Vielleicht wurde sie ja, was sie werden wollte. Das kam vor, nahm er jedenfalls an.

36

Ein Fahrstuhl mit verspiegelten Wänden brachte sie in ihr Büro im vierten Stock. Während er langsam aufwärts glitt, betrachtete Janine ihr Spiegelbild. Sie musterte kritisch ihre –

Wen zu Hölle interessiert es, wie ich aussehe? Ich bin schön genug.

Lev hatte in der letzten Woche eine seiner Drittmittel- und Konferenzrunden gedreht. Heute würde er wiederkommen, aber noch war er nicht in seinem Büro.

Selbst wenn er nicht da war, spürte Janine seine Gegenwart. Sie hatte noch an keinem Arbeitsplatz eine derart freundliche Atmosphäre erlebt und war sicher, dass das an ihm lag.

Den Vormittag über sprach sie mit Studenten, von denen die meisten schon so lange Ritalin einnahmen, dass sie sich fragte, ob es sie allmählich verdummen ließ, und überarbeitete einen Artikel, an dem sie gerade schrieb. Eigentlich half sie zwei Kollegen, ihn zu schreiben. Es ging um die Hirnchemie der Willenskraft; die beiden besaßen das Wissen und sie die Fähigkeit, es in verständliche Worte zu fassen.

Am späten Nachmittag machte sie einen Abstecher ins Wohnzimmer.

Als das Townhouse zur Forschungsstätte umgebaut wurde, hatte Lev das Wohnzimmer intakt gelassen, als gemütliche Lounge für informelle Gespräche.

Von ihrem Sitzplatz aus entdeckte sie ihn in der Küche. Er war wieder da. Sie fühlte sich plötzlich glücklicher, wacher.

Er stand vor der Kaffeemaschine. Heißes Wasser tröpfelte seitlich daraus hervor, lief außen an der Kanne herunter und breitete sich auf dem Tresen aus.

»Dieses blöde Mr.-Coffee-Teil. Mit der alten Maschine …«

Sie widerstand dem Impuls, in die traditionelle Frauenrolle zu schlüpfen und das Gerät zum Laufen zu bringen.

»Viel Erfolg«, sagte sie und ging in ihr Büro zurück.

Lev roch ein bisschen wie Mottenkugeln. Sie mochte Daniels Geruch, hatte sich darin aber nie zu Hause gefühlt. In jüngeren Jahren hatte sie das geschmerzt. Als sie sich um ihre Gefühle für Lev Gedanken zu machen begann, fand sie es tröstlich, dass sie sich auch in seinem Geruch nicht zu Hause fühlte.

Als Janine Feierabend hatte, ging sie in die Küche, kochte sich Kaffee und nahm die Tasse mit in sein Büro.

Levs Büro war immer angenehm chaotisch. Im

Posteingang und daneben stapelten sich Dokumente, und Bücher türmten sich überall aufeinander – auf dem Aktenschrank, dem Schreibtisch, dem Boden –, als würden sie sich heimlich vermehren.

»Wie hast du das hinbekommen?«

»Die Dame ist nicht nur eine erstklassige Psychologin«, sagte Janine, »sie kocht auch erstklassigen Kaffee.«

»Ach so«, sagte er. »Na schön. Also – ich habe die neue Version deines Artikels gelesen. Du machst das ganz wunderbar.«

Sie sprachen eine Weile über ihren ganz wunderbaren Artikel, und es kam heraus, dass sie noch ein paar weitere Versionen würde schreiben müssen. Er hatte umfassende, detaillierte Verbesserungswünsche, die sie trotzdem kein bisschen kränkten.

»Und was ist mit Pittsburgh?«, fragte er. »Wirst du Zeit haben, mitzukommen?«

»Ich glaube schon, aber ich weiß es immer noch nicht genau. Könnte sein, dass ich ein paar Sachen an dem Wochenende nicht verschieben kann.«

»Das sagst du seit zwei Monaten, aber was soll's. Sag mir einfach bis Mittwoch Bescheid, ja?«

Im Labor war außer ihnen beiden niemand mehr.

Diese eigenartige Intimität einer verwaisten Arbeitsstätte. Die Bürotür war offen, sein Schreibtisch stand zwischen ihnen, ihre ganze Situation hatte überhaupt nicht Ungehöriges, und doch war mit ihm an einem Freitagnachmittag hier zu sein intimer als ein Treffen in der schummrigsten Bar.

»Ich habe noch eine halbe Stunde«, sagte sie. »Worüber sollen wir reden?«

»Worüber wir reden sollen? Mal sehen. Tja, du könntest mir sagen, wie du hier reingeraten bist.«

»Hier ... reingeraten?«

»Warum bist du Psychologin geworden? Wir quatschen ja seit Monaten pausenlos, aber du hast mir nie von deinen Anfängen erzählt.«

»Wie bin ich hier reingeraten? Ich bin reingeraten, weil ich so gern zuhöre. Ich liebe es, Leuten zuzuhören, wenn sie ihre Geschichte erzählen. Ich meine, ich könnte jetzt noch mit meiner Kindheit kommen – meine Mutter hat dies und mein Vater das, und mein Selbstbewusstsein und der kulturell geprägte Drang zu helfen –, aber das war's dann auch im Wesentlichen. Ich weiß allerdings nie, ob ich den Leuten wirklich helfe. Manchmal habe ich das Gefühl, ich könnte sie nur durch ihre jeweils nächsten Katastrophen begleiten.«

»Vielleicht kann niemand mehr als das.«

Sie wusste, dass das nicht ernst gemeint war, weil er mit seinem pragmatischen, quantitativen Forschungsansatz immer messbare Lösungen für messbare Probleme suchte. Er versuchte nur nett zu sein.

»Und du?«, fragte sie. »Wie bist du hier reingeraten?«

»Aus Eigeninteresse«, sagte Lev. »Ich hatte mich eher nicht ins Zuhören oder Helfen verliebt. Nicht so wie du. Ich glaube, ich wollte vor allem mich selbst verstehen lernen.«

»Und, wie ist es gelaufen?«

Sie versuchte dabei hipstermäßig kühl und spöttisch zu klingen, aber die Antwort interessierte sie.

»Weißt du, was Mao gesagt haben soll, als er die Folgen der Französischen Revolution resümieren sollte? ›Es ist zu früh, dazu etwas zu sagen‹.«

»Nein, im Ernst.«

»Es hilft. Dreißig Jahre darüber nachzudenken, wie das Gehirn und das Denken funktionieren – das hat mir gezeigt, dass ich mich nicht halb so sehr von allen anderen unterscheide, wie ich es mir eingebildet habe. Das herauszufinden war wichtig für mich. Es hat mir sozusagen die Erlaubnis erteilt, mich selbst zu akzeptieren. Ich glaube, darum ging es mir letztlich, wenn auch unbewusst.«

Er hob geistesabwesend seine Kaffeetasse, sah hinein und setzte sie ab.

»Bist du jetzt enttäuscht?«

»Warum enttäuscht?«

»Weil ich nicht aus hehren Motiven Psychologe geworden bin. Nicht um anderen zu helfen.«

»Ich bin schwer enttäuscht.«

»So ein Pech.«

»Irgendwann musste es ja passieren«, sagte sie. »Ich konnte dich nicht ewig idealisieren.«

»Und trotzdem bist du noch hier«, sagte er.

»Und trotzdem bin ich noch hier.«

Sie schwiegen. Sie sahen einander an, bis Janine wegsehen musste.

Wenn wir jetzt auf einer Parkbank säßen, dachte sie, würden wir uns wahrscheinlich küssen.

Aber es stand ein Schreibtisch zwischen ihnen, und sosehr es sich auch wie eine Kuss-Situation anfühlte – eine Über-den-Schreibtisch-kriech-Situation war es nicht.

Sie stand auf und wünschte ihm einen schönen Abend.

Seine Kaffeetasse stand leer auf dem Tisch. Sie nahm ihre eigene Tasse, hielt sie über seine und neigte sie langsam zur Seite.

Dann ging sie, ohne sich noch einmal umzusehen.

37

Florence kam ein paar Minuten zu früh in das Café, aber Saul war schon da. Er sagte nichts dazu, dass sie einen Gehstock benutzte. Als sie sich setzte, sah er kopfschüttelnd auf die Uhr, als sei sie spät dran.

Es war der erste von zwei Terminen, auf die sie gern verzichtet hätte. Saul hatte sie gedrängt, sich mit ihm zu treffen, also hatte sie ein gemeinsames Mittagessen auf den Tag gelegt, an dem sie auch einen Arzttermin hatte, um beide gleichzeitig hinter sich zu bringen.

Saul sah ungesund aus, aber das tat er immer in letzter Zeit. Er trug ein weißes Hemd zum dunklen Jackett, alles respektabel und ordentlich, und machte trotzdem den Eindruck von einem, der vor die Hunde geht. Er war einer dieser Leute, die nicht schlecht riechen, soweit man weiß, aber aussehen, als röchen sie schlecht.

Was war das bloß? Sie bekam es nicht richtig zu

fassen. Er hatte etwas Verschlagenes, Ausweichendes an sich, wie jemand, der sein gesamtes verfügbares Einkommen in Brooklyn für eine schlecht gelaunte Domina ausgab.

»Wen haben wir denn da?«, sagte er. »Heil der siegreichen Heldin!«

Und schon geht es los, dachte sie.

»Wärst du fünfzig Jahre jünger, dann hätte ich mich noch gefragt, wem du für diese Rezension einen geblasen hast. Aber wer würde heutzutage einen von dir geblasen kriegen wollen?«

»Es könnte ja jemand sehr Altes gewesen sein.«

»*Ein Blowjob für Methusalem*. Das könnte der Titel deines nächsten Buches werden. Und, wie lebt es sich als Königin des bourgeoisen Mittelmaßes?«

»Bin ich das denn?«

»Natürlich bist du das. Als junger Hitzkopf, oder was auch immer du damals warst, hättest du nie so eine Rezension bekommen. Solche Rezensionen kriegen nur Leute, die das Establishment für vollkommen harmlos hält. Dir geht es ganz schön gut, seit du nicht mehr radikal bist.«

»Offensichtlich liest du meine Texte nicht mehr, falls du sie überhaupt je gelesen hast«, sagte sie. »Jedes Wort, das ich schreibe, steht im Dienst der Befreiung, so weit meine Vorstellungskraft reicht. Jedes Wort, das ich schreibe, steht im Dienst des Feminismus, des Antirassismus, des Antikapitalismus, einer Welt, in der die Menschen frei und gleichberechtigt sind. Davon bin ich nie abgewichen, Saul. Mit keiner Zeile.«

In ihren eigenen Ohren klang das ergreifend. Sie fühlte sich, als sähe sie sich selbst von der Zimmerdecke aus bewundernd zu, wie sie ihre Ansprache hielt.

Saul verzog das Gesicht und piepste mit hoher Mädchenstimme: »Jedes Wort, das ich schreibe, steht im Dienst des Muttermundes.«

Eine Kellnerin kam, die sich nicht anmerken ließ, ob sie mitgehört hatte, nahm ihre Bestellung auf und ging.

»Florence Gordon!«, sagte er. »Wo ich hinkomme, höre ich nur noch Florence, Florence, Florence. Leute, die dich seit Jahren nie erwähnen: ›Hast du in letzter Zeit Florence getroffen? Freust du dich auch für Florence? Ich wette, Florence hat jetzt gar keine Zeit mehr für dich.‹ Alle tun so, als hättest du sonst was erreicht. Nur weil irgend so eine Lesbe in der *New York Times* sich für dich die Kleider vom Leib gerissen hat.«

»Ich glaube nicht, dass sie lesbisch ist, Saul. Nicht dass es übrigens was zur Sache täte. Und das mit den Kleidern muss mir entgangen sein.«

»Die *New York Fucking Times*. Das sind doch die Schwachköpfe, die uns einreden wollten, der Irak hätte Massenvernichtungswaffen. Die Schisser, die statt von ›Folter‹ lieber von ›erweiterten Verhörmethoden‹ geredet haben, weil sie Dick Cheney nicht ärgern wollten.«

Sie hatte gewusst, dass Saul versuchen würde, ihr ihren Erfolg zu verleiden.

Hätte er selbst eine ähnliche Rezension bekommen, würde er jetzt die *Times* in den Himmel loben; sie wäre die einzige Zeitung, die auch die radikalsten, mutigsten Denker noch immer ernst nehmen mussten.

Sie hatte gewusst, was sie von Saul erwartete, und sie hatte gewusst, dass sie sich nicht wehren würde. Nicht weil sie ihn fürchtete, sondern weil er ihr leidtat. Saul war in den letzten zwanzig Jahren immer jämmerlicher, verbitterter, verzweifelter geworden, und bei ihren unregelmäßigen Begegnungen startete er jedes Mal einen Frontalangriff, den abzuwehren sie nie über sich brachte.

Als der Kaffee auf dem Tisch stand, holte er eine Plastikdose hervor und kippte Tabletten auf den Tisch, Tabletten in allen möglichen Farben und Formen und Größen.

»Ich nehme von diesen verdammten Dingern fünfzehn Stück am Tag. Morgens fünf, und mittags … Scheiße.«

Eine der Tabletten war vom Tisch gerollt. Er bückte sich danach, hob sie auf und wischte sie mit einer Serviette ab.

Wenn sich ein Exehepaar von über siebzig Jahren gegenübersitzt, ist meistens der Mann im Vorteil. Er sieht vielleicht nicht so gut aus, wie er es sich einbildet, aber immer noch besser als die Frau.

Mit Florence und Saul war es Gott sei Dank umgekehrt. Bis auf ein paar schüttere Überreste an den Seiten kahl, beängstigend rot im Gesicht, nicht fett, aber aufgedunsen und dickbäuchig – Saul war ein Wrack.

Sie selbst war nicht atemberaubend, aber präsentabel.

»Wie läuft es bei dir?«, fragte sie. Seine Wut schien fürs Erste verraucht zu sein, so dass sie sich anderen Themen zuwenden konnten.

»Großartig. Es läuft großartig. Ich bin mit zwei Büchern fast fertig, ob du es glaubst oder nicht, und es gibt etliche Interessenten.«

»Das freut mich, Saul.«

Es folgte etwas Smalltalk, und schließlich: »Ich wollte mich mit dir treffen, um dir vorzuschlagen, dass wir einander einen Gefallen tun. Ich habe von dem Job am Institut für Kulturkritik gehört, von dem Lehrauftrag. Da könntest du mich doch empfehlen. Damit wäre uns beiden gedient.«

Ihr wäre seiner Meinung nach damit gedient, weil sein Ruhm den Ruf der NYU heben würde. Das war pure Verblendung, wie so viele von Sauls Ideen. Von denen, die überhaupt seinen Namen kannten, waren die meisten schon tot.

Immerhin war es bemerkenswert, dass er die Sache als gegenseitigen Gefallen präsentierte. Normalerweise hätte er es so dargestellt, als sei nur er derjenige, der dir einen Gefallen tat. Er hätte betont, wie schrecklich langweilig Lehraufträge seien und dass er sich nur deinetwegen dazu herabließ, einen anzunehmen.

»Da muss ich sehen, was ich machen kann, Saul.«

»Oh, na klar musst du erst mal sehen. Ich weiß selbst, dass du nicht gleich den Vertrag aus der Tasche ziehen kannst. Aber ich bin ein exzellenter Dozent. Die Idealbesetzung für den Job. Sonst wäre ich gar nicht auf die Idee gekommen.«

»Ich weiß. Aber ich kann so etwas nicht allein entscheiden. Ich kann nur Empfehlungen geben.«

»Verstehe. Klar. Wie du Tanya nur empfohlen hast.«

Da hatte Florence einen Fehler gemacht. Sie hatte ein Jahr zuvor ihrer Freundin Tanya einen Job an der NYU verschafft, hatte ihr praktisch die Tür aufgehalten. Der Fehler war nicht, ihre Freundin dort unterzubringen, sondern Saul davon zu erzählen.

»Du bist schon so lange Bürokratin, dass es dir selbst nicht mehr auffällt, wenn du lügst.«

Ganz ruhig bleiben, dachte sie.

Saul war einer der wenigen Menschen, an denen sie nicht ungehemmt ihre Aggressionen ausließ. Sie fühlte sich ihm gegenüber immer ein wenig schuldig. Nicht weil sie sich von ihm hatte scheiden lassen, sondern weil sie ihn überhaupt erst geheiratet hatte.

In jungen Jahren hatte sie sich eine Zukunft als Akademikerin und Schriftstellerin erträumt. Als Feministin hatte sie sich noch nicht gesehen – das war zu Beginn der sechziger Jahre, und dem Feminismus hatte sie sich erst gegen Ende des Jahrzehnts zugewandt. Dass sie allerdings keine Hausfrau werden wollte, das war ihr von vornherein klar. Und manchmal kam es ihr vor, als ob sie bei der Heirat mit Saul nicht ganz ehrlich gewesen sei.

Inzwischen fiel es ihr schwer, sich das vorzustellen, aber damals hatte Saul wie ein Gewinner ausgesehen: rosig, unerschrocken, lebhaft und robust. Wie jemand, mit dem man gut Kinder zeugen konnte. Und er hatte wie jemand gewirkt, der sie nicht aufhalten würde. Es war, als hätte sie von Anfang an gewusst, dass ihre Beziehung sie nicht einengen würde. Dass sie ihn leicht heiraten und leicht verlassen konnte.

Saul hatte schon zu Beginn ihrer Beziehung Affären gehabt, und sie wusste, dass es auch nach der Heirat so weiterging. Mit einer Offenheit, die sie rückblickend manchmal als ihren ersten Anflug feministischer Selbstbehauptung begriff, hatte sie ihm gesagt, er könne in seiner Freizeit tun, was er wolle, solange er sie nicht blamierte und solange die Kinder es nicht mitbekamen. (Sie war damals von mehreren Kindern ausgegangen.)

Das war ihm wie ein unfassbar guter Deal vorgekommen.

Im Grunde stand dahinter, dass sie Kinder wollte, aber nie wirklich Wert darauf legte, eine Ehefrau zu sein. Und trotz all seiner Dummheiten und Ehebrüche, trotz der Dinge, die alle ihre Bekannten davon überzeugten, dass Florence die Geschädigte sei, hatte sie inzwischen das Gefühl, sie habe Saul, wenn auch nicht ganz bewusst, von Anfang an nur benutzt.

Sie hatte sich Mitte der Siebziger von ihm scheiden lassen, als Daniel noch ein Kind gewesen war. Der Zeitpunkt schien günstig zu sein. Saul ging es prächtig: Er hatte einen angenehmen Posten an der Adelphi University; er schrieb regelmäßig für *The Nation*, für *Dissent*, für die *New Leader* und die *New American Review*. Und es schien ihm auch nicht viel auszumachen, dass sie ihn verließ. Als unverbesserlicher Schwerenöter war er seit gut einem Jahr mit einer Lektorin namens Camille verbandelt.

Aber dann erkrankte Camille an Pankreaskrebs und starb erschreckend schnell, und ein paar Jahre darauf kostete ihn ein selbstverschuldetes Schlamassel seinen Job an der Universität. (Er hatte sich in eine Studentin verliebt, die seine Gefühle eine Zeitlang erwiderte und es sich dann anders überlegte, und als sie es sich anders überlegte, drehte er ein bisschen durch. Florence hatte das Ganze mit unverbindlichem Mitleid mitangesehen: Natürlich hatte er sich zum Affen gemacht, aber er war auch verrückt nach der Frau. Vielleicht hatte außerdem eine verspätete Reaktion auf Camilles Tod mit hineingespielt.)

Von da an ging es dreißig Jahre nur bergab. Er bekam nie wieder einen vergleichbar komfortablen Posten – stattdessen lehrte er ein Jahr lang hier und ein Semester dort und ackerte als freier Lektor Tag und Nacht. Seinem sinkenden Einkommen entsprechend musste er in immer schäbigeren Gegenden wohnen, bis der Umzug nach Brooklyn seinem Ego den Todesstoß versetzte. (Für einen Intellektuellen seiner Generation ging die große Heldenreise von Brooklyn ins ferne Manhattan; den umgekehrten Weg zu gehen war verheerend für ihn.) Und obwohl er angeblich schrieb und immer wieder vor Florence mit den Verlegern prahlte, die bei ihm Schlange standen, hatte er seit zwanzig Jahren keine Zeile veröffentlicht.

Selbst sein Name, sein Vorname wurde ihm zur

Last. Als junger Mann war er stolz darauf gewesen, Saul zu heißen: Der Name war ein Ansporn, denn er rechnete fest damit, Saul Bellow als größten jüdischen Autor seiner Zeit vom Thron zu stoßen. Dazu war es nicht gekommen, und jetzt klang sein Name wie Hohn. Wie bei einem mittelmäßigen Dribbler, der zufällig Michael Jordan heißt.

Florence hatte sich nach der Scheidung auf Saulfreie Jahre gefreut, aber daraus war nichts geworden. Als ihm alles um die Ohren flog, hatte sie das Gefühl, ihn stützen zu müssen. Sie respektierte ihn nicht, traute ihm nicht und mochte ihn nicht einmal, aber sie würde sich so gut es ging um ihn kümmern müssen, vermutlich bis an ihr Lebensende.

»Warum bist du neulich nicht zu dem großen Familienessen gekommen?«, fragte sie.

»Ich war erkältet.«

»Hättest du nicht anrufen können?«

»Ich dachte, ich hätte dir aufs Band gesprochen. Wie geht es Dan?«

»Daniel geht es gut. Es geht ihnen allen gut. Sie überlegen, ob sie herziehen sollen, weißt du.«

»Ja, ich weiß. Das wäre herzerwärmend. Ich wollte schon immer meinen Sohn richtig kennenlernen.«

Das war ein Witz. Saul schien sich nicht im Geringsten für seinen Sohn zu interessieren.

Sie unterhielten sich noch eine Weile, aber Saul wirkte ruhelos. Er war gekommen, um sie um den Gefallen zu bitten, und nachdem das erledigt war, wollte er gehen.

»Ich haue mich dann mal zu Hause aufs Ohr. Ich wollte mir später was Gutes tun und masturbieren, da tanke ich besser vorher ein bisschen Kraft.«

»Besten Dank für die Auskunft, Saul.«

»Ich sage das ohne Gewähr. Es ist eher eine Hoffnung als ein Plan. In meinem Alter muss man selbst für eine kleine Selbstmassage schon Viagra schlucken.«

»Auch das ist gut zu wissen.«

Er redete immer zu viel über Sex, wenn er welchen hatte, und beschwerte sich ständig, wenn nicht.

Bis vor einem Jahr hatte Saul eine Freundin gehabt und mit dem Zaunpfahl sein großartiges Sexualleben durchblicken lassen. Florence hatte es ihm nicht abgenommen – je mehr jemand davon erzählt, desto weniger glaubwürdig wird es –, aber selbst wenn er so viril war wie behauptet, war es ihr egal. Da gab es keinen Restschmerz, keine Eifersucht, kein Verlangen nach den physischen Erlebnissen, die er angeblich hatte.

Florence war sexuelles Verlangen natürlich auch nicht fremd, aber dass sie sich gewünscht hätte, mit jemandem zu schlafen, war inzwischen lange her. Sex war zu chaotisch, zu aufwühlend, zu unartikuliert, zu verräterisch, zu enttäuschend. Sie vermisste diese etwas komische Strapaze nicht. Ein dicklicher, krebsroter Saul beim Sex – die Vorstellung war nichts als komisch.

Er trank einen großen Schluck Wasser, und dann bekam er einen Hustenanfall, der so lange dauerte, dass sie Angst bekam. Als es nachließ, schien Saul gealtert zu sein. Wie er da am Tisch saß mit seinem dauergekränkten Gesichtsausdruck, als hätte ihm das Leben einen Streich gespielt, stellte sie sich unwillkürlich vor, wie sein Herz aussetzte, während er sich auf einer teigigen Sexarbeiterin abmühte, und wie die Sexarbeiterin dann sein Geld einsteckte, aus dem Hotelzimmer schlich (warum spielte die Szene in einem Hotel?) und den armen Saul ganz allein dort liegen ließ.

Sie hatte das alberne Gefühl, seine Zukunft vorhersagen zu können. Eines Tages würde Sauls Leiche in einem schäbigen Hotel gefunden werden. Sie sah es deutlich. Und trotz allem stieg in dem Moment unendliche Zärtlichkeit in ihr auf, für Saul, für sein kläglich gescheitertes Lebensprojekt.

38

Florence' Hausarzt drückte den Knopf auf dem Desinfektionsmittelspender, spritzte sich etwas von der Flüssigkeit auf die Hand und verrieb sie, nicht ohne Florence dabei anzuhimmeln, als ehrte ihn ihre bloße Gegenwart.

Sie hatte ihn angerufen, um von dem verstauchten Knöchel zu berichten, und hatte sich im Laufe des Gesprächs zu den Dingen durchgehangelt, von denen sie eigentlich sprechen wollte – von den nervösen Fingern und dem schlaffen Fuß, die ihr allmählich Sorgen machten –, und er hatte sie daraufhin zu sich gebeten.

»Florence Gordon«, sagte er jetzt. »Mein Held. Meine Heldin vielmehr.«

»Sie wirken so amüsiert, wenn ich herkomme, Noah. Amüsieren Sie sich über alle Patienten?«

»Ich amüsiere mich niemals über Patienten. Und schon gar nicht über Sie. Was Sie mit einem amüsierten Lächeln verwechseln, ist in Wahrheit reine Bewunderung.«

»Und bewundern Sie alle Patienten? Warum bewundern Sie mich?«

»Ich bewundere, was Sie geleistet haben.«

»Wovon Sie überhaupt keine Ahnung haben. Haben Sie je ein Buch von mir gelesen? Oder auch nur einen Essay?«

»Ich kenne Ihr Werk durchaus. Diesen einen Artikel habe ich gelesen. Über den wir gesprochen haben. Er hat mir sehr gefallen.«

»Diesen einen Artikel. Das ist fünfzehn Jahre her.«

»Nein! So lange schon?«

Während sie plauderten, horchte Noah ihre Lunge ab, testete ihre Reflexe, betastete Lymphknoten. Er besaß diese Gabe, seinen Patienten das Gefühl zu geben, sie verbrächten ihre zwanzig Minuten nur mit Geplänkel, während er sie gewissenhaft untersuchte.

Von der Rezension hatte er offenbar nichts mitbekommen, sonst hätte er sie darauf angesprochen.

Für Florence teilte sich die Menschheit derzeit in zwei Gruppen: die Leser der Rezension und alle anderen. Sie nahm an, dass sich das wieder legen würde.

»Aber ich bewundere Sie noch aus einem anderen Grund«, sagte er.

»Und der wäre?«

»Viele meiner Patienten sind Schriftsteller. Das wussten Sie, oder?«

»Eigentlich nicht. Von ein paar wusste ich.«

»Es sind viele. Viele große, bekannte sogar. Und sie sind natürlich alle sehr verschieden – alles entschiedene Individualisten –, aber eines haben sie gemeinsam. Jeder Schriftsteller, der mir je untergekommen ist, jeder einzelne, ist ein Hypochonder. Nur Sie nicht.«

»Ich wollte gerade …«

»Sie sind die Einzige. Dabei nehmen Sie Krankheiten nicht auf die leichte Schulter; wenn etwas ist, kommen Sie zu mir. Ganz wie man es soll. Aber eine Hypochonderin sind Sie nicht. Das finde ich bemerkenswert.«

Dabei leuchtete er ihr mit einem Lämpchen in die Augen.

»Und deshalb nehme ich es immer ernst, wenn Sie Beschwerden haben. Ich weiß, dass da wirklich etwas ist. Sie sind nicht Äsops Hirtenjunge.«

»Sie meinen vielleicht Henny Penny.«

»Ich meine den Hirtenjungen. Aber wenn Ihnen Henny Penny lieber ist, dann eben Henny Penny. Henny Penny sind Sie genauso wenig. Sie verstehen ja, was ich sagen will: Sie gehen nicht ohne Grund zum Arzt.«

Sie brachte das Gespräch auf ihren Knöchel, als sei sie deshalb hergekommen, und er sagte, der Knöchel sei so gut wie verheilt. Er sagte es fast geringschätzig, als sei ein verstauchter Knöchel für Leute wie sie und ihn nicht distinguiert genug.

Noah bat sie, ihre anderen Symptome genauer zu beschreiben. Er ließ sie geradeaus gehen, ließ sie mit den Augen dem Strahl seiner Taschenlampe folgen, die er hin und her bewegte. Dann sah er sich ihre Hände und Füße an, prüfte sehr behutsam ihren Bewegungsradius – den linken Knöchel hatte sie verstaucht, und er brachte es fertig, auch den linken Fuß so zu bewegen, dass die Schmerzen nicht schlimmer wurden.

Dann legte er wie immer mit theatralischer Geste sein Stethoskop beiseite.

»Das wär's. Wir sprechen uns im Büro.«

Das war Teil seines Rituals. Wenn Noah mit der Untersuchung fertig war, bat er einen, sich wieder anzuziehen und ins Büro zu kommen, und dort konnte man von Mensch zu Mensch miteinander reden, nicht wie ein Arzt und ein armer, wehrloser Patient im Zellstoffkittel.

Als Florence das Büro betrat, schrieb er eifrig E-Mails, klappte aber, sobald sie sich setzte, den Laptop zu.

»Die Beschwerden, die Sie da haben – die sind interessant.«

»Das freut mich, Noah, dass ich Ihr Interesse wecken konnte. Davon habe ich immer geträumt.«

»Nein, wirklich. Wenn meine größte Stoikerin beunruhigt ist, dann werde ich hellhörig.« Sein Handy vibrierte, und er brachte es zum Schweigen.

»Also. Es kommen tausend Erklärungen infrage, und die meisten davon sind Belanglosigkeiten. Deshalb lautet mein erster ärztlicher Rat an Sie: Recherchieren Sie nicht im Internet. Sonst machen Sie sich nur verrückt. Natürlich steht es Ihnen frei, Ihre Zeit auch damit zu verbringen, aber mir scheint, Sie haben Besseres zu tun. Die schlechten Erklärungen, die infrage kommen, sind sehr exotisch und sehr unwahrscheinlich. Ich bin vielleicht nicht der Erste, der Ihnen das sagt, aber wenn ein guter Arzt Hufgetrappel hört, denkt er zunächst mal an ein Pferd, nicht an ein Zebra. Wir sollten ein paar Tests mit Ihnen machen – Blutuntersuchungen, ein MRT, vielleicht auch ein EMG oder eine Messung der Nervenleitgeschwindigkeit –, und dann schicke ich Sie zu einem sehr guten Neurologen, der uns sagen kann, was für ein Pferd wir vor uns haben. In Ordnung?«

Er nahm sein Stethoskop, hängte es sich um den Hals und kam hinter dem Schreibtisch hervor. Er war bereit für den nächsten Termin.

»Und, Florence«, sagte er. »Sie wohnen keine zehn Blocks entfernt. Sie haben keine Entschuldigung, sich rarzumachen.«

Er tätschelte ihr das Knie.

»Das war übrigens eine beruhigende, nicht sexualisierte Geste. Nicht dass Sie mich verklagen.«

»Ich werde Sie sicher nicht verklagen, Noah. Meine Familie wird Sie verklagen, wenn Sie Mist bauen, weil das Pferd, nach dem Sie suchen, ein Zebra ist.«

»Immer schön eins nach dem anderen. Noch habe ich keinen Mist gebaut.«

»Das hört man gern von seinem Arzt«, sagte Florence.

39

In den zwei Monaten, die Emily mit ihrer Mutter allein in New York verbrachte, hatten sie Florence zwei Mal zu Gesicht bekommen, bei der Geburtstagsfeier und im Anschluss an die Podiumsdiskussion. Seit Daniel da war, trafen sie sich fast jede Woche.

Emily hatte den Eindruck, dass Florence die Besuche nur ungern absolvierte, aber offenbar machte Daniels Familiensinn es unmöglich, nein zu sagen – selbst ihr, Florence Gordon, der Meisterin des Neins.

Natürlich stand, wenn sie sich trafen, Florence grundsätzlich im Mittelpunkt. Heute Abend, im Wohnzimmer in der 94. Straße West, beschwerte sie sich viel – über ihre Studenten, die ihr selbst im Sommer keine Ruhe ließen, über ihren verstauchten Knöchel, der immer noch schmerzte und sie zwang, am Stock zu gehen, über ihren Erfolg, der sie von der Arbeit abhielt.

»Zum ersten Mal in meinem Leben kann ich mich nicht um alles kümmern, um das ich mich kümmern muss. Ich bin mit den E-Mails im Rückstand, meine Wohnung ist unordentlich, und die Bibliotheksbücher werden überfällig. Ich muss recherchieren und komme einfach nicht dazu. Ich brauche dringend eine Ehefrau.«

»Du brauchst keine Ehefrau«, sagte Emily. »Was du brauchst, ist eine verlässliche Assistentin.«

»Willst du dich um den Posten bewerben?«, fragte Janine.

Emily dachte, dass Florence diesen Vorstoß abschmettern würde, aber Florence schwieg.

Emily hatte Zeit genug – zwei Mal die Woche besuchte sie ihr Literaturseminar am Barnard, aber sonst hatte sie frei. Und es konnte nicht schaden, etwas Geld zu verdienen.

»Schätze schon«, sagte sie.

Florence hatte gerade vor sich hin gestarrt, jetzt sah sie Emily an. Es dauerte nur einen kurzen Moment, aber Emily fühlte sich gescannt, gemustert und einsortiert. Ihre Eltern hatten sicher gar nichts davon mitbekommen, aber Emily … es war absurd, so etwas zu denken, aber sie fühlte sich hart angefasst.

»Entschuldigt mich kurz«, sagte sie und verließ das Zimmer.

40

Florence' erster Gedanke: Gott sei Dank war es Emily, die sich angeboten hatte, und nicht Janine. Janine hätte es ähnlich gesehen, sich ihr an den Hals zu werfen (»Ich habe Zeit! Ich helfe gern!«), und dann hätte Florence sie abweisen müssen, was rundum unangenehm gewesen wäre.

Der zweite: War Emily am Ende eine Art trojanisches Pferd? Nicht dass sie ihr irgendwelche bösen Absichten unterstellte. Aber wenn sie Emily die Tür öffnete, vielleicht drängte sich dann ihre Mutter mit herein?

Ihr nächster Gedanke: Ist Emily klug genug?

Sie sah sich das Mädchen genauer an. Vielleicht hatte sie das überhaupt noch nie getan.

Im Lauf der Jahre hatte Florence schon etliche Assistenten gehabt und vor allem daraus gelernt, wie erstaunlich inkompetent die Leute waren. Sie hatten nicht nur keine Ahnung vom Recherchieren, sondern konnten nicht einmal einen Kopierer bedienen. Es war unfassbar, wie wenige es sich entgehen ließen, selbst etwas derart Simples zu versauen. Sie kopierten Seiten in der falschen Reihenfolge, drückten das Buch zu wenig herunter, so dass die Hälfte des Textes unleserlich war, und wenn sie an der NYU studierten, waren sie zu faul, zu den gut gewarteten Maschinen im Kopierraum zu laufen, und benutzten lieber die Schrotthaufen in der Bibliothek. Manchmal traute Florence ihnen am Ende nichts Anspruchsvolleres mehr zu, als ihre Post aus dem Fach am Institut mitzubringen. Schwer zu sagen, was sie Emily zutrauen konnte. Sie wirkte durchaus intelligent, aber man konnte nie wissen. Es wäre schmerzhaft, wenn sie es versaute. Schmerzhaft, sie feuern zu müssen, aber sie aus Gefälligkeit den ganzen Sommer durchzufüttern kam nicht in Frage.

Emily verließ das Zimmer. Wo zur Hölle wollte sie hin?

Als sie wiederkam, hatte sie ihr iPhone oder ihr Blackberry, jedenfalls irgendein Smartphone dabei – was für ein dämlicher Ausdruck, dachte Florence – und starrte auf das Display. Unmöglich.

»Eine Woche Arbeit hätte ich auf jeden Fall«, sagte Florence. »Danach sehen wir weiter.«

Danach sehen wir, ob du was taugst, dachte sie. Wenn ja, kannst du bleiben. Eine Woche sollte reichen, um es rauszufinden.

41

»Cool«, sagte Emily so unenthusiastisch wie möglich. »Wann geht es los?«

Dabei hielt sie den Blick auf ihr Smartphone gesenkt. Sie brauchte es gar nicht, sondern wollte die alte Streitaxt nur in Rage bringen.

Wahllos öffnete sie Google und tippte in das Suchfeld: *Wo habe ich mich da bloß reingeritten?*

42

Die folgenden Nachmittage verbrachte Emily in der Sammlung Feminismus und Frauengeschichte der Tamiment Library, im ersten Stock der Bobst-Bibliothek der NYU am Washington Square. Dort fand sich eine Fülle von Materialien aus der Frühzeit der modernen Frauenbewegung, darunter etliche Dokumente und Tonaufnahmen, die im Netz nicht zugänglich waren. Dass es überhaupt Dokumente und Tonaufnahmen gab, die man nicht online finden konnte, war ihr neu.

Emilys erste Aufgabe bestand darin, eine Auswahl von Zeitschriften und Pamphleten aus den späten Sechzigern und frühen Siebzigern – *Redstockings*, *Off Our Backs*, die *Female State* – nach Verweisen auf bestimmte Frauen und auf bestimmte Ereignisse durchzusehen. Als Zweites tat sie dasselbe in der Oral-History-Sammlung, wo es Dutzende Interviews mit Aktivistinnen gab. Manche davon waren transkribiert, doch die meisten gab es nach wie vor nur auf Band.

Emily gefiel es in der Bobst. Sie war weitläufig und still und von den Gedanken der vielen Lesenden angefüllt, und es gab jedes Buch, das zu brauchen man sich nur vorstellen konnte. Es gefiel ihr, sich mit den obskuren Recherchetechniken vertraut zu machen. Audiokassetten! Mikrofilm! Sie fühlte sich wie die Geweihte eines antiken Wissenskults. Und sie fühlte sich, als bereite die Erfahrung sie auf eine Rückkehr ans College vor, auch wenn sie dort mit Mikrofilmen und Kassetten eher nicht in Kontakt kommen würde.

Sie verbrachte mehr Zeit als nötig in den Archiven, weil sie es sich nicht nehmen ließ, nicht nur für, sondern auch über Florence zu recherchieren. Wann immer neben einem Text, den sie exzerpierte, auch einer von Florence' Artikeln stand, nahm sie sich die Zeit, ihn durchzulesen. Diese Texte kamen ziemlich sicher nicht in ihren Büchern vor. Manche klangen viel persönlicher als erwartet. Es fühlte sich zeitweise fast so an, als sei sie auf die alten Tagebücher ihrer Großmutter gestoßen.

Wenn sie mit der ihr aufgetragenen Arbeit fertig war,

stöberte sie eine Stunde ziellos herum und las, was ihr gerade unterkam. Dann nahm sie die marmorierte Kladde, die sie immer bei sich trug, und schrieb … was auch immer es war. Geschichten, Skizzen, Schnipsel – sie wusste nie, wie sie es nennen sollte. Am liebsten schrieb sie in einem der vorderen verglasten Lesesäle, von wo man einen schönen Ausblick auf Manhattan hatte, eine Stadt, deren Größe sie endlich zu erfassen begann. Sie verstand jetzt, warum ihre Mutter zeit ihres Lebens Manhattan gepriesen hatte.

Am Ende dieser ersten Arbeitswoche ging sie Florence besuchen und übergab ihr eine Mappe voller Dokumente. Florence klappte sie auf und begann die Kopien und Notizen durchzublättern.

»Ein paar deiner Ansichten von damals haben mich überrascht«, sagte Emily.

»Welche Ansichten?«, fragte Florence, ohne aufzublicken.

»Wenn ich das richtig … In der Vietnamkriegszeit hast du noch gesagt, Friedensdemos und so was seien nicht so wichtig wie der Kampf für Geschlechtergerechtigkeit.«

»Ich hatte nie ein Problem mit Friedensdemos. Und so was.« Florence begleitete sie schon zur Wohnungstür. »Ich glaube, das wär's fürs Erste. Ich melde mich dann bei dir.«

Sie sagte nicht »gute Arbeit« oder dergleichen – vermutlich, dachte Emily, hätte es ihren intellektuellen Standards nicht entsprochen, solche Aussagen zu treffen, ohne sich vorher zu überzeugen, dass Emily die

Arbeit auch wirklich gut erledigt hatte. Von Florence waren keine dahingesagten Nettigkeiten zu erwarten.

Einen Dank hätte man vielleicht trotzdem erwarten können, aber auch den sprach sie nicht aus.

Du mich auch, dachte Emily, als sie auf dem Weg zum Fahrstuhl war. Entschuldige, dass ich frage.

43

Am selben Tag rief Florence bei Emily an. Sie hatte weitere Aufgaben für sie. Offenbar hatte Emily den Test bestanden.

Je mehr Zeit sie mit den Recherchen verbrachte, desto facettenreicher wurde ihr Bild von Florence.

Sich die Vergangenheit eines alten Menschen vorzustellen ist nicht leichter, als sich bei einem jungen Menschen die Zukunft auszumalen. Hätte Emily eine Beschreibung von Florence mit zwanzig geben sollen, dann wäre sie davon ausgegangen, dass sie immer mehr oder minder dieselbe gewesen sei wie jetzt: ein rechtschaffener, moralischer, vernunftgeleiteter Mensch, auch wenn sie diese Tugenden manchmal etwas aufdringlich zur Schau stellte. Die heutige Florence war besonnen bis zur Militanz. Aber früher, stellte sich heraus, war sie ein Heißsporn gewesen. Unter den Artikeln, die Emily von ihr las, fanden sich ein alberner Text darüber, wie wunderbar radikal es sei, den BH aufzugeben (BH-Verweigerung war ihrer damaligen Überzeugung nach ein Vorgeschmack der besseren, liberaleren Zukunft), eine Schmährede auf Liebesbeziehungen (die so extrem klang, dass man sich beim Lesen fragte, ob das eigentliche Problem der Beziehungsfrust der Verfasserin war) und mehrere grenzverrückte Lobgesänge auf Kuba und Vietnam, die Florence in den Siebzigerjahren beide besucht und die ihr beide wie Paradiese vorgekommen waren (Paradiese, in denen zu leben sie allerdings wenig Lust zu haben schien).

Und dann die Sachen über Sex, Drogen und Rock 'n' Roll! Bei manchen bekam man Fremdschäm-Attacken, andere gingen gerade so, aber keiner der Texte sah entfernt ihrer Großmutter ähnlich. Emily begann sich zu fragen, ob Identität weniger von inneren Eigenschaften abhängt als von der Zeit, in der man zufällig lebt. Die Florence von 1973 war anderen Frauen im selben Jahr viel ähnlicher als der heutigen Florence.

Das alles verblüffte Emily, weil sie Florence mehr als alle anderen Menschen für ein selbstbestimmtes Wesen hielt.

Vielleicht bedeutete das alles gar nicht, dass Florence ein Produkt des Zeitgeists war. Vielleicht war sie es als junge Frau gewesen und hatte sich dann nach und nach von allen Einflüssen befreit. Vielleicht war sie erst nach und nach sie selbst geworden.

Emily hätte sie gern zu dieser Verwandlung befragt, aber Florence konnte man nicht befragen. Das heißt, man konnte, aber sie gab keine Antworten. Einmal entdeckte Emily einen Essay zu Doris Lessings *Gol-*

denem Notizbuch, den Florence in den späten Siebzigern geschrieben hatte. Darin klang es, als sei der Roman einer der besten, die je erschienen waren. Emily las ihn sofort und konnte Florence' Urteil nicht nachvollziehen. Ihr schien es einer dieser Romane zu sein, die ihre Entstehungszeit nicht überdauert hatten. Sie erzählte Florence, dass sie ihn gelesen, er ihr aber nicht besonders gefallen habe.

»Lies ihn noch mal«, sagte Florence. Damit war das Gespräch beendet.

44

Sie versteht nicht, dachte Emily, wie großzügig es von mir ist, dass ich mich überhaupt für das alles interessiere.

Emily war kein sehr politischer Mensch und nicht unbedingt Feministin. Ihr war klar, dass sie von der Frauenbewegung profitierte – sie hatte genug gelesen, genug Folgen *Mad Men* gesehen, um zu wissen, wie das Leben vor der Bewegung ausgesehen hatte –, aber »Feminismus« weckte bei ihr keine allzu angenehmen Assoziationen. Die Feministinnen vom Oberlin, nicht zuletzt ihre Zimmergenossin, hatten zu der Sorte Mensch gehört, die einem für Dinge, die man mag, ein schlechtes Gewissen einreden. Emily sah manchmal, wenn sie müde oder niedergeschlagen war, gern *Harry und Sally* oder *Tatsächlich ... Liebe* oder alte Folgen von *Friends*, und am Oberlin hatte sie dazu immer warten müssen, bis ihre Mitbewohnerin ausgegangen oder eingeschlafen war.

45

»Hast du schon was Spannendes über deine Großmutter herausgefunden?«, fragte Daniel. »Erwirbst du exklusives Enkelwissen?«

Er hatte seinen ironischen Tonfall drauf, als wollte er die Frage gleich wieder zurücknehmen. Aber Emily kannte ihn gut genug, um zu wissen, dass es ihm ernst damit war.

»Ich finde jede Menge raus, Dad.«

»Und was?«

»Sie ist sehr ordentlich. Was man bei älteren Leuten gerne sieht. Wir haben Sandwiches gegessen, und sie hat mir den Teller weggeschnappt, noch bevor ich aufgegessen hatte.«

»Vielleicht schnappt sie nur gern Leuten die Teller weg. Und was noch?«

»Hast du mal einen Blick in den Badezimmerschrank geworfen?«, fragte Janine. »Ein bisschen rumgeschnüffelt?«

»Klar, aber da ist nichts Tolles drin.«

Sie hatte tatsächlich einen Blick in das Schränkchen geworfen. Es hatte sie überrascht, wie leer es war. Zu Babysitterzeiten hatte sie etliche Badezimmerschränke kennengelernt, in denen Antidepressiva, Beruhigungsmittel und Anti-Ageing-Präparate lagerten. Florence nahm Cholesterinsenker und sonst nichts: kein Mittel gegen schlechte Laune, keins gegen den Lauf der Zeit.

»Sie ist jetzt wirklich eine große Nummer«, sagte Daniel.

»Ja, das hat sie erzählt.«

»Und hast du eine Einladung zu diesem Symposiumding bekommen?«

»Habe ich.«

Einen Monat darauf war an der NYU ein Symposium zur Frauenbewegung geplant, und Florence sollte eine besondere Ehrung zuteilwerden: Martha Nussbaum wollte einen Vortrag über ihren geistigen Beitrag zum modernen Feminismus halten.

»Hast du das auf Youtube gesehen?«, fragte Daniel. »Den Film?«

»Es ist kein Film. Aber, ja, ich habe ihn gesehen.«

Florence hatte – an ihr ganzes Adressbuch vermutlich – den Link zu der Aufzeichnung eines Vortrags aus der Reihe »Moderne Lebenswege« vom 92nd Street Y verschickt. Erst redete sie fast eine Stunde über sich selbst, und im anschließenden Interview vertiefte sie dasselbe Thema noch ein bisschen. Es hatte etwas Befremdliches, wie sie von ihrem Leben, ihren Thesen, ihrer intellektuellen Entwicklung sprach. Florence klang, als sollte jeder halbwegs gebildete Mensch diese Inhalte kennen, und sie frischte sie nur ein wenig auf.

46

Ihrem Vater gegenüber hätte Emily Florence nie kritisiert, aber wenn sie mit ihrer Mutter allein war, hatte sie keine Hemmungen, sich zu beschweren.

»Sie ist nur ein alter Windbeutel«, sagte Emily.

»Ach, komm schon. Kann ja sein, dass sie ein Windbeutel ist, aber nicht *nur* ein Windbeutel. Sie hat tolle Sachen geschrieben.«

»Und eine Heuchlerin ist sie auch.«

»Wieso Heuchlerin?«

»Weil sie als angebliche Feministin Opas Nachnamen angenommen hat.«

»Erstens: Wäre es so viel feministischer, den Namen ihres Vaters zu behalten? Zweitens haben das damals alle so gemacht. Und drittens: Wenn du die Chance hast, ›Silverblatt‹ gegen ›Gordon‹ einzutauschen, dann tust du das erst mal, und die Politik kommt später.«

»Und weißt du, was mir noch klar geworden ist?«, fragte Emily. »Sie ist ein Chauvi.«

»Ein Chauvi?«

»In Gesprächen hat sie immer Vorfahrt. Jedes Mal, wenn jemand gleichzeitig mit ihr zu reden anfängt, spricht sie einfach weiter. Sie erwartet, dass *du* aufhörst. Das machen sonst nur Chauvis.«

»Na ja, sie ist eine große alte Dame. Sie hat es sich verdient, anderen das Wort abzuschneiden.«

Emily sah das nicht als Vorrecht, das man sich verdienen konnte, sondern als Unsitte, die man sich tunlichst abgewöhnte, und dass Florence daran festhielt, war armselig. Wenn Florence wirklich ein Chauvi gewesen wäre, dann einer, der sich nie die Unsitte abgewöhnte, nach dem Pinkeln die Klobrille hochgeklappt zu lassen.

47

Eines war an Florence beneidenswert – dass sie, so launisch sie auch sein mochte, im Großen und Ganzen offensichtlich das Leben genoss.

»War deine Mutter immer schon glücklicher als dein Vater?«, fragte Emily ihren Vater.

Sie liefen den Broadway entlang. Emily war auf dem Weg zum Seminar, und Daniel wollte sich mit einem alten Freund in … sie wusste nicht, wo sie sich treffen wollten.

»Er wirkte ganz munter, als ich noch ein Junge war«, sagte Daniel.

»Und dann?«

»Nichts ›dann‹.«

»Irgendwas muss doch passiert sein.«

»Ich glaube nicht, dass es damit zu tun hat, was den beiden passiert ist oder nicht. Sondern damit, wer sie sind. Meine Mutter hatte immer ein Ziel. Immer etwas, woran sie glaubte. Er hatte nur sich selbst.«

»Ich weiß nicht, wie du das meinst.«

»Klar weißt du das.«

»Tu ich nicht! Ich bin nicht so klug, wie du immer denkst.«

»Saul hat nur seine Karriere. Wenn es mit der nicht gut läuft – wie die letzten zwei, drei Jahrzehnte –, dann geht ihm alles im Leben auf den Sack. Florence hat sich immer als Teil einer Sache gesehen, die sie überdauern wird.«

»Welcher Sache?«

Er klopfte ihr spielerisch auf den Kopf.

»Frauengeschichte. Feminismus. Männerhass.«

»Dad!«

»Nur 'n Witz.«

»Jeder Witz enthält ein Körnchen Wahrheit, sagt man.«

»Und woher weiß man das?«

»Man macht winzig kleine Röntgenbilder«, sagte sie. »Was ist mit dir? Hast du etwas, das sich überdauern wird? An welche Sache glaubst du?«

»Weiß nicht. An Yoko und mich.«

Sie verstand seine Anspielung nicht, aber das spielte auch keine Rolle. Schon während sie fragte, hatte sie gewusst, dass er nicht richtig antworten würde.

»Und du?«, fragte er. »Woran glaubst du?«

»Da werde ich später drauf zurückkommen müssen.«

Vielleicht glaubte sie an etwas, das sie seit der Lektüre von *Middlemarch* beschäftigte: die Vorstellung, jeder Mensch sei das Zentrum eines eigenen Universums. Sie wusste nicht, was sie damit anfangen sollte, wusste nicht, was daraus zu schließen war, aber es beschäftigte sie immer wieder.

48

Emily hatte einen Stapel Bücher auf Florence' Küchentisch abgestellt, und Florence sah sie sich an. Sie hatte Emily gebeten, gute Darstellungen der politischen Verhältnisse in New York zur Zeit ihrer Jugend herauszusuchen.

»Vor meiner Zeit«, sagte Florence, indem sie eins der Bücher beiseiteschob.

A Hazard of New Fortunes, William Dean Howells, 1890.

»Jetzt weiß ich, was du von mir denkst«, sagte Florence. »Du glaubst, du müsstest bis in die Zeit der Pferdekutschen zurückrecherchieren.«

»Das lese ich selbst«, sagte Emily. »Ich denke nicht immer nur an dich, ob du es glaubst oder nicht.«

Es fühlte sich mutig an, das zu sagen – Florence hatte eine so hohe Meinung von sich, dass die Nachricht sie schockieren könnte –, aber Florence lachte nur. Es war das entspannteste Lachen, das Emily je von ihr gehört hatte.

»Du sollst aber nur an mich denken. Dafür wirst du ja so fürstlich bezahlt.«

Emily antwortete nicht darauf.

»Und was hat er, das ich nicht habe? Dieser William Dean Howells?«

Emily glaubte fast eine Spur von Rivalität herauszuhören.

»Zunächst mal war er radikaler als du.«

»William Dean Howells?«

Emily ging auf, dass sie zu diesem Thema vielleicht mehr wusste als Florence. Falls ja, wäre es das erste Mal.

»Kam der in einem deiner Seminare vor?«, fragte Florence.

»Nein, er kam nicht in einem meiner Seminare vor. Ich habe ihn selbst entdeckt. Er war mit Henry James befreundet.«

»Ich weiß, dass er mit Henry James befreundet war. Mit Henry James und Mark Twain, und er hat die *Atlantic Monthly* herausgegeben. Das ist der einzige Grund, warum er nicht längst vergessen ist.«

»Das sollte er aber nicht sein. Er war besser als die beiden anderen.«

»Also bitte, mach dich nicht lächerlich.«

»Hast du ihn mal gelesen?«

»Wahrscheinlich in irgendeinem Überblickskurs. Ich muss sicher mal was von ihm gelesen haben.«

»Du musst es sicher, aber du erinnerst dich nicht daran. Also kannst du eben doch nicht sicher sein. Trotzdem sagst du, er sei schlechter als die beiden, die du kennst. Ich bin enttäuscht, Florence Gordon.«

»Du hast Recht. Ich habe keine Ahnung von ihm. Ich kann überhaupt nichts über ihn sagen.«

Das war schwindelerregend. Florence hörte ihr zu. Florence genoss es, von ihr getriezt zu werden. Florence hatte einen Fehler zugegeben.

»Das muss man dir zumindest lassen«, sagte Emily. »Du bist alt, aber du lernst noch dazu. Das werde ich deinen Feinden entgegenhalten.«

49

Ein Wandel. Florence warf sie nicht immer gleich wieder raus, sobald sie die Wohnung betrat. Und statt nur Emilys Notizen entgegenzunehmen, begann sie Emily zu ihrer Lektüre zu befragen.

Sie tranken jetzt zusammen Kaffee. Oder Florence trank Kaffee und Emily Kräutertee, den sie selbst mitbrachte. »Ich habe nicht vor, nur für dich speziellen Tee zu kaufen«, hatte Florence gesagt, »aber du kannst dir welchen im Schrank aufbewahren und bekommst von mir das heiße Wasser.«

Und offenbar traute sie Emily jetzt mehr zu. Sie hatte sie inzwischen gebeten, die Recherche für das Buch zu unterbrechen und ihr stattdessen bei der Vorbereitung auf das NYU-Symposium behilflich zu sein. Florence wollte dort einen Vortrag über Feminismus vor dem Ersten Weltkrieg halten und sich aus den Beständen der Tamiment Library an Briefen und Tagebüchern von den Suffragetten der Jahrhundertwende bedienen. Die Texte waren unveröffentlicht und nicht ausleihbar. »Ich habe keine Zeit, das alles durchzusehen«, sagte Florence. »Aber du könntest mir mitbringen, was ich brauche.«

Alles hatte sich auch wieder nicht geändert. Manchmal war es, als hätte überhaupt kein Wandel stattgefunden. Gelegentlich fragte sich Emily, ob Florence nur mehr Zeit mit ihr verbrachte, um sie öfter erniedrigen zu können. Wenn Florence ein Buch oder ein historisches Ereignis erwähnte, fragte sie immer, ob

Emily es kannte, und wenn nicht, bekam sie diesen gereizten Gesichtsausdruck. Emily war versucht, so zu tun, als wüsste sie über alles Bescheid, aber es war gut, dass sie es sein ließ, denn wie sich bald herausstellte, unterzog Florence sie immer gleich einem Wissenstest, wenn sie vorgab, sich bei einem Thema auszukennen.

Warum war sie bloß so? Florence war eine Lehrerin, aber das war kein Lehrerverhalten. Zumindest waren Emilys Lieblingslehrer immer ganz anders gewesen. Sie hatten nie erwartet, dass man mit einem bestimmten Faktenwissen geboren wurde. Florence dagegen verfiel, wenn ans Licht kam, dass Emily die Seneca Falls Convention oder das Port Huron Statement nicht richtig einzuordnen wusste, in sekundenlanges Schweigen, als hielte sie sich mühsam vor einer wohlverdienten verbalen Tracht Prügel zurück. Stattdessen begnügte sie sich dann mit dem Satz: »Man könnte meinen, für junge Leute wie dich würden all die Rechte, von denen ihr tagtäglich profitiert, von selbst aus dem Boden sprießen.«

Aber Emily kannte Florence jetzt gut genug, um es ihr heimzuzahlen. Als Florence sie einmal bat, auf ihrem Computer nach dem Rechten zu sehen, bot Emily ihr an, den Cache zu leeren und ein paar Cookies zu entfernen, und als Florence damit nichts anfangen konnte, schüttelte Emily kummervoll den Kopf.

»Man könnte meinen, für Leute wie dich würden Cookies sich einfach von selbst entfernen«, sagte sie.

Als Emily aufblickte, glaubte sie, auch wenn sie nicht ganz sicher war, sie habe Florence fast ein bisschen lächeln sehen.

50

Manchmal bekam Emily das Gefühl, sie verbrächte den Sommer mit einem Forschungsprojekt zu der Frage, was es bedeutete, ein Mensch zu sein oder welche Art Mensch man sein sollte.

Zwei Varianten des Menschseins standen ihr gerade besonders plastisch vor Augen: ihre Großmutter und ihr Exfreund. Wenn er das denn war. Vielleicht auch ihr ehemaliger Exfreund. Schwer zu sagen.

Justin war vielleicht der liebste Mensch, den sie kannte. Der freundlichste, hilfsbereiteste, rücksichtsvollste. Ein verschrobener, stiller, humorvoller Junge, der sich als Berufsziel vorgenommen hatte, Spielzeug, Spielplätze und Parkanlagen zu gestalten.

Emily hatte Justin im ersten Jahr der Highschool kennengelernt. Sie sah ihn eines Tages in der Stadtbibliothek. Eine ältere Dame wollte ins Internet, und vom Personal ließ sich niemand blicken, also stand dieser lockenköpfige junge Elf ihr bei. Sie wollte ihre E-Mails abrufen, kannte aber den Namen des Providers nicht, und er hatte sich geduldig mit ihr hingesetzt, ohne zu seufzen, ohne die Augen zu verdrehen. So viel Güte versetzte Emily in gute Laune, und als sie herausfand, dass sie auf dieselbe Schule gingen –

sie entdeckte ihn ein paar Tage darauf in der Mensa –, wusste sie, dass sie Freunde werden würden.

Als sie dann ans Oberlin wechselte, war er ans Emerson gegangen, und eine Weile sah es aus, als trennten sich ihre Wege. Das fühlte sich nicht einmal schrecklich an, ein wenig traurig vielleicht, aber auch wie der natürliche Lauf der Dinge.

Aber jetzt meldete er sich wieder auf Facebook oder chattete sie an, mit dreißigsekündigen Videoaufnahmen von Prototypen aus seinen Designseminaren – Spielzeugen, die ein paar Schritte liefen und dann vornüber fielen. Sie wusste nicht, wo das mittelfristig hinführen sollte, aber sie fand es süß.

Als damals einer ihrer Highschool-Lehrer die Klasse nach ihren Vorbildern fragte, hatte er keinen echten Menschen, sondern den von Tom Hanks gespielten Protagonisten von *Big* genannt, der in einer Spielzeugfabrik anheuert und sich Spielsachen ausdenkt, die keinem Erwachsenen je in den Sinn gekommen wären. Justins Lebensziel war es, Dinge in die Welt zu setzen, die Menschen Freude machten.

51

Florence war eine ganz andere Sorte Mensch. Im Lauf der Jahre hatte sich viel an ihren Überzeugungen geändert und an der Art, wie sie sie vertrat, aber Emily bekam allmählich den Eindruck, dass sie in den wesentlichen Dingen unverändert geblieben war. Florence war immer Feministin gewesen und immer kämpferisch.

In einem Essay von Florence über Gerda Lerner war Emily ein Ausdruck aufgefallen: »ein wehrhafter Ethos des Überwindens«. Damit hätte man auch Florence selbst beschreiben können, fand Emily. Immer war sie über Dinge, die sie gelesen, gehört oder gesehen hatte, wütend, immer empört, aber im Kern blieb sie immer hoffnungsvoll. Sie schien wahrhaftig daran zu glauben, dass in dem Kampf, den sie ausfocht, eines Tages die Macht allumfassender Schwesterlichkeit und Brüderlichkeit über Sexismus, Ausbeutung und Gier den Sieg davontragen würde. In einem anderen Essay hatte sie Tschechow mit der Passage zitiert, in der er eine Erzählfigur entwirft, einen Mann, der »aus sich tropfenweise den Sklaven herauspresst«. Dieses Vorhaben, hatte Florence geschrieben, konnte ein Leben lang dauern, und Emily hatte das Gefühl gehabt, sie meine damit sich selbst.

Und Florence dachte immerzu nach. Selbst die Angewohnheit, andere zu verhören, wirkte nicht mehr so unausstehlich, denn es war einfach ihre Art, laut nachzudenken, und die Fragen, mit denen sie ihr Gegenüber bombardierte, stellte sie sich auch selbst. Florence war so begierig auf Streit aus, weil sie begierig darauf aus war, zu lernen.

Manchmal, wenn Emily sie besuchte, waren Florence' alte Freundinnen da. Einmal brach Emily gleichzeitig mit Vanessa auf – Vanessa, die für Florence die Überraschungsfeier organisiert und die in den wenigen Minuten bis zu ihrem Ende so peinlich ins Schwärmen geraten war. Sie gingen gemeinsam zur U-Bahn-Station, und Vanessa begann unvermittelt über Florence zu reden.

»Ich habe ihr mein Leben zu verdanken«, sagte Vanessa. »Als wir uns kennenlernten, war ich auf dem besten Weg, zur reinen Steigbügelhalterin zu werden. Ich hatte Träume, aber die schienen für jemanden wie mich unerreichbar zu sein. Florence hat mich ermutigt – oder nicht nur ermutigt: Sie hat mir keine Ruhe gelassen. Ich hätte bestimmt kein Aufbaustudium gemacht, hätte sie mir nicht so zugesetzt. Jetzt bin ich Psychotherapeutin – ich weiß nicht, ob du das weißt –, und ohne Florence hätte ich das nie geschafft. Ich hätte vielleicht eine Therapeutin gebraucht, aber ich wäre keine geworden.«

Emily merkte selbst, dass sie ihre Großmutter zu idealisieren begann, aber sie hielt es nicht für verwerflich, solange man wusste, was man da tat. Sie konnte sich nichts vorstellen, das die alte Dame in die Knie zwingen würde. Besiegt werden konnte sie – niemand war unbesiegbar –, aber es war kaum eine Schwierigkeit vorstellbar, bei der es Florence nicht gelingen würde, sich ihr auf Augenhöhe zu stellen.

52

Manchmal half Emily Florence bei irgendwelchen Besorgungen. Sich mit ihr in die Welt hinauszuwagen war ein Abenteuer. Wenn jemand Müll irgendwo hinwarf, schimpfte sie ihn aus. Einmal befahl sie einem Bettler, sich gefälligst gerade hinzustellen und den Leuten in die Augen zu sehen.

Einmal hatte sich in der Drogerie eine Schlange von zehn oder fünfzehn Kunden gebildet. Zwei Kassen waren offen. Ein Anzugträger eruierte die Lage und kam offenbar zu dem Schluss, es gäbe zwei Warteschlangen – für jede Kasse eine –, von denen eine bis weit hinten zu den Zahnbürsten reichte, während die andere wie von Zauberhand leer geblieben war. Also trat er zum Kopf der Zauberschlange vor und legte seine Einkäufe auf das Kassenband.

Die Frau, die ganz vorn in der echten Warteschlange stand, eine abgekämpfte Mittdreißigerin, starrte ihn karikaturhaft entrüstet an, mit heruntergeklapptem Unterkiefer, sagte aber kein Wort.

Florence wartete selbst noch gar nicht, sondern hatte den Laden gerade erst betreten, aber die Szene brachte sie in Rage.

»Sehen Sie nicht die Schlange?«, fragte sie den Mann und zeigte mit dem Gehstock auf die Wartenden.

»Da sind zwei Schlangen«, sagte er, ohne auch nur aufzublicken.

»Schauen Sie noch mal genauer hin.«

»Was wollen Sie überhaupt?«

»Man wirft seinen Müll nicht auf die Straße, man bedient sich nicht als Erstes selbst, und man drängelt sich nicht vor. Das nennt sich Zivilisation.«

Die Kassiererin rief die gebeutelte Kundin nach vorn und sagte zu dem Mann: »Hinten anstellen, bitte.«

»Fick dich, du irre alte Hexe«, zischte der Mann Florence zu. Er ließ den Einkaufskorb fallen und ging.

Die erschöpft aussehende Frau trat mit ihrem Shampoo ans Band.

»Danke«, sagte sie zu Florence.

»Sie sollten mal lieber für sich selbst einstehen«, sagte Florence.

53

»Redest du gerade mit jemandem?«, fragte Janine.

»Mom, du hast mich zu Tode erschreckt!«

Es war zwei Uhr nachts. Emily hatte gedacht, ihre Mutter sei vor Stunden schlafen gegangen.

»Tut mir leid. Ich dachte, du hättest mit Mark geredet.«

»Ich habe mit Miranda geskypt.«

»Ich weiß, dass du geskypt hast. Ich dachte, es wäre Mark.«

»Tja, Miranda klingt wirklich ganz ähnlich, jetzt wo du es sagst. Sie hat nur eine tiefere Stimme. Was machst du überhaupt noch so spät?«

»Keine Ahnung. Noch was essen vielleicht.«

»Na, dann leg dich schlafen.«

»Okay, Mom«, sagte Janine mit einer piepsigen Mädchenstimme und schloss die Tür.

Das war knapp.

Emily skypte jetzt fast jeden Abend mit Justin, aber erst wenn ihre Eltern schliefen.

Es war albern, es ihnen zu verheimlichen, schließlich war er der netteste Junge, den sie kannte. Trotzdem war sie nicht bereit, ihren Eltern zu sagen, dass er wieder Teil ihres Lebens war.

Die beiden schienen Justin gegenüber zwiespältige Gefühle zu haben. Anfangs hatten sie ihn sehr gemocht. Ein bisschen zu sehr vielleicht sogar. Ihr einziger früherer Freund war ein launischer Jüngling gewesen, selbstsüchtig, mit Lederjacke – im Grunde ein kleiner James Dean –, und das Missfallen ihrer Eltern hatte sie gefreut. Aber Justin liebten sie. Zumindest zu Anfang liebten sie ihn.

Nach einer Weile tauchten die ersten Fragen auf. Er hinterließ ihr manchmal Nachrichten in winziger Handschrift, und als sie eine davon herumliegen ließ, fragte ihr Vater: »Warum ist seine Handschrift so klein?«

Es war eine denkbar harmlose Frage, aber irgendwie störte Emily sich daran.

Justin war Veganer wie sie, aber er ging noch weiter. Im letzten Highschooljahr wurde er dünner und dünner, und einmal, als er zum Abendessen zu Besuch war, verzichtete er auf den Brokkoli, den ihre Mutter gekocht hatte, weil er nur noch die einfachsten Formen pflanzlichen Lebens essen wollte. Es belastete ihn immer mehr, Gemüse umzubringen. Sie erinnerte sich noch lebhaft an den Blick, den ihre Eltern gewechselt hatten. Sie dachten, Emily hätte es nicht bemerkt, aber das hatte sie sehr wohl.

»Justin wird ja immer dünner, Schatz«, sagte ihre Mutter ein paar Tage später. »Ist alles in Ordnung?«

Emily sagte, es ginge ihm bestens. Sie war empört und wunderte sich später, was sie an der Frage so verärgert hatte. Erst gab sie ihrer Mutter die Schuld, die Probleme erfand, wo keine waren, aber dann wurde ihr mit der Zeit bewusst, dass sie selbst schon seit einer Weile Probleme bemerkte und sich bemühte, sie nicht zu bemerken.

Im selben Sommer, ein paar Wochen vor dem Collegeabschluss, hatte sie einmal abends eine Mücke auf ihrem Arm erschlagen – der Anblick des verschmierten Bluts hatte sie mit Genugtuung erfüllt –, und Justin war so entsetzt gewesen, dass er aufsprang und ging und den Rest des Abends nicht wiederkam.

Und dann war da die Sache mit dem Sex. Sie und Justin hatten nie wirklich miteinander geschlafen. Sie hatte überhaupt noch nie wirklich Sex gehabt. In James Dean war sie zwar verliebt gewesen, wollte das erste Mal aber mit jemandem erleben, den sie wirklich liebte. Mit Justin tat sie ein paar Monate alles bis auf den eigentlichen Akt, und es fühlte sich richtig an: Sie hatten Freude aneinander, lernten einander behutsam kennen. Aber irgendwann kam der Zeitpunkt, wo sie Sex haben wollte und Justin nicht. Er fühlte sich dafür nicht erwachsen genug, sagte er.

Er bedeutete Emily mehr als jeder andere, aber sie wurde den Gedanken nicht mehr los, dass es ihr nicht guttat, mit ihm zusammen zu sein. Sie wusste, dass sie die Tendenz besaß, die Probleme anderer zu ihren eigenen zu machen, und fragte sich, ob sie für das, was er mit sich herumtrug, stark genug war.

Dann wieder machte sie sich Vorwürfe, weil sie so dachte. Es war egoistisch, sich nur um den eigenen Schutz zu sorgen, wenn dieser zarte, großzügige, kindliche Mann ihre Hilfe brauchte.

Als Justin sich vor ein paar Wochen wieder gemeldet hatte, war sie so glücklich gewesen, dass sie all die kleinen Fragezeichen zu verdrängen versuchte. Aber sie wusste nicht, wo das mit ihm hinführen sollte. Und bis sie das herausfand, mussten ihre Eltern nicht wissen, dass er wieder Teil ihres Lebens war.

54

Florence wollte zu einer Versammlung an der NYU, nicht weit von der Bibliothek. Sie bat Emily, ihr die nächsten Recherchen an dem Tag dort vorbeizubringen.

»Eine Fakultätsversammlung im Sommer?«, fragte Emily.

»Es ist keine Fakultätsversammlung«, sagte Florence. »Es ist eine Protestveranstaltung.«

Sie hob die Faust zum Zeichen des Protests.

»Wogegen protestiert ihr denn?«

»Eine Gruppe von Dozenten und Studenten will den Blutspendewagen vom Campus fernhalten, und ich will meinen Senf dazugeben.«

»Was haben sie gegen den Blutspendewagen?«

»Die Gesetze zur Blutspende diskriminieren Schwule. Sobald du als Mann mit einem anderen Mann geschlafen hast, darfst du kein Blut mehr spenden.«

»Das ist verrückt«, sagte Emily.

»Eher feige als verrückt. In der Anfangszeit von Aids konnte man das Blut nicht auf HIV testen. Damals war das Gesetz, so abstoßend es auch ist, vielleicht unvermeidbar. Aber jetzt – jetzt gibt es die entsprechenden Tests, und das Verbot haben sie trotzdem nicht aufgehoben. Das sind Feiglinge, oder sie sind homophob oder ignorant, vielleicht auch alles auf einmal.«

An dem entsprechenden Tag fand Emily Florence ohne Schwierigkeiten, aber anstatt ihr nur kurz die Mappe zu übergeben, setzte sie sich dazu. Sie freute sich über die Gelegenheit, Florence in ihrer natürlichen Umgebung beobachten zu können, bei einer Protestveranstaltung.

Die Versammlung in einem Hörsaal am Washington Square war viel besser besucht, als Emily erwartet hätte.

Als sie dort ankam, hatte die Sitzung noch nicht richtig angefangen, aber es lag schon Wut in der Luft. Emily fühlte sich naiv und ignorant zugleich – eine beschämende Kombination. Naiv fühlte sie sich, weil sie noch nie einen Raum betreten hatte, in dem diese ganz eigene Atmosphäre herrschte. Und ignorant, weil sie keine Vergleichspunkte hatte. Sie ließ sich die Romane durch den Kopf gehen, die sie liebte, und suchte nach Szenen mit großen Versammlungen. In *Anna Karenina* gab es Passagen, wo Levin mit anderen über die Landreform diskutierte, aber daran erinnerte sie sich nicht so genau. Sie hatte die Passagen eher quergelesen.

Als die Diskussion begann, sah zunächst alles einfach aus. Manche wollten, dass der Blutspendewagen weiterhin einmal im Monat den Campus besuchte, weil Blutspenden wichtig seien. Die meisten Redner wollten ihm den Zugang verwehren, weil die Gesetzeslage inakzeptabel war.

Je länger sie zuhörte, desto weniger wusste sie, was sie selbst davon halten sollte. Einerseits … aber andererseits …

Manchmal, wenn einer der Redner ein Argument vorbrachte, schnipsten die Zuhörer mit den Fingern. Erst konnte Emily es sich nicht erklären, aber dann erkannte sie es als eine politisch engagierte Sonderform von Applaus. Die Fingerschnipser waren offensichtlich sehr einverstanden mit dem, was sie hörten.

Sie fragte sich, wie diese Sitte zustande gekommen war. Was sprach dagegen zu klatschen? Dieses Schnipsen sah aus, als hätte sich eine Horde Beatniks aus einem Fünfzigerjahre-Jazzschuppen in den Saal gebeamt.

Nachdem viele andere ihren Standpunkt vorgebracht hatten – Studenten, Dozenten, andere Unimitarbeiter –, trat Florence ans Mikrophon. Sie wirkte ungewohnt zerbrechlich und stützte sich auf den Stock, aber ihre Stimme war kraftvoll.

»Manche von Ihnen kennen vielleicht noch Larry Ackerman. Er hat hier Soziologie unterrichtet. Vor gut zehn Jahren hatte er das Pech, vom Auto angefahren zu werden. Er wurde schwer verletzt und war auf tägliche Bluttransfusionen angewiesen. Jeder, der ihm nahestand, wollte helfen. Aber Larry war schwul, und viele seiner Freunde durften kein Blut spenden. Ich weiß noch, wie sein Lebensgefährte davon erzählte, dass er bei der Blutbank abgewiesen worden war. Er fühlte sich gedemütigt – und er war wütend, denn er wusste, dass sein Blut in Ordnung war. Er hatte sich testen lassen, Larry hatte sich testen lassen, und die beiden waren seit Jahren ein monogames Paar.

Ich bin keine Medizinerin, aber schon ein kurzer Blick auf die Expertenmeinungen macht deutlich, dass wir alles in unserer Macht Stehende tun müssen, um dieses dumme, schändliche Gesetz zu ändern.«

Die Leute schnipsten wie verrückt. Florence' Ansprache schien den Beatniks zu gefallen.

»Während wir unsere Söhne und unsere Brüder gegen Ausgrenzung und Stigmatisierung verteidigen, dürfen wir eine andere Gruppe nicht vergessen – all diejenigen, die auf Bluttransfusionen angewiesen sind. Wir haben hier zwei betroffene Gruppen, die wir beide im Auge behalten müssen. Wir müssen informieren, wir müssen organisieren, wir müssen protestieren; wir müssen auf jede erdenkliche Art und Weise Druck ausüben, damit sich die Gesetze ändern. Und gleichzeitig müssen wir alle, die Blut spenden dürfen, dazu ermutigen, es zu tun.«

Das Fingerschnipsen hörte auf.

»Ich weiß, das ist kompliziert«, sagte Florence. »Aber das hat gesellschaftlicher Wandel so an sich. Ich plädiere dafür, diese Komplexität anzuerkennen und beiden betroffenen Gruppen gerecht zu werden. Wir sollten den Blutspendewagen willkommen heißen und die Leute zum Spenden ermutigen, und zugleich sollten wir die Gelegenheit nutzen, auf die abscheuliche Gesetzeslage aufmerksam zu machen.«

Als Florence fertig war, wandte sie sich von dem Mikrophon ab und ging auf ihren Platz zurück. Im Saal herrschte Schweigen.

55

Die Versammlung dauerte noch eine volle Stunde. Die meisten Anwesenden wollten den Blutspendewagen stoppen, und irgendwann reichte jemand den Antrag ein, ihn nicht in den Washington Square Park zu lassen. Der Wagen würde in knapp zwanzig Minuten da sein. Der Antrag wurde angenommen, und die Versammlung war beendet.

Emily stieg mit Florence in den Fahrstuhl. Als sie das Gebäude verließen, hatten schon zwanzig, dreißig Studenten am Nordeingang des Parks eine Menschenkette gebildet. Da es nieselte, stellten Emily und Florence sich unter den nahen Triumphbogen.

»Ich sehe gar keinen von den Dozenten«, sagte Emily.

»Die werden sich im Starbucks verkrochen haben.«

»Sollen wir uns auch im Starbucks verkriechen?«

»Ich bleibe lieber noch«, sagte Florence.

Kurz darauf kam der Blutspendewagen die Fifth Avenue herauf und wollte in den Park einbiegen. Eine Gruppe Studenten stellte sich ihm entgegen und skandierte ... irgendetwas, das Emily nicht verstand.

Die Kühlerhaube des Wagens ragte in den Park, aber der hintere Teil kam auf der Straße zu stehen.

Schneller als Emily es für möglich gehalten hätte, tauchten Streifenwagen auf, drei Stück, und dann noch zwei Mannschaftsbusse. Aus jedem der Autos stiegen zwei Beamte. Die Busse spuckten einschüchternde Gestalten aus – vier, fünf, sechs Polizisten in Kampfausrüstung. Sie waren ganz in Schwarz gekleidet, mit gepolsterten Westen und getönten Helmvisieren.

»Zeit für Starbucks?«, fragte Emily.

»Genau dafür sind wir hier«, sagte Florence. »Um die Polizisten im Zaum zu halten.«

»Und du meinst, das geht?«

»Natürlich nicht. Aber man staunt manchmal, was für einen beruhigenden Einfluss alte Damen haben. Besonders alte Damen mit Krückstock.«

Sie sah Emily an, als sei ihr etwas Wichtiges wieder eingefallen. »Aber du solltest besser nach Hause gehen. Du kannst dich hier nicht verhaften lassen. Das würde dein Papa nicht so gerne sehen, fürchte ich.«

»Warum sollte ich festgenommen werden? Wir stehen hier nur rum.«

Florence schüttelte lachend den Kopf.

Es stimmte, dass ihr Vater nicht begeistert gewesen wäre. Er hieß nicht immer alles gut, was Polizisten taten … aber schließlich war er selbst ein Cop. Emily war aufgefallen, dass er bei Fragen der Polizeigewalt nicht so aufgeschlossen war wie sonst.

»Wenn ich vorbestraft bin, musst du mich dann nicht fristlos verlassen?«

Sie hatte »entlassen« sagen wollen, aber in der Aufregung war sie durcheinandergekommen.

»Da bin ich überfragt, meine Liebe.«

Die Polizisten holten ihre Schlagstöcke hervor.

»Das ist mein Stichwort«, sagte Florence. »Bleib du hier. Damit ich dich nicht verlassen muss.«

Sie lächelte Emily zu – plötzlich wirkte sie erstaunlich jung – und begab sich mitten ins Getümmel.

56

Emily rührte sich nicht von der Stelle. Sie wollte ihrer Großmutter folgen, aber sie hatte Angst.

Noch ein Mannschaftsbus kam, und noch mehr schwarz gepolsterte Männer stiegen aus. Es waren jetzt mehr Polizisten als Studenten da.

Die Bereitschaftspolizisten – sie hatten etwas wesenhaft Schreckliches an sich, etwas vorsätzlich Furchteinflößendes. Mit ihren klobigen schwarzen

Uniformen und den dunklen Visieren, hinter denen man nichts erkennen konnte, wirkten sie wie die Verkörperung reinster Gewalt. Emily hatte einmal gelesen, ein Mensch könne einen nicht töten, wenn man ihm in die Augen sah. Die eigene Menschlichkeit berührte die des anderen, und er musste einen verschonen. Diesen Männern konnte man nicht in die Augen sehen.

Der Schrecken löste etwas in ihr, und eine Welle aus Zuneigung und Respekt rollte über sie hinweg. Florence hatte sich trotz ihrer Knöchelverletzung hierhergeschleppt, zu einer Diskussion, von der sie wusste, dass sie darin unterliegen würde. Und jetzt, da sie wirklich unterlegen war, harrte sie, statt einfach nach Hause zu gehen, geduldig im Regen aus, um denselben Leuten beizustehen, die eben noch ihren Redebeitrag übergangen hatten.

Die Bereitschaftspolizisten näherten sich der Menschenkette – den Studenten und der einzelnen alten Dame.

Es sah aus wie ein Polizeieinsatz gegen eine Softballmannschaft. Wie ein Boxkampf zwischen einem Schwergewichtschampion und einem Blogger.

Florence stand zwischen einem Studenten und einer Studentin, und Emily war seltsam eifersüchtig auf das Mädchen. Sie war eine zierliche, elfenhafte Gestalt, und Florence hatte sich bei ihr untergehakt, und nach der Demo würde Florence die Studentin mit nach Hause nehmen und adoptieren.

Irgendetwas passierte – sprang jemand vor? Wurde

jemand angerempelt? Hatte ein Polizist jemanden geschlagen? –, und statt zwei Fronten war da eine wabernde Masse. Emily verlor den Überblick. Sie wusste nur, dass manche schoben und manche stürzten und dass sie ihre Großmutter nicht mehr sehen konnte.

57

Emily rannte los und drängte sich vorwärts. Sie vergaß – beinahe – sich zu fürchten. Sie pflügte durch die Menge und suchte gleichzeitig Deckung, damit sie nicht am Kopf getroffen wurde.

In einer größeren Menschenmenge hätte sie es vielleicht nicht geschafft, aber es gelang ihr, sich irgendwie zu Florence durchzuschieben, durchzuwinden und zu ihr zu kriechen, die am Boden lag und sich mit dem Stock gegen Stiefel, Knie und Ellbogen schützte.

Die Menge war ein sich windendes Gebilde. Emily konnte nicht erkennen, was geschah. Sie sah nur überall Beine. Jemand trat ihr auf die Hand. Jemand traf sie am Kinn. Jemand stolperte über Florence.

»Weg da!«, rief Emily. »Das ist meine Oma!«

Sobald es heraus war, war es ihr peinlich. Florence hätte sicher »Das ist meine Großmutter« vorgezogen, oder besser: »Das ist Florence Gordon«. Aber die Worte waren einfach aus ihr herausgesprudelt.

Emily fand es seltsam, sich in so einem Moment zu schämen – gab es denn gar keine Situationen, in denen man sich selbst vergaß?

Das alles ging ihr in Sekundenbruchteilen durch den Kopf.

Emily half Florence auf und legte den Arm um sie, und sie fanden einen Weg aus dem Gewühl.

Selbst von außen war schwer auszumachen, was vor sich ging. Es geschah zu vieles auf einmal. Polizisten drückten Leute zu Boden. Einige der Studenten, darunter die elfenhafte Frau, hatten sich zurückgezogen und skandierten: »Schande! Schande!« Andere wurden festgenommen, wieder andere saßen mit hinter dem Rücken verschränkten Armen am Boden und weigerten sich aufzustehen.

Sie fühlte sich an *Die Kartause von Parma* erinnert, an das Kapitel, in dem Fabrice, ohne es zu wissen, die Schlacht von Waterloo erlebt – er weiß nur, wie verwirrt und verängstigt er ist.

»Ich habe nicht genug beruhigenden Einfluss ausgeübt«, sagte Florence, oder so etwas in der Art – Emily konnte sie bei all dem Lärm nicht gut verstehen.

Fast hätte Emily gesagt: »Du hast es zumindest versucht«, aber dann hielt sie sich zurück. Vielleicht war es nicht richtig, das zu sagen. Oder nicht richtig, wenn *sie* es sagte. Florence' Freundinnen hätten es sagen können, aber wenn sie es sagte, ärgerte Florence sich vielleicht.

Sie blieben, bis alles vorüber war. Manche Demonstranten waren verhaftet worden, manche waren gegangen. Auch der Blutspendewagen war weg.

Sie gingen zu Fuß zur Sixth Avenue und stiegen

in einen Bus. Emily tat alles weh, und Florence hatte Kratzer an den Armen und Beinen.

»Was hältst du von alledem?«, fragte Florence.

»Es war wie *Die Kartause von Parma*«, sagte Emily.

»Ich habe keine Ahnung, was du damit meinst«, sagte Florence. »Du bist schon ein seltsames Mädchen.«

Bei den Worten, ausgerechnet, war Emily stolz auf sich.

58

Was wird aus Daniel, wenn ich ihn verlasse?

Diese Frage ging Janine nicht aus dem Kopf.

Sie hatte beschlossen, mit Lev zu der Konferenz zu fahren, und die Vorstellung machte sie nervös.

Caroline, Daniels Schützling oder was immer sie sein mochte, war zu einer attraktiven jungen Frau herangewachsen – weltgewandt, charmant, souverän. Bestimmt fand Daniel sie anziehend. Wie auch nicht? Wenn Janine ihn verließ, vielleicht würde er dann mit ihr anbandeln. Das wäre doch ein denkbares Happy End. Auch wenn Caroline gefühlt zwölf Jahre alt war.

Was würde Daniel wirklich tun? Eine neue Beziehung eingehen oder den Rest seines Lebens allein verbringen? Beide Möglichkeiten waren schwer vorstellbar.

Eine der Eigenschaften, die Janine an Daniel liebte, war, dass er nie anderen Frauen nachsah. Wenn ein typischer Mann mit seiner Frau ausgeht, wandert sein Blick ununterbrochen von diesen Brüsten hier zu jenen Beinen dort zu Was-auch-immer-Männer-dauernd-anstarren anderswo, und du als Frau wünschst dir eine kleine Flagge, mit dem du ihm vorm Gesicht herumwedeln könntest, um seine Aufmerksamkeit auf dich zu lenken, oder eine kleine Keule, um sie ihm über den Kopf zu ziehen. Daniel war immer die Ausnahme gewesen. Wenn er mit Janine ausging, hatte er immer nur Augen für sie. Das gab ihr Sicherheit.

Sie versuchte sich Daniel in zehn Jahren mit seiner Neuen vorzustellen. Nicht Caroline – eine ältere, erfahrenere Frau. Sie sitzen in einem Restaurant, und er umfängt sie, die Neue, mit seinem patentierten »Es gibt auf der ganzen Welt nur dich allein«-Blick. Und dann geht die Tür auf, und Janine kommt herein – vielleicht mit Lev, aber das spielt keine Rolle. Und dann … und dann gar nichts. Daniel blickt weiter seine altersangemessene, trotz-Fältchen-attraktive Neue an und bemerkt Janine nicht einmal.

Und was dann?

Dann marschiere ich zu ihrem Tisch und verpasse diesem kleinen Flittchen links und rechts ein paar, und dann nehme ich Daniel mit nach Hause.

Diese Vorstellung ergab nicht besonders viel Sinn, wenn sie ihn verlassen wollte. Das war ihr durchaus bewusst.

59

»Warum bist du Polizist geworden?«, fragte Janine.

Nachdem Lev ihr verraten hatte, warum er Psychologe geworden war, hatte sie gedacht, Daniel würde ihr nie so geradeheraus erzählen, warum er sich für seinen Beruf entschieden hatte. Aber vielleicht tat sie ihm Unrecht damit.

»Warum ich Polizist geworden bin?«, fragte er.

»Ja.«

»Warum ich Polizist geworden bin? Das willst du von mir wissen?«

»Das will ich von dir wissen.«

»Haben wir darüber nicht schon geredet?«

»Vielleicht, ich weiß es nicht mehr.«

Er sah aus, als dächte er nach, dann sagte er: »Bist du sicher, dass wir nicht darüber geredet haben? Du warst *dabei.*«

»Bestimmt haben wir damals darüber geredet, aber ich erinnere mich nicht mehr daran.«

Er hatte sich kurz nach der Hochzeit auf den Job beworben. Janine erinnerte sich eigentlich nur an die Freude über ein festes Gehalt mit Urlaubsgeld. Es hatte bedeutet, dass sie eine Familie gründen konnten.

»Ich weiß, warum du zur Krisenintervention wechseln wolltest«, sagte sie, »aber nicht, warum du überhaupt Polizist geworden bist.«

Es gab keinen Grund, darüber nicht sprechen zu wollen. Es sei denn, er gehörte einem Geheimkult an, in dem es tabu war, über ernsthafte Themen zu reden.

»Okay«, sagte er, »dann sage ich es dir. Du hast doch in den Nachrichten bestimmt schon ein paar Mal gesehen, wie jemand nach seiner Verhaftung in den Streifenwagen steigen muss? Und wie der Cop ihm dann immer die Hand auf den Kopf legt, als könnten Kriminelle von Natur aus nicht in Autos steigen, ohne sich den Kopf zu stoßen?«

»Stimmt. Ist mir aufgefallen.«

»Das ist das Geheimnis, warum Leute Polizist werden wollen. Wir legen gern Leuten die Hand auf den Kopf.«

Janine stand auf, um sich einen Kaffee zu kochen.

»Es gefällt uns einfach«, sagte er.

»Dachte ich's doch«, sagte sie.

60

Janines Wochenende in Pittsburgh stand kurz bevor.

Sie hatte gedacht, Emily würde bei Daniel sein, aber wie sich herausstellte, hatte Emily ebenfalls Reisepläne. Sie wollte in Boston eine Collegefreundin besuchen.

Daniel würde das ganz Wochenende allein verbringen. Wie würde er klarkommen? Was würde er tun?

Janine wusste, dass es albern war, sich darum Sorgen zu machen. Er war ein erwachsener Mann. Ein Mann, der gerade monatelang in Seattle allein geblieben war. Das schien er überlebt zu haben, also würde er auch das Wochenende überleben.

Aber die Sorgen ließen sie nicht los.

»Liebling«, sagte Daniel, »könntest du mir gelegentlich wieder diese Socken mitbringen?«

Er trug eine Sorte Socken, die man selten in den Läden fand, und aus irgendwelchen Gründen fand er sie auch nie im Internet.

»Natürlich. Sobald ich zurück bin.«

Erst diese Worte machten ihr bewusst, dass sie wirklich gehen würde.

Sie stellte sich Daniel in einer fernen, traurigen Zukunft vor, verlassen, hilflos, ohne seine Lieblingssocken.

61

»Du solltest langsam los«, sagte Daniel.

Und dann begann er zu allem Überfluss abzufragen, ob sie auch nichts vergessen hatte.

Das tat er jedes Mal, wenn sie auf Reisen ging. Er ging für sie eine mentale Checkliste durch: Handy, Laptop, Ladekabel, Lesebrille, Buch, Kugelschreiber, Ersatzkugelschreiber, Notizbuch, Taschentücher, Handdesinfektionsmittel, Kaugummis gegen den Ohrendruck beim Fliegen.

Normalerweise fand sie es rührend, aber heute brach es ihr das Herz.

62

Janine nahm den Koffer mit ins Labor und verbrachte den Vormittag mit Arbeit. Mittags machte sie sich auf die Suche nach Lev. Seine Sekretärin sagte, er sei essen gegangen.

Wenn er allein zu Mittag essen ging, landete er meist in einem altmodischen Eissalon auf dem Broadway. Janine verließ das Labor und fand ihn dort. Er saß an einem Tisch am Fenster.

Sie ging rein und stellte sich an seinen Tisch.

Er aß einen Fruchteisbecher und las ein Buch von George Vaillant. Er führte den Löffel zum Mund, und als er ihn wieder senkte, blickte er auf.

Einen Moment lang schien er sie für die Kellnerin zu halten: Er erkannte sie offensichtlich nicht. Dann schaute er ein zweites Mal hin.

Er schien beglückt, sie zu sehen, aber so wirkte er immer, egal, wen er …

Nein. Sie musste aufhören, sich einzureden, dass sie ihm nicht mehr bedeutete als alle anderen. Er war glücklich, sie zu sehen, das wusste sie.

»Soll ich Ihnen etwas empfehlen?«, fragte sie.

In ihren eigenen Ohren klang das kehlig und sexy, aber er dachte vielleicht nur, sie hätte einen sommerlichen Frosch im Hals.

Erst die provokative Kaffeetassen-Geste, und jetzt das. Sie flirtete. Das hier war ein Flirt. Sie wusste nur nicht, ob sie es richtig machte.

Wann hatte sie zuletzt mit einem anderen geflirtet als Daniel? Das war damals in der Ära von Chips Ahoy. Es war Ewigkeiten her, in Zeiten, als man Whoopi Goldberg für fortschrittlich hielt.

Sie setzte sich ihm gegenüber.

»Eine Frage«, sagte sie. Immer noch kehlig und sexy, oder immer noch wie Andy Devine.

»Ja?«

»Ich habe mich gefragt: Wenn ich abgesagt hätte, und du hättest jemand anderes zu der Konferenz mitgenommen, hättest du mich dann vermisst?«

»Ich hätte niemand anderes mitgenommen. Ich wollte dich. Nur dich.«

Das klang schief in ihren Ohren. Es klang übertrieben leidenschaftlich. Sie hätte lieber ein Understatement von ihm gehört, weil gezügelte Gefühle viel deutlicher zutage treten. Janine begriff, dass sie lieber die Sorte Antwort zu hören bekommen hätte, wie Daniel sie immer gab. Sie nahm sich vor, lieber nicht darüber nachzudenken.

Die Kellnerin kam. Es lag etwas unterschwellig Tadelndes in ihrer Haltung. Janine bestellte ein Eis, weil es offenbar von ihr erwartet wurde.

Jemand hatte einmal zu ihr gesagt, Männer seien entweder Liebhaber oder Ehepartner und man könne auf den ersten Blick erkennen, zu welcher Kategorie sie gehörten. Daniel war ein Ehemann, das hatte sie von Anfang an gewusst, zumindest kam es ihr rückblickend so vor. Seltsam nur, dass auch Lev offensichtlich ein Ehemann war. Vielleicht wäre sonst alles einfacher gewesen.

»Ich sollte wohl sagen, dass ich Angst vorm Fliegen habe«, sagte sie.

»Ich bin ja bei dir.«

»Würdest du meine Hand halten, wenn ich Angst bekomme?«

»Das sollte ich gerade so schaffen«, sagte er.

Er streckte den Arm aus und legte ihn mit nach oben gekehrter Handfläche auf den Tisch. Sie nahm seine Hand.

Das ist nicht schlimm. Das ist kein Ehebruch. Wir halten nur Händchen.

63

»Du wirst ganz allein sein, Dad«, sagte Emily. »Das ist so traurig.«

»Blödsinn.«

»Was wirst du ohne uns nur tun?«

»Ins Stadion gehen. Einen Teller Smacks zu Abend essen. Männersachen eben.«

Es war zehn Uhr morgens. Emilys Zug ging um kurz vor elf.

Daniel hatte gesagt, er würde sie zur Penn Station begleiten, weil er selbst nach Downtown wollte.

»Wo musst du denn hin?«, fragte sie.

»Ich treffe mich mit einem Freund. Im Village.«

»Mit wem?«

»Den kennst du nicht.«

»Hat er einen Namen?«

»Du könntest ihn nicht aussprechen.«

Das war ein *Star Trek*-Zitat, ein Insiderwitz der beiden.

Sie fuhren mit der U-Bahn bis zur 34. Straße.

»Willst du wirklich jemanden treffen?«, fragte sie.

»Natürlich. Denkst du, ich würde so etwas erfinden?«

»Ich denke, du willst mich nur zur Penn Station begleiten.«

»Warum sollte ich das wohl wollen?«

Sie wusste auch nicht, warum. Weil er überfürsorglich war? Weil er sie vermissen würde, obwohl sie nur für zwei Tage verreiste? Sicher war nur, dass er sich mit niemandem treffen würde.

Normalerweise hätte sie das geärgert, aber heute konnte sie nicht verärgert sein. Dafür hatte sie ein viel zu schlechtes Gewissen. Sie hatte ihren Eltern erzählt, sie wolle sich in Boston mit Miranda treffen, und das stimmte. Sie würde Miranda bestimmt ein oder zwei Mal sehen. Was ihre Eltern nicht wussten, war, dass sie bei Justin übernachten wollte und dass sie vorhatten, Ecstasy zu nehmen und Sex zu haben.

Beides hatte sie noch nie probiert – weder Sex noch Ecstasy. Jetzt wurde es langsam Zeit. Sie fühlte sich so abgehängt: All ihre Freunde hatten längst mit jemandem geschlafen, und viele kannten sich mit sämtlichen Drogen aus.

Sie wollte nicht sämtliche Drogen kennenlernen – Drogen interessierten sie nicht –, aber Ecstasy wollte sie probieren. Und sie war zwar nicht sicher, was aus ihr und Justin werden sollte, aber Jungfrau wollte sie auch nicht mehr sein. Mit neunzehn wurde das peinlich.

Sosehr sie aber beides probieren wollte, wurde sie doch ihre Zweifel nicht los, ob es klug war, es mit einem Jungen zu tun, mit dem sie vielleicht nicht zusammen sein wollte.

Sie wusste nicht einmal genau, ob sie ihn sehen wollte, geschweige denn mit ihm schlafen, aber er hatte sie so oft um ihren Besuch gebeten, bis sie schließlich nachgegeben hatte.

Sie hatte das Wochenende vernünftig und nüchtern durchdacht, hatte sich alle Zweifel ausgeredet, und doch hatte dieser Aufbruch etwas Grauenhaftes. Sie wünschte, ihr Vater würde sie nicht zum Bahnhof bringen.

Bei ihm fühlte sie sich sicher. Das war schon immer so. Sie hatte es immer geliebt, mit ihm durch die Stadt zu laufen – wobei die Stadt bis vor kurzem Seattle gewesen war –, weil es etwas Köstliches an sich hatte, die Energie der Stadt zu spüren und doch an seiner Seite in Sicherheit zu sein. Aber jetzt wurde ihr in seiner Nähe beinahe schlecht.

Sie hatte das Gefühl, ihn zu belügen – hatte nicht nur das Gefühl; sie belog ihn ja. Was würde er denken, wenn er wüsste, was sie für das Wochenende geplant hatte? Vermutlich hätte er nicht versucht, sie aufzuhalten. So war er nicht. Er hätte sie gefragt, warum sie es tun wollte, hätte sich ruhig und respektvoll ihre Gründe angehört, hätte dann seine Meinung dazu gesagt (»Nicht dass du um Rat gefragt hättest, aber …«) und ihr selbst die Entscheidung überlassen.

Dieses Wissen, dass er sie nicht aufgehalten hätte, machte alles nur schlimmer für sie. Er vertraute ihr, vertraute darauf, dass sie vernünftig war und dass sie gut auf sich aufpasste, und sie – sie wollte mit einem Jungen schlafen, von dem sie wusste, wie labil er war, und wollte eine Droge ausprobieren, die ihrer eigenen Stabilität gefährlich werden konnte.

Ihr Vater hielt sie für etwas, das sie nicht war.

»Hast du mal Bilder der alten Penn Station gesehen?«, fragte er.

»Ich wusste nicht mal, dass es eine alte gab.«

»Sie war wunderschön. Noch schöner als Grand Central vielleicht.«

»Und was dann?«

»Dann wurde sie im Namen des Fortschritts abgerissen.«

»Hast du sie sehr gemocht?«

»Ich kenne sie auch nur von Fotos. Der Abriss war vor meiner Geburt. In den Sechzigern, den Fünfzigern vielleicht. Ich weiß es nicht.«

Dass ihr Vater das nicht wusste, kam ihr plötzlich ungeheuer traurig vor.

Wenn man jung ist und stark und eigene Wege geht, können die eigenen Eltern sehr verletzlich wirken.

Vielleicht sollte ich besser doch nicht fahren, dachte sie. Vielleicht sollte ich bleiben, falls er mich braucht.

Er hätte über die Vorstellung nur gelacht, dass er jemanden brauchen könnte, aber sie glaubte daran.

Als sie nebeneinander durch den Bahnhof gingen, kam es Emily vor, als liefen sie ins Verderben. In ihres oder in seins.

»Ich kann auch bleiben, wenn du willst.«

»Warum sollte ich das wollen?«

»Keine Ahnung. Vielleicht willst du mir ein paar Lebensweisheiten vermitteln.«

Sie standen vor dem Fahrkartenautomaten, und bevor sie ihr Portemonnaie hervorkramen konnte, schob er seine Kreditkarte hinein.

»Am Wochenende werde ich dir sicher keine Weisheiten vermitteln. Du hast es dir verdient, zu entspannen und Spaß zu haben.«

»Du musst es nur sagen, Big Guy.«

Er hielt inne und sah sie fragend an. Ihm schien zu dämmern, dass etwas sie beschäftigte.

»Warum sagst du das?«

Sie kam sich plötzlich wie ein Dummkopf vor.

»Keine Ahnung. War nur Spaß. Vergiss es.«

Der Automat druckte ihre Fahrkarte aus, sie steckte sie ein, und die beiden gingen weiter. Emily würde Sex haben und Drogen nehmen. Wenn sie zurückkam, wäre sie nicht mehr dieselbe wie jetzt.

Und er wäre auch nicht derselbe. Er wäre nicht der Vater derselben Tochter, die er jetzt noch hatte. Er wäre der Vater einer älteren, erfahreneren, zynischeren Frau, und er wüsste es nicht einmal.

Wie kommt es zu so etwas? Wie hintergeht man jemanden, den man liebt? Von ihnen beiden, dachte Emily, war er der Unbedarftere, weil er ihr vertraute.

Es tut mir leid, Dad, dachte sie. Es tut mir so leid.

»Pass auf dich auf, Kleines«, sagte er und umarmte sie, und sie spürte, dass etwas mit ihrem Rucksack vor sich ging. Vermutlich steckte er Geld hinein, weil er wusste, dass sie es sonst nicht annehmen würde.

Sie sah ihm nach, als er allein den Bahnhof verließ. Er wirkte so klein. Er wirkte so alt. Sie musste selber wissen, was sie tat, sie musste erwachsen werden, aber plötzlich hatte sie das Gefühl, wenn sie weiter so wuchs, sich weiter so ihren Platz in der Welt eroberte, dränge sie ihn Stück für Stück ins Grab.

Sie konnte immer noch bleiben. Sie musste nicht Drogen nehmen und mit einem Jungen ins Bett gehen, der seelisch nicht der Stabilste war. Sie konnte immer noch bleiben. Sie konnte ihren Vater in die Upper West Side zurückbegleiten – sogar zu Fuß, nur so aus Spaß –, und abends konnten sie Popcorn machen und *Star Trek* schauen, wie damals, als sie zwölf gewesen war.

Er war noch immer in Sichtweite. Sie hätte am liebsten gerufen, wäre ihm am liebsten hinterhergelaufen. Sie sah ihm nach, bis er verschwunden war.

64

Nach dem Abschied von Emily wusste er nichts mit sich anzufangen. Er stieg in den Bus, um dem hässlichen Midtown zu entkommen, und fuhr bis zur 72., nur wenige Blocks von Janines Labor entfernt.

Er wusste nicht, wann ihr Flieger gehen würde. Vielleicht erwischte er sie noch und konnte mit ihr zu Mittag essen.

Es war ein kindischer Impuls – sie hatten sich schon verabschiedet –, aber er vermisste sie.

Unter anderem vermisste er sie deshalb, weil sie seit seiner Ankunft kaum miteinander geschlafen hatten. Früher hatte, wenn sie sich voneinander entfernten, ihr Begehren sie wieder zusammengeführt, aber diesmal schien es nicht zu funktionieren. Diesmal hatte sich stattdessen eine beklemmende Routine eingeschlichen: eine reine Parodie körperlichen Begehrens. Als er am selben Morgen unter der Dusche stand, war sie zum Zähneputzen ins Bad gekommen, und sie hatte den Duschvorhang beiseitegezogen, mit den Brauen gewackelt wie Groucho Marx, hatte bedächtig eine Hand an ihm herunterwandern lassen und war dann wieder ans Waschbecken zurückgekehrt. Sie schien sagen zu wollen, wenn die Umstände stimmten – wenn Emily nicht in der Wohnung wäre und sie nicht aufbrechen müsste –, hätte sie gern Sex mit ihm gehabt. Aber wenn die Umstände doch einmal stimmten, schliefen sie trotzdem nicht miteinander. Es gab immer etwas, das Janine erst noch lesen, eine E-Mail, die sie schreiben musste. Es war schlimm, und es durfte nicht so bleiben.

Er rief im Labor an, und die freundliche Dame am Empfang sagte, sie sei nicht da.

Daniel überlegte, ob er in der Gegend etwas Sinnvolles erledigen konnte. Auf der 79. hatte gerade ein schicker Spielzeugladen aufgemacht; er dachte flüchtig daran, den Kindern etwas mitzubringen, bis ihm klarwurde, dass die Kinder kein Spielzeug mehr brauchten. Da war er zehn Jahre zu spät dran.

Ihm fiel nichts ein, was er hätte unternehmen können. In der Town Hall sollte abends Richard Thompson spielen. Vielleicht gab es noch Karten. Aber ohne Janine hätte er keinen Spaß daran.

An der Ecke Broadway/74. Straße wartete er an der Ampel, als etwas ihn dazu bewegte, sich umzusehen, und sein Blick auf ein Pärchen fiel, das in einem Restaurant am Fenster saß. Die Frau kannte er. Die Frau war Janine.

Er hatte das Gefühl, das ihn bei ihrem Anblick immer überkam, dieses leichte Sich-Heben.

Sie und der Mann hielten Händchen.

Er überquerte die Straße bei Rot – nur weg von ihnen – und wich ungeschickt den Taxen aus. An einem Kiosk kaufte er die *Daily News*, und dann drehte er sich um, hielt die Zeitung hoch und versuchte daran vorbeizublicken wie ein glückloser Kinodetektiv. Nach all den Jahren bei der Polizei war es das erste Mal, dass er jemanden zu beschatten versuchte.

Auf dem Rückzug über die Straße, als er sich vor den Autos retten musste, hatte er sich Zweifel daran erlaubt, ob er wirklich Janine gesehen hatte. Von seinem Beobachtungsposten hinter der Zeitschrift aus konnte er es nicht mehr leugnen. Sie hatte sogar ihr Haar zum Pferdeschwanz gebunden, damit man ihr leuchtend schönes Gesicht noch besser sah.

Und wer war der Mann?

Der Mann war natürlich Lev. Wer sonst.

Sie hielten Händchen.

Sie saßen hinter zwei großen Bechern – diesen hohen silbernen Kelchen, die sie in Eiscafés verwenden.

Sie aßen zusammen Eis. Oder einer von ihnen aß Eis und der andere einen schönen Obstsalat.

Sie lachten. Sie hielten immer noch Händchen. Das kam ihm bedeutsam vor, als hätte es eine harmlose Erklärung geben können, wenn sie nur kurz mal Händchen gehalten hätten.

Er fühlte sich desorientiert. Er hatte Angst, auf der Stelle umzufallen.

Er war nicht wütend, was ihn überraschte.

Vielleicht lag es an den Eisbechern. Irgendwie kam ihm dadurch die Szene weniger schäbig vor. Die beiden sahen weniger wie Erwachsene aus, die eine Affäre hatten, als wie Teenager beim ersten Date.

Wie konnte sie das nur tun?

Als Daniel Janine kennenlernte, waren sie fast noch Teenager gewesen. Natürlich kamen sie sich beide sehr erfahren vor, aber im Grunde waren sie Kinder. Alles, was sie dann über das Leben lernten, hatten sie gemeinsam herausgefunden.

Das war doch der Deal, oder nicht? Dass sie alles gemeinsam erleben würden. Die Hochzeiten ihrer Kinder, die Großelternschaft, das Alter …

War das nicht der Deal?

Er könnte die beiden verfolgen. Für ihn als Cop wäre das ja kein Problem, bloß dass er in seinem ganzen Leben niemandem hatte folgen müssen und keine Ahnung hatte, wie es ging, bis auf das, was er aus alten Folgen von *Detektiv Rockford* wusste. Und überhaupt, was hätte er davon? Er wusste, wo sie hinwollten: zum Flughafen, und dann nach Pittsburgh, wo sie über die Komplexität der Persönlichkeit reden und sich um den Verstand vögeln würden.

Vielleicht sollte er reingehen und den Typen verprügeln.

Er hätte jemand sein sollen, der so etwas tat. Er hatte Boxen gelernt. War ein Cop außer Dienst. Cops außer Dienst wurden ständig in Keilereien verwickelt und zogen die Würde des Amtes in den Schmutz.

Aber er hatte keine Lust dazu.

Als Mark in die erste Klasse ging, war da ein anderer Junge gewesen, der ihn immer wieder schlug. Und als Daniel Mark empfahl, zurückzuschlagen, hatte Mark geantwortet: »Ich *will* ihn aber nicht schlagen.« Es klang nicht, als hätte er Angst davor, sondern als fände er die Vorstellung von vornherein absurd. So ging es Daniel jetzt auch.

Sie lachten, noch immer Hand in Hand.

Er hatte genug gesehen. Er lief Richtung Norden, und zehn Blocks weiter, als ihm schwindlig wurde, ging er in ein Café. Kaffee wollte er keinen trinken, sondern etwas bestellen, das er sonst nie bestellte, wie um diesen Tag von seinem Leben abzugrenzen. Also ließ er sich ein Stück Kirschkuchen bringen. Erst als es vor ihm stand, fiel ihm die Ähnlichkeit mit den Eisbechern auf, und er fragte sich, warum er so etwas bestellt hatte. Es sah aus, als versuchte er sich in das Glück der beiden hineinzudrängen.

Was soll ich tun?

Er wusste nicht, was er mit dem Rest des Tages anfangen sollte, oder mit seinem Leben.

Ich sollte Janine fragen, dachte er, bis ihm einfiel, dass das nicht ging.

Er stellte sich vor, den Kindern erklären zu müssen, dass Janine und er sich trennten. Wen würde es schlimmer treffen? Emily wirkte immer so ausgeglichen, so unerschütterlich, aber auf ihre eigene, stille Art bekam sie alles mit. Von Mark, dem Entdecker, der gefühlt nie mehr als ein paar Minuten zu Hause blieb, würde man eher erwarten, nicht allzu betroffen zu sein, aber man konnte nie wissen.

Er fragte sich, wie Janine die Reaktionen der Kinder einschätzte.

Jeder Gedanke führte wieder zur Familie zurück.

Wie konnte sie das alles hinter sich lassen?

Er zahlte, ohne seine Bestellung angerührt zu haben, und verließ das Café.

Was für ein Mensch muss das sein, der seine Frau beim Ehebruch erwischt und dann Kirschkuchen essen geht?

Was für ein Mensch, der sieht, wie die Frau mit irgendeinem Kasper Händchen hält, und sich dann einfach verkriecht? Warum war er nicht reingegangen und hatte dem Typen ein paar verpasst?

Warum verdammt noch mal mache ich mir Gedanken über mich?

Er dachte über sich selbst nach, weil er in Janine so viel Vertrauen hatte, dass er dachte, wenn sie sich abwandte, hätte er es nicht anders verdient.

Er fühlte sich von seinem Ich, seiner Identität und seiner ganzen Vergangenheit abgestoßen. Von seiner Rolle. Er hatte das Gefühl, ein Hochstapler zu sein, und nicht einmal ein besonders guter. Ein Hochstapler, dessen Hochstapelei offensichtlich war. Jahrzehntelang hatte er versucht, sich in etwas zu verwandeln, das nicht seiner Natur entsprach, und die Verwandlung hatte nie stattgefunden. Er hatte ein schweigsamer, starker Cop werden wollen, der Inbegriff von gelassener, gütiger männlicher Autorität – hatte Henry Fonda werden wollen –, aber im Grunde war er noch immer ein zittriger, übersensibler Junge, und wer genau hinsah, begriff das auch. Deshalb hatten ihn die Kollegen »Professor« getauft.

Natürlich verließ sie ihn jetzt. Natürlich brannte sie mit dem Ausdauerforscher durch. Sie verließ ihn, weil er nie er selbst geworden war. Ihr Ausdauer-Guru – denn das war er natürlich; es konnte niemand anders sein als Lev – mochte dicklich und konturlos ausgesehen haben, aber zumindest war er *er selbst*, vollständig und kompromisslos, und Daniel konnte ihm zwar die Zähne ausschlagen, wenn er wollte, aber die Selbstgewissheit dieses pummeligen Psychologen machte ihn letztendlich zum Stärkeren.

Er hätte gern die gute alte Raserei verspürt. Er wäre gern der Typ gewesen, der sich nicht scheut, den eisbecherschaufelnden Heuchler umzunieten und Janine vielleicht gleich mit. Aber so jemand – das musste er einsehen – war er nicht.

Er bog in den Riverside Park ein. Jeden Fremden sah er wie ein Doppelbild. Er wollte sie am liebsten anhalten und sich an ihrer Schulter ausweinen, und zugleich stellte er alle unter Generalverdacht. Anscheinend war er doch ein Cop.

Wenn man Angewohnheiten nur lange genug praktiziert, gehen sie einem in Fleisch und Blut über und verändern einen. Vielleicht war er kein größerer Hochstapler als alle anderen.

Das Leben war kompliziert.

Sein Handy vibrierte. Es war Janine, die anrief, um zu sagen, sie habe beinahe einen Riesenfehler begangen, sei aber plötzlich wieder zur Vernunft gekommen und wolle ihm sagen, dass was sie miteinander teilten ihr mehr bedeute als alles andere auf der Welt.

Nein. Es war nicht Janine. Es war seine Mutter. Er ließ die Mailbox drangehen.

Gott sei Dank war Emily übers Wochenende weg. Er konnte einfach in die Wohnung zurückkehren und zusammenbrechen.

Was *machte* Janine bloß? Warum tat sie das?

Ihm fiel auf, dass er sich noch gar nicht gefragt hatte, was in ihrem Kopf vorging. Noch ein Grund, sich schlecht zu fühlen: die Erkenntnis, wie egozentrisch er war. Er hatte nur an sich gedacht, seine Hochstapelei und die Grübelei darüber, ob er liebenswert sei oder nicht. Aber wie war das alles für sie? Was brauchte sie, was er ihr nicht gegeben hatte?

So überraschend war es gar nicht, dass sie ihn betrog. Sie war rastlos gewesen in letzter Zeit. Sie war unzufrieden. Was sollte sonst dieser ganze Internetmist? Dieser Facebook-Blödsinn und die viele Zeit, die sie mit Like-Anfragen und Twitter-Posts verbrachte, oder wie das alles hieß. Wenn man sein Leben liebt, ist es einem egal, wie viele ›Freunde‹ man auf Facebook hat.

Ihm war schlecht. Am liebsten hätte er gekotzt. Das Einzige, was ihn vom Kotzen abhielt, war, dass er es in Filmen nicht leiden konnte, wenn sich Leute, die eine schlechte Nachricht erhalten hatten, erst einmal übergaben. Das kam ihm so aufgesetzt vor. Also würde er den Teufel tun, hier loszukotzen.

Aber es ging ihm schlechter und schlechter. Ein Schmerz vom Magen bis zum Unterkiefer.

Er begann sich zu fragen, ob das ein Herzinfarkt war.

Du hast keinen Herzinfarkt. Krieg dich wieder ein.

Aber wie konnte er da sicher sein?

Ein Freund von ihm war eines Tages ohne Vorwarnung einfach umgefallen, mit gerade mal fünfundvierzig. Vielleicht passierte ihm dasselbe, jetzt und hier. Und vielleicht war das gar nicht mal schlecht.

Nein, dachte er. Ich bin nicht so weit. Ich will nicht alles verpassen. Ich bin nicht bereit zu gehen.

Das ist kein Herzinfarkt. Sei verdammt noch mal nicht albern. Das ist kein Herzinfarkt.

In einem Anfall grotesker Überkorrektheit, einem Ausmaß an Rücksichtnahme, das ihm selbst schon absurd erschien, bekam er das Gefühl, sich schlecht zu benehmen: einen Herzinfarkt zu kriegen und Janine am vielleicht glücklichsten Tag ihres Lebens die Schau zu stehlen.

Es gab keinen Grund zu glauben, es sei der glücklichste Tag ihres Lebens, ein schönerer als die Tage mit ihm, aber Eifersucht bringt nun mal einen Hang zur Selbstentwertung mit sich.

Er versuchte sich zu konzentrieren. Falls ich wirklich einen Herzinfarkt habe, was sollte ich dann tun?

Es war ein warmer, ruhiger Tag. Der Park war voller schöner Menschen – hübscher langbeiniger Mädchen, muskulöser Jungs mit freiem Oberkörper –, und keiner von ihnen würde jemals sterben, und keiner würde ihm helfen.

Ich sollte jemanden anrufen, dachte er, aber wen? Janine konnte er nicht anrufen. Emily wollte er nicht. Er wusste, dass sie sofort kommen würde, wenn er sie brauchte, aber er wollte sie nicht derart belasten. Seinen Sohn – ach, vergiss es. Selbst wenn er nicht so weit weg gewesen wäre, war es lächerlich zu glauben, Mark könne ihm irgendwie helfen.

Seine Mutter wollte er nicht anrufen, weil sie so hart an ihrem Buch arbeitete und er sie nicht bitten wollte, ihre Arbeit zu unterbrechen.

Seinen Vater? Wenn er Saul um Hilfe bat und der zu ihm ins Krankenhaus kam, würde er sich als Erstes das Geld für sein U-Bahn-Ticket zurückerstatten lassen.

Er hatte noch ein paar alte Freunde in der Stadt, aber keinen, den er mit so etwas behelligen wollte.

Alles brannte vom Bauch bis zum Kinn. Er hoffte,

dass dieser Pseudoinfarkt sich legen würde, aber der fühlte sich von Minute zu Minute weniger pseudo an.

Er sollte ins Krankenhaus gehen. Er wusste nur nicht, in welches.

Endlich habe ich einen vernünftigen Grund, ein verdammtes iPhone zu wollen, dachte er. Wenn ich jetzt ein verdammtes iPhone hätte, könnte ich »beste Notaufnahme NYC« eingeben.

Er überlegte, einen Polizisten um Rat zu fragen, denn es gab eine Solidarität unter Polizisten, einen blauen Bruderbund. Andererseits gab es in ganz New York keinen Cop, der einen Cop aus Seattle für voll genommen hätte.

Er verließ den Park und fuhr mit dem Taxi ins Roosevelt Hospital. Unterwegs versuchte er Janine mit einer parapsychologischen Nachricht zu erreichen. Ruf mich an. Hör auf mit dem, was du da tust, und ruf mich an. Fahr dieses Wochenende nicht weg. Bleib da.

Als das Taxi die Tenth Avenue erreichte, klingelte wieder das Telefon, und es war wieder Florence, und er ging auch diesmal nicht dran.

In der Notaufnahme erzählte er von den Schmerzen in seiner Brust, und alles ging sehr schnell. Ein Pfleger brachte ihn in ein kleines, provisorisch eingerichtetes Zimmer, wo mattgraue Vorhänge ihn von einem hustenden alten Mann und einem würgenden Teenager trennten. Er konnte keinen von beiden sehen, aber es war fast so, als könnte er. Er fand es seltsam, dass man das Alter von Menschen erkennen konnte, ohne sie zu sehen, und dann fragte er sich, ob seine Verwunderung bedeutete, dass mit ihm etwas nicht stimmte. Wäre es mir an einem normalen Tag auch seltsam vorgekommen? Er wusste es nicht.

Alle sprachen hier Spanisch. Daniel verstand nicht viel. Sie machten ein EKG, und dann wurde er an einen Blutdruckmonitor und ein Blutsauerstoffmessgerät angeschlossen, und dann legten sie ihm eine Infusion.

Er versuchte, ruhig zu bleiben, indem er beinahe distanziert jeden Schritt der Behandlung mitverfolgte. Er stellte zufrieden fest, dass das Team systematisch einer Checkliste folgte. Gut zu wissen, dass er in professionellen Händen war.

Dann war er allein. Seine Emotionen durchliefen eine kleine Endlosschleife. Erst die reine Scham. Das hier war kein Herzinfarkt, es war Angst-Verwirrungs-Trauer-Panik-Fassungslosigkeits-Wut. Sein Kopf spielte verrückt, also spielte sein Körper ebenfalls verrückt. Dann wieder musste er sich eingestehen, dass dieser Schmerz anders war als alles, was er bisher kannte.

Er hatte einen Stift dabei, in der Jacke, die neben dem Bett über einer Stuhllehne hing. Er bat eine Schwester um Papier, und sie kam mit zwei hellblauen Blättern zu ihm zurück. Er schrieb einen Brief an seine Frau.

Mein Schatz, ich weiß nicht, was mit mir passieren wird, aber ich habe ein ungutes Gefühl. Ich will nicht gehen, ohne dir gesagt zu haben, was du hoffentlich schon weißt: Du bist die Liebe meines Le-

bens, immer schon. Ich habe dich immer geliebt und bin immer in dich verliebt gewesen. Diese Liebe ist das größte Abenteuer meines Lebens.

Weißt du noch, als wir damals nachts auf dem Empire State Building waren, und die Stadt leuchtete zu uns herauf, und du sagtest, egal, wie groß und fantastisch das alles sei, unsere Liebe sei noch größer und noch fantastischer? Genau so war es auch für mich, und so ist es, so ist es, so ist es, und so wird es, mein Schatz, immer sein.

Auf das zweite Blatt schrieb er: *An meine lieben Kinder*, aber dann wollte er lieber doch nicht an beide zusammen schreiben, und bevor er überhaupt noch etwas schreiben konnte, ging der Vorhang auf, und eine Ärztin kam herein, kraushaarig, um die vierzig. Sie sah auf sympathische, menschliche Weise schlampig aus.

»Ich bin Dr. Sam«, sagte sie. »Mal sehen, was haben wir hier?«

Sie schaute auf ihr Klemmbrett und sprach mit sich selbst.

»Polizist aus Seattle. Ganz schön weit von zu Hause.« Sie sah ihn zum ersten Mal an, legte das Klemmbrett beiseite und untersuchte ihn mit dem Stethoskop. »Was machen Sie hier im Big Apple, Kumpel? Einen Ausreißer verfolgen?«

»Genau«, sagte Daniel. »Einen Ausreißer. Und meine Mutter besuche ich auch.«

»Seine Mutter zu besuchen ist immer gut«, sagte die Ärztin. »Obwohl, andererseits – nicht, wenn Sie dann in der Notaufnahme landen. Da wären Sie vielleicht besser in Seattle geblieben.«

»Vielleicht. Aber das hier sind wahrscheinlich Magenschmerzen. Oder nicht?«

Er fühlte sich plötzlich viel besser. Ziemlich locker eigentlich sogar.

Sie mussten ihm etwas verabreicht haben, als sie ihn an den Tropf anschlossen – Valium vielleicht? –, denn er fühlte sich lockerer, als es streng genommen den Umständen entsprach.

»Könnte schon sein«, sagte die Ärztin, die jetzt etwas auf die Zettel auf ihrem Klemmbrett schrieb. »Es könnte alles Mögliche sein. Das werden wir jetzt mal sehen.«

Sie schrieb weiter. Es dauerte ziemlich lange.

»Was zur Hölle schreiben Sie da?«, fragte er.

»Meine Memoiren. Keine Sorge, Sie kommen nicht drin vor.«

In einem Fernseher in der Nähe zelebrierte Bill O'Reilly seine Angebernummer und walzte einen seiner Studiogäste nieder.

»Könnte mal jemand diesen Mist ausschalten?«, fragte Daniel.

»Wie bitte?«

»Fox News. Alles rechte Idioten.«

»Ein weißer männlicher Polizist, dem Fox News nicht gefällt. Das wird ja immer kurioser. Tja, ich gebe Ihnen natürlich Recht, aber wir müssen den Leuten ihren Lieblingssender lassen. Als wir einmal auf CNN umgeschaltet haben … Aber hallo!«

Ihr war etwas auf einem der Monitore aufgefallen, und dann fühlte er einen Schmerz in der Brust, der stärker und schärfer war als jedes bisherige Gefühl. Als ob das Gefühl etwas *wollte*, so unsinnig das auch klang.

Die Ärztin und mehrere Schwestern machten sich an ihm zu schaffen; er wusste nicht, wo die Schwestern plötzlich herkamen, aber eine von ihnen war hübsch, und das war immerhin etwas – das war etwas, womit er sich von dem ablenken konnte, das ihm gerade den Garaus machte. War es das, was hier passierte? Würde er sterben? Sterbe ich jetzt? Er wollte jemanden bitten – die kraushaarige Ärztin, die hübsche Schwester –, Janine zu sagen, dass er sie liebte, Janine und Emily und Mark, aber zu sprechen hätte ihn zu sehr angestrengt. Vielleicht hatten sie ihm zu viele Narkotika gegeben – Narkotika? Hieß das so? –, und vielleicht musste er sterben; er wusste nur, dass er dichtmachte. Er wusste, dass er unterging, und hatte keine Ahnung, ob er je wieder auftauchen würde. Er konzentrierte sich auf seine Frau, seine Tochter und seinen Sohn, und als die süße, sanfte Welle ihn überspülte, ließ er den Gedanken an sie nicht los. Er wollte, dass sein letzter Gedanke der Liebe galt.

65

Janine stand in ihrem Bad im Wyndham Grand Pittsburgh Downtown und rasierte sich die Beine.

Es war alles so unerträglich kompliziert. Sie würde im Konferenzzentrum nebenan ein Panel über Impulskontrolle bei Jugendlichen besuchen, und dann würde sie mit einem Mann ins Bett gehen, mit dem sie besser nicht ins Bett gehen sollte.

Ich könnte einen Artikel schreiben, dachte sie. Die Rollen des impulsiven und des rationalen Selbst bei der Planung außerehelicher Affären.

Wann hatte sie sich zuletzt für Daniel die Beine rasiert? Und doch stand sie jetzt hier und rasierte sich die Beine für den Weihnachtsmann.

Emily, raus aus meinem Kopf, verdammt!

An Daniel dachte sie nicht so viel, aber zu den Kindern kehrten ihre Gedanken immer wieder zurück. Was würde Emily denken? Was würde Mark denken?

Was spielte es für eine Rolle, was sie dachten? Sie waren ihre *Kinder*. Was sollten sie von verbotenem Sex mit dem Weihnachtsmann schon halten? Für die beiden war ja die Vorstellung peinlich genug, dass sie legitimen ehelichen Geschlechtsverkehr mit Daniel haben könnte.

Vor zehn Jahren wäre ihr eine Affäre überhaupt noch nicht möglich gewesen, denn sie hätte sich auf dem Weg ins Bett gefragt, ob genug Erdnussbutter im Haus war für das Schulbrot am nächsten Tag. In dem

Zustand kann man keinen Ehebruch begehen. Man muss warten, bis die Kinder erwachsen sind.

Mit Daniel zu schlafen war auch deshalb immer so wundervoll gewesen, weil die Alltagssorgen das Erlebnis nicht schmälerten, sondern dazugehörte. Von ihren entlegensten erotischen und spirituellen Bedürfnissen bis zur Frage, ob sie Erdnussbutter nachkaufen musste, war die ganze Welt in ihrem Bett.

Was war daraus geworden? Warum war es nicht mehr so?

Sie trat ans Fenster. Das Zimmer hatte einen Blick auf den Großraum Pittsburgh, falls man das so sagen konnte.

Aber Pittsburgh war eine Stadt, so erbärmlich sie auch war und so furchtbar der blindwütige Kapitalismus sie zugerichtet hatte, und die Lichter einer Stadt am Abend hatten Janine schon immer in Euphorie versetzt.

Es wäre schön, jetzt Daniel dabeizuhaben.

Wenn Daniel nur *reden* würde! Wenn er tanzen würde! Wenn er je freiwillig etwas mit ihr unternähme – ins Museum gehen, ins Theater oder in die Karaoke-Bar, zum Wandern, Radeln, Schwimmen, Schlittschuhlaufen. Er machte solche Sachen, aber nie von sich aus. Von sich aus tat er gar nichts, außer zu lesen, mit ihr zu schlafen und ins Kino zu gehen. Bei allem anderen hieß es: »Glaub mir, Herzchen, das werde ich ganz bestimmt nicht tun.« Es war seltsam, aber manchmal hätte sie ihm dafür am liebsten den Schädel eingeschlagen.

Sie wusste nicht, was sie wollte. Hier war sie nun, mitten in Pittsburgh, der Brutstätte sexueller Verfehlungen, und wusste nicht, was sie wollte. Der Gedanke machte sie so untröstlich, dass sie vergaß, sich die Beine zu Ende zu rasieren.

66

Am nächsten Morgen war er nicht tot. Er konnte sich nicht erinnern, verlegt worden zu sein, war jetzt aber in einem normalen Zimmer. Er hing noch immer am Tropf, hatte noch immer die Blutdruckmanschette am Arm und die Blutsauerstoff-Klemme am Zeigefinger.

Eine Schwester kam herein, um die Messwerte zu kontrollieren.

»Wurde ich operiert?«, fragte er.

»Wie bitte?«

»Bin ich operiert worden?«

»Nicht dass ich wüsste. Möchten Sie gern mal?«

»Nein, ich …«, begann er und begriff, dass sie es nicht ernst gemeint hatte.

Ihm war, als hätte er einen bedeutsamen Traum gehabt, einen Traum, der ihm helfen konnte, sein Leben zu verstehen, und als die Schwester wieder ging, versuchte er sich zu erinnern. Das Einzige, das er noch zutage fördern konnte, war, dass Emily in dem Traum ein Buch geschrieben hatte mit dem Titel *Das Internet im Winter.*

Später kam ein Arzt herein, ein ruhiger, zierlicher, eleganter Mann mit Nachnamen Chatterjee. Daniel habe vermutlich keinen Herzinfarkt erlitten, sagte er, aber ganz sicher sei man nicht.

»Infarkte können Meister der Tarnung sein. Wir würden Sie gern ein, zwei Tage hierbehalten, um uns mit den Ausdrucksformen Ihres Herz-Kreislauf-Systems vertraut zu machen. Wir glauben nicht, dass es zu einer Schädigung gekommen ist, aber wir möchten sichergehen.«

Nach der Visite fiel Daniel wieder ein, dass er jemanden wissen lassen sollte, wo er war. Florence schien die logische erste Wahl zu sein, allein schon, weil sie in der Nähe war. Aber irgendwie brachte er es nicht über sich, sie anzurufen.

Er hatte einmal gelesen, wenn Soldaten tödlich verwundet würden, schrien die meisten nach ihrer Mutter, sofern sie überhaupt noch schreien konnten.

Aber die meisten Soldaten waren ja auch nicht mit Florence Gordon verwandt.

Vielleicht tat er ihr Unrecht. Sie war immerhin die Einzige, die ihn angerufen hatte, als er gestern was-auch-immer erlitt. Sie hatte nicht gewusst, was los war, aber vielleicht hatte sie auf irgendeiner parapsychologischen Ebene eben doch eine Ahnung gehabt. Nur sie, und niemand sonst.

Er nahm sein Handy aus der Schublade des Beistelltischs. Als er gerade die ersten Ziffern tippte, begannen die Tasten zu leuchten. Es war Florence.

»Hallo Mom. Ich wollte dich gerade anrufen.«

»So ein Zufall, ich versuche dich nämlich seit gestern Nachmittag pausenlos zu erreichen.«

»Ja, tut mir leid, ich …«

»Wo warst du denn? Ich verstehe nicht, wozu man sich überhaupt ein Handy kauft, wenn man dann doch nie zu erreichen ist.«

»Tut mir leid.«

»Tust du so deine *Arbeit*? Wenn einer deiner hoffnungslosen Fälle sich meldet, damit du ihn vor dem Haftrichter rettest oder was du da tust, machst du es dann genauso? Lässt ihn auf deine Mailbox sprechen?«

»Nein, so mache ich es wahrscheinlich nicht.«

»Und warum lässt du dann mich auf die Mailbox sprechen?«

Er schloss die Augen. Tja, warum?

»Ich habe das Klingeln nicht gehört.«

»Und wozu trägst du dann dieses Ding mit dir herum, wenn du es hintust, wo du es nicht hörst?«

Er warf einen Blick auf die Messgeräte, um zu sehen, wie sein Blutdruck durch die Decke ging, aber es schien sich nichts zu verändern.

»Ich habe nicht zum Spaß angerufen. Ich kann ein paar Daten nicht finden, die Emily für mich recherchiert haben will, und jetzt weiß ich nicht, ob sie es getan hat oder nicht. Ich habe eine Menge Arbeit, und ich brauche das Material.«

»Warum sprichst du dann nicht mit Emily?«

»Das habe ich ja versucht. Sie ist auch nicht rangegangen. Ich habe angerufen *und* SMS geschrieben, und sie meldet sich nicht, deshalb melde ich mich ja bei dir. Ich wäre sehr dankbar, wenn du sie dazu bewegen könntest, diese Sache mit mir zu klären.«

Es stimmte, dass Emily nie an ihr Telefon ging, zumindest, wenn Erwachsene anriefen. Janine und er beschwerten sich schon seit Jahren darüber.

»Sie ist ein paar Tage unterwegs. In Boston.«

»In Boston? Was will sie in Boston?«

»Einen Vortrag an der Kennedy School halten. Was glaubst du, was sie da will? Sie besucht ihre Freunde.«

»Wann kommt sie zurück?«

»Ich glaube, morgen Abend ist sie wieder da.«

»Was sind das für Geräusche? Wo bist du?«

Es war die Sprechanlage des Krankenhauses – keine Stimmen, sondern rätselhafte elektronische Signale.

»Kann das alles bis Montag warten?«, fragte er.

»Vergiss es. Ich gehe selbst in die Bibliothek.«

Eine Schwester kam herein und grüßte.

Kann man eine Krankenhausschwester bitten, still zu sein, damit die Mutter nicht merkt, wo man ist? Macht man das so?

»Aber wenn ich das nächste Mal anrufe, geht bitte einer von euch ans Telefon.«

Nach dem Auflegen fragte er sich, wann genau im Gespräch der Punkt gekommen war, an dem er beschloss, ihr nichts zu sagen.

Nach einem weiteren Tag voller Messungen und Tests erklärte Dr. Chatterjee Daniel, er habe wie schon gesagt wahrscheinlich keinen Herzinfarkt gehabt, empfahl ihm aber nachdrücklich, einen Kardiologen aufzusuchen. »Ihr Cholesterinspiegel ist zu hoch, Ihr Triglyceridwert ist zu hoch, und Ihr Blutdruck ist zu hoch. Sie sollten das Ganze zu Ihrem eigenen Besten als Weckruf begreifen. Es wird Zeit, dass Sie Sport treiben. Es wird Zeit für eine bessere Ernährung – probieren Sie es mal mit der mediterranen Küche. Und Zeit für irgendwelche Entspannungstechniken, Meditation oder Tai-Chi zum Beispiel. Statine brauchen Sie definitiv, vielleicht auch Betablocker.«

So ging es weiter. Der Arzt hörte gar nicht wieder auf. Daniel lauschte schweigend der Aufzählung, in wie vielen Punkten er sein Leben ändern musste.

67

Florence arbeitete gerade, als das Telefon klingelte, und fühlte sich trotzdem verpflichtet, dranzugehen. Es gab nicht viele Anrufer, bei denen sie gleich abnahm, aber Peggy Greer, Sozialarbeiterin im Jüdischen Seniorenbegegnungszentrum Mount Kisco, gehörte dazu.

Es war Donnerstagnachmittag, der Tag nach der Sache mit dem Blutspendewagen. Ihr tat immer noch alles weh. Das kann schon passieren, wenn auf einem herumgetrampelt wird.

Florence nahm ab und sagte: »Was ist passiert? Geht es ihr gut?«

Peggy schwieg einen Augenblick; sie hatte offenbar eine Begrüßungsfloskel erwartet.

»Florence?«, sagte sie.

»Ja, hier ist Florence. Was ist mit Yetta?«

»Es geht ihr gut. Das ist kein Notfall. Keine Krisensituation.«

»Warum rufen Sie mich dann an? Ist Ruby nicht heute dran?«

»Ruby ist dran. Aber sie ist verreist und hat mich gebeten, bei Ihnen nachzufragen.«

»Na schön. Worum geht es?«

»Wir respektieren Yetta. Sehr sogar. Sie ist eine bemerkenswerte Frau.«

»Ja, ja, das wissen wir alle. Worum geht's?«

»Wir hätten gern, dass Sie mit ihr reden. Es geht um Körperhygiene.«

Als sie jung war, hatte man Yetta Berman die Rosa Luxemburg der Bronx genannt. Sie hatte sich in der Arbeiterbewegung engagiert, in der Bürgerrechtsbewegung, der Antikriegsbewegung, und als die Frauenbewegung sich formierte, hatte Yetta als eine der Ersten ihr Potential erkannt. Für Florence und die meisten ihrer alten Freunde war sie immer ein Vorbild gewesen. Vor fünf Jahren hatte sie mehrere Schlaganfälle erlitten und war jetzt wie eine vage Anspielung auf ihre frühere Persönlichkeit. Ihre Kinder lebten am anderen Ende des Kontinents, also hatten die Frauen in Florence' Freundeskreis – Yettas Töchter, wie Vanessa es einmal ausgedrückt hatte – beschlossen, sie bei Bedarf zu unterstützen. Sie hatten einen Turnus ausgearbeitet, nach dem jede von ihnen je einen Monat in Rufbereitschaft war.

»Wo liegt das Problem?«, fragte Florence.

»Yetta riecht in letzter Zeit sehr stark. Unseren Mitarbeitern ist es schon vor Monaten aufgefallen. Jetzt beschweren sich auch manche der anderen Senioren, und wenn die sich beschweren, muss es ernst sein, denn die meisten riechen so gut wie gar nichts mehr. Sie hat jeden Tag dieselben Sachen an. Vielleicht schläft sie sogar darin. Und wir sind sicher, dass sie nicht badet.«

»Und wonach riecht sie? Nach Schweiß? Pisse? Scheiße? Allem zusammen?«

Diesmal dauerte das Schweigen lange. Peggy redete bei schwierigen Themen lieber um den heißen Brei, als könne das die harten Fakten mildern, mit denen sie andere konfrontieren musste. Florence' Direktheit war ihr unangenehm.

»Die Mitarbeiter und ich vermuten – im Grunde sind wir uns sogar sicher –, dass der Geruch hauptsächlich von Urin ausgeht«, sagte sie schließlich. »Ein starker Uringeruch.«

»Na, wenigstens etwas«, sagte Florence. »Und was soll ich nun tun?«

»Es wäre wunderbar, wenn Sie kommen und mit ihr sprechen könnten. Auf uns hört sie leider nicht, und wir hoffen, dass sie auf ihre alten Freunde hört.«

»Was soll ich ihr sagen?«

»Letztendlich würden wir uns wünschen, dass sie einsieht, wie wichtig regelmäßiges Baden und frische Kleidung sind. Aber es wäre schon viel gewonnen, wenn Sie ihr begreiflich machen könnten, dass sie Schutzunterwäsche braucht.«

»Schutzunterwäsche? Meinen Sie Windeln?«

»Wir sprechen lieber von Schutzunterwäsche.«

»Sie braucht allen Ernstes Windeln?«

»Yetta hat sich nicht unter Kontrolle. Sie hat schon etliche Unfälle gehabt. Manche Gerontologen glauben, dass Frauen ab einem bestimmten Alter …«

»Schon gut. Auf die Theorie kann ich verzichten. Windeln also.«

Das alles kam wenig überraschend. Yetta vernachlässigte sich seit Jahren. Es war ein Wunder, dass Florence diesen Anruf nicht schon früher erhalten hatte.

Am Freitagvormittag fuhr Florence nach Mount Kisco. Die simple Klarheit ihrer Mission erfrischte sie: Sie musste Yetta überzeugen, Windeln zu tragen.

Trotz ihres Zustands lebte Yetta noch immer allein. Seit den Schlaganfällen hatten ihre Freundinnen ihr geraten und hatten die Kinder sie bekniet, in eine »Seniorenresidenz« zu ziehen. Aber Yetta bestand darauf, sehr gut allein zurechtzukommen. Sie mochte wirr und vergesslich sein, aber nicht so, dass man sie hätte entmündigen können, also konnte sie auch niemand zu einem Umzug zwingen.

Florence dachte manchmal, dass Yetta nicht aus einem Freiheitsdrang, sondern aus Zorn zu Hause blieb. Sie war zornig auf ihre Kinder, die am anderen Ende des Landes lebten, zornig, dass ihre Freunde sie nicht öfter besuchen kamen, und zornig auf ihren Mann, weil er gestorben war.

Ihre aggressive Selbstverwahrlosung wirkte wie der gereckte Mittelfinger an alle, die sie ihrer Meinung nach im Stich gelassen hatten.

Das Seniorenbegegnungszentrum war ihre wichtigste Verbindung zur Außenwelt. Jeden Montag- bis Donnerstagmorgen wurde sie um neun von einem Sammeltaxi aufgelesen und dorthin gebracht, und dann hockte sie fünf Stunden in dem unbequemsten Sessel, den sie finden konnte, und lehnte konsequent jede Teilnahme an Aktivitäten ab. Es verschaffte ihr eine grimmige Genugtuung, alles, was ihr das Leben verschönert hätte, zurückzuweisen.

Von der Bahnstation nahm Florence ein Taxi zu Yettas Haus, einem derart verfallenen viktorianischen Gebäude mit einem derart verwilderten Garten, als sei das Grundstück schon lange verwaist.

»Was machst du hier?«, frage Yetta, als sie die Tür aufmachte.

»Ich habe gesagt, dass ich herkommen würde. Wir haben telefoniert.«

»Ach, richtig«, sagte Yetta. Florence war sicher, dass sie es nicht mehr wusste.

»Na, dann kannst du ja reinkommen«, sagte Yetta. »Nur Pech, dass du Simon verpasst hast.«

»War er hier?«

»Ist gerade losgegangen. Komisch, dass du ihn nicht gesehen hast.«

Seit den Schlaganfällen hatte Yetta einen imaginären Freund namens Simon, in dem scheinbar ihr Ehemann Oskar mit einem schneidigeren Burschen verschmolzen war, einer Jugendliebe oder einem Filmstar vielleicht.

Florence atmete tief ein, bevor sie das Haus betrat.

Yetta hatte seit Jahren kein Fenster geöffnet, und der Gestank im Inneren war unbeschreiblich. Der tiefe Atemzug blieb rein symbolisch – natürlich konnte man nicht für die Dauer des Besuchs die Luft anhalten –, aber Florence kam trotzdem nicht ohne ihn aus.

»Was ist dir denn passiert?«, fragte Yetta und wies mit einem Nicken auf den Gehstock hin. Florence erzählte die Geschichte, und Yetta wirkte etwas enttäuscht, dass es nur ein verstauchter Knöchel war.

Florence schob Werbepost und Zeitungen beiseite und setzte sich auf die Wohnzimmercouch. Auf dem Couchtisch lag eine verschrumpelte, schwarze Banane, um die ein Schwarm Fruchtfliegen kreiste.

»Wo kann ich das loswerden?«, fragte Florence.

»Was? Bist du verrückt? Warum willst du sie wegwerfen?«

»Yetta, die ist nicht mehr essbar.«

»Sicher ist sie essbar. Ich mache was draus. Ein Bananenbrot.«

Florence legte die Banane wieder hin.

»Lass ein Stück für mich übrig«, sagte sie.

Yetta nahm die Banane und legte sie auf den Fernseher, wo sie vermutlich bis auf Weiteres bleiben würde.

»Wie geht es dir?«, fragte Florence.

»Wie soll es mir schon gehen?«

»Wie ist es im Seniorenzentrum? Gefällt es dir da noch?«

»Oh, na klar. Von morgens bis abends senilen Säcken beim Bingo zuzuschauen – das ist das Größte für mich.«

»Ist das Essen noch gut? Du hast mal gesagt, es gäbe da ganz ordentliches Essen.«

»Natürlich. So gut wie noch nie. Es ist ein Fünf-Sterne-Restaurant.«

»Machst du Sport in letzter Zeit?«

»Selbstverständlich. Ich trainiere für Olympia.«

»Und was machst du sonst so?«, fragte Florence.

»Nichts. Was sollte ich machen? Ich sehe fern.«

»Was siehst du dir an?«

»Auf meinem Sender … Wie heißt er noch?«

»MSNBC?«

»MSNBC. Da mag ich diese … Wie heißt sie? Das lesbische Mädel.«

»Rachel Maddow?«

»Rachel Maddow. *Sie* würde bestimmt nicht ihre Mutter verlassen.«

Yetta ratterte eine Liste von Beschwerden über ihre Kinder herunter: Sie kamen nicht oft genug zu Besuch, sie riefen nicht oft genug an, sie nahmen sie nicht mit in den Urlaub.

»Yetta«, sagte Florence schließlich. »Ich bin aus einem bestimmten Grund hierhergekommen. Die Sozialarbeiterin vom Seniorenzentrum hat mich angerufen.«

»Wer? Penny?«

»Peggy.«

»Penny, Peggy, Piggy. Was wollte die denn wieder? Will sie mir Hausverbot erteilen?«

»Nein. Sie will dir kein Hausverbot erteilen, Yetta. Aber sie hat ein Problem.«

»Sie hat ein Problem? Mit mir etwa?«

»Ja, genau.«

»Dann sag ihr, dass *ich* mit *ihr* Probleme habe. Das soll sie sich hinter die Ohren schreiben, sag ihr das.«

»Was für Probleme hast du mit ihr?«

»Sie ist ein Klatschmaul, eine Memme und eine Zicke.«

»Eine Memme *und* eine Zicke?«

»Ganz genau. Eine Zicke auf Rädern.«

»Das ist aber eine seltene Kombination. Memme und Zicke.«

»Tja, sie ist ohnegleichen.«

Yetta lächelte, war aber immer noch aufgebracht.

»Dann ist sie doch zumindest interessant«, sagte Florence.

»Interessant ist sie gar nicht. Sie ist langweilig. Sie langweilt die Leute zu Tode. Das habe ich selbst gehört.«

»Yetta, sie hat mir erzählt …«

»Nenn mich nicht immerzu Yetta!«

»Wieso, wie meinst du das?«

»Du yettast mich jetzt schon zum dritten Mal. Man nennt andere nur dann so penetrant beim Namen, wenn man sie wie Kleinkinder behandelt. Ich bin kein Kind, also will ich auch nicht so behandelt werden.«

»Na schön. Ich höre auf, dich Yetta zu nennen, aber ich höre erst auf, dich wie ein Kleinkind zu behandeln, wenn du dich nicht mehr wie eins benimmst.«

»Seit wann benehme ich mich wie ein Kind?«

»Die Zicke auf Rädern sagt, dass du dich weigerst, Seniorenwäsche zu tragen.«

»Ich habe mich nie … Was meinst du mit Seniorenwäsche? Was soll das sein?«

»Windeln. Das ist ein höflicher Ausdruck für Windeln.«

»Die Zicke meint, ich sollte Windeln tragen?«

»Sie sagt, du hättest eingenässt, Yetta.«

»Wenn du noch ein Mal Yetta sagt, springe ich aus dem Fenster, und dann hast du einen Prozess am Hals. Mein Sohn verklagt jeden in null Komma nichts.«

»Jetzt reg dich nicht auf«, sagte Florence.

»Eingenässt? Sie sagt, ich hätte eingenässt? Das ist doch lächerlich.«

»Wieso lächerlich? Du sagst selbst, dass du es manchmal nicht rechtzeitig ins Badezimmer schaffst.«

»Nur wenn ich gerade nach Hause komme. Ich habe schon den Schlüssel in der Tür, und dann …«

»Also, was ist daran lächerlich? Das meint sie doch nur. Dass du manchmal inkontinent bist und dass du zum Schutz …«

»Das ist deren Schuld! Wenn Simon mich nachmittags abholen dürfte, wäre ich schneller zu Hause und hätte kein Problem mehr, durchzuhalten. Stattdessen muss ich mit diesem Bus eine Stunde nach Hause trödeln. Wenn du mir helfen willst, sag ihnen, sie sollen netter zu Simon sein.«

»Ich sage ihnen das mit Simon, aber …«

»Du sagst seinen Namen, als ob du ihn nicht leiden kannst.«

»Ich kann ihn prima leiden«, sagte Florence.

»Auch das klingt jetzt aber, als ob du ihn nicht leiden kannst.«

Yettas Heuchelei-Detektor funktionierte einwandfrei. Ihr Sinn für Humor war intakt, und ihr Stolz war intakt. Nicht intakt war ihr Wille, sich um sich selbst zu kümmern, und auch ihr Realitätssinn war hinüber. Es erinnerte Florence an den träumenden Verstand, der all seine charakteristischen Eigenschaften behält, bis auf die Fähigkeit, zwischen Traum und Realität zu unterscheiden.

»Windeln?«, sagte Yetta. »Nein, danke. Dann geht lieber gleich zu Plan B über und sperrt mich weg.«

»Niemand hat vor, dich wegzusperren.«

»So wie du das sagst, glaube ich doch, dass mich jemand wegsperren will. Vielleicht ja du.«

»Niemand sperrt dich weg, und niemand erteilt dir Hausverbot.«

»Wenn sie mich da nicht mehr wollen, kein Problem. Dann bleib ich zu Hause. Ich kann meinetwegen Katzenfutter essen. Das ist immer noch besser als der Hackbraten, auf den die sich so verdammt viel einbilden.«

»Yetta …«

»Hör auf …«

»Ich höre nicht damit auf! Ich sage so lange Yetta, bis du dich wie ein denkender Mensch benimmst. Zufällig habe ich ein paar davon dabei. Ich zeige sie dir. Sie sehen gar nicht so übel aus.«

Florence hatte vor der Abfahrt aus einer Drogerie

am Bahnhof eine Probepackung mitgenommen. Sie holte sie hervor und riss die Packung auf.

»Ach so, du hast welche mitgebracht? Wie nett von dir. Wirklich herzig.«

Yetta schnappte Florence eine Windel aus der Hand. »Wie wundervoll! Ganz fabelhaft! Du hast mich schon überzeugt. Meinst du, die gibt es in Rosa?«

»Die gibt es bestimmt in allen Farben, die du willst.«

»Glaubst du, es gibt sie in Rot? Als Erinnerung an meine kommunistische Kindheit?«

»Das ließe sich rausfinden«, sagte Florence.

»Dann mal schauen. Mal sehen, wie man diese Dinger anziehen soll.«

»Brauchst du Hilfe?«

»Ich glaube nicht, dass ich Hilfe brauche. Ich bin bestimmt ein Naturtalent. Siehst du? Schon geschafft!«

Yetta hatte sich die Windel auf den Kopf gesetzt. Sie passte bequem, wie eine Mütze.

»Perfekt. Jetzt muss ich nie mehr befürchten, dass mir der Hut hochgeht, wenn diese Zicke auf Rädern mich ärgert.«

»Na bestens«, sagte Florence. Sie stand auf. »Ich bin froh, dass wir drüber geredet haben.«

»Ich auch. Komm bald wieder!«

Florence beschloss, zum Bahnhof zu laufen, statt ein Taxi zu rufen, zumal ihr Knöchel nicht mehr schmerzte, aber dann fühlte sie sich von den Eskapaden am Mittwoch so steif und schmerzgeplagt, dass sie sich schließlich doch auf eine Schwelle setzen und ein Taxi rufen musste. Sie dachte mit einem Anflug von

Bewunderung an Yetta. Es war erstaunlich, wie eisern sie sich weigerte, bei irgendetwas irgendwelche Kompromisse einzugehen.

Ganz uneingeschränkt war ihre Bewunderung aber nicht, denn Yetta stank, und ihr Haus war widerwärtig. Nach einer Stunde in diesem Haus befürchtete Florence auch selbst zu stinken. Sie nahm sich vor, sich zuhause als Erstes umzuziehen und ihre Kleider zu waschen, aber der Gestank war so intensiv gewesen, dass sie sich fragte, ob die Sachen überhaupt noch zu retten waren.

68

Es mochte Yetta erbärmlich gehen, aber sie würde vermutlich alt genug, um noch wesentlich weiter abzubauen. Die Wissenschaft suchte unermüdlich nach neuen Methoden, die Lebensspanne zu verlängern, dabei wäre es viel humaner, sie mit neuen Methoden abzukürzen.

Auf der Fahrt fiel Florence eine Recherchearbeit ein, die Emily nicht erledigt zu haben schien. Es ging um ein frühes Treffen der Redstockings. Es war nur ein winziges Puzzleteil in ihrem Buch, aber es war das Teil, das Florence als Nächstes brauchte.

Sie rief Emily an und wurde mit der Mailbox verbunden.

»Hast du die Sache mit dem Treffen recherchiert? Ruf mich bitte zurück.«

Als Florence Grand Central erreichte, hatte Emily noch immer nicht zurückgerufen.

Florence hinterließ ihr noch eine Nachricht, und dann noch eine.

Es war unfassbar unhöflich von ihr, sich partout nicht zurückzumelden. Sie hatte sich ihr als »verlässliche Assistentin« angeboten. Jetzt war von dieser Verlässlichkeit nicht eben viel zu spüren.

Sie versuchte es bei ihrem Sohn, der ebenfalls nicht zu erreichen war. Dann versuchte sie es bei ihrer Schwiegertochter. Ohne Erfolg.

Die Familie meines Sohnes wurde bei einem Autounfall ausgelöscht, dachte sie müßig.

Wie konnten sie nur so unhöflich sein? Dass Daniel und Janine sie brüskierten, war schlimm genug, aber es ärgerte Florence unsäglich, auch von dem Mädchen brüskiert zu werden, das doch angeblich für sie arbeitete.

Gab es denn gar kein Verantwortungsgefühl mehr heutzutage? Keine Loyalität? Nicht die einfachsten menschlichen Umgangsformen?

Sie war so wütend, dass sie die falsche Nummer wählte, nicht ein-, sondern zweimal, und mit dem Menschen am anderen Ende in Streit geriet.

Zuhause angekommen, hörte sie in der Nachbarwohnung Handwerker arbeiten. Sie musste dem Lärm entfliehen, und obwohl sie es hasste, in der Öffentlichkeit zu arbeiten, nahm sie, sobald sie geduscht und sich umgezogen hatte, ihren Laptop mit in ein ruhiges Café auf der 67. West.

Im Café blätterte sie durch ihren Text, soweit es ihn schon gab, und begann zu tippen. Bei all dem, was in letzter Zeit los gewesen war, fiel es ihr manchmal schwer, sich zu konzentrieren, aber jetzt arbeitete sie wie besessen.

Sie hatte im Lauf der Jahre herausgefunden, dass sie am besten vorankam, wenn ihr Thema zu ihrer Stimmung passte. Diesmal suchte sie sich eine Passage über Leute aus, die ihre Ideale verraten hatten. In nur einer Stunde tippte sie ein Kapitel über die vielfältigen Varianten moralischen Versagens in ihrem Bekanntenkreis und hatte das Gefühl, es sei das Beste, was sie seit langem geschrieben hatte.

Ein adretter älterer Herr um die achtzig trat an ihren Tisch mit einer Tasse Kaffee in der einen und einem Teller Muffins in der anderen Hand.

»Sind Sie Schriftstellerin?«

»Verschwinden Sie«, sagte Florence.

69

Daniel hatte gehofft, die Wohnung ein paar Stunden für sich zu haben, aber als er dort ankam, saß Emily am Küchentisch und las. Es war ein dickes, schweres Buch. Den Titel konnte er nicht erkennen.

»Willst du kämpfen?«, sagte er im Vorübergehen, eine ihrer üblichen Begrüßungsfloskeln. Sie blickte nicht zu ihm auf – Gott sei Dank, denn er konnte nur darüber spekulieren, wie er aussehen musste.

Er ging geradewegs in das Schlafzimmer, das Janine und er bewohnten, und schloss die Tür. Das Zimmer hatte sich verändert seit dem letzten Mal. Es fühlte sich jetzt an wie ein Zimmer, dessen Besitzer gestorben war.

Ich kenne sie nicht mehr, dachte er, war aber nicht einmal sicher, ob das stimmte. Mal kam ihm das, was sie getan hatte unausdenkbar vor, dann wieder, als hätte er es längst kommen sehen.

So ist es vielleicht immer, wenn man etwas Überraschendes erfährt. Wenn ein Freund unerwartet, viel zu jung aus dem Leben scheidet, dann kann man es erst gar nicht fassen, und mit der Zeit fühlt es sich an, als hätte man schon von der ersten Begegnung an gewusst, dass dieser Mensch früh sterben würde.

Er konnte nicht einmal mehr wütend scin. Vielleicht war eine Affäre genau das Richtige für sie. Falls sie mit ihren Freunden darüber gesprochen hatte, vielleicht hatten die, die Janine liebten und die ihre wahren Bedürfnisse kannten – vielleicht hatten diese Freunde ihr dann zugeraten.

Er zog sich aus, stellte sich unter die Dusche, drehte das Wasser so heiß wie möglich und blieb lange dort.

70

Emily war seit zwei, drei Stunden zurück, als ihr Vater nach Hause kam.

»Willst du kämpfen?«, sagte er, und dann verschwand er im Schlafzimmer, und dann hörte sie die Dusche rauschen.

Emily hätte es nicht ertragen, zu ihm aufzusehen. Sie bebte vor Schuldgefühlen. Alles, was sie sich vorgenommen hatte, hatte sie getan, und noch mehr. Sie hatte am Wochenende Sex gehabt – am Ende sogar ohne Verhütung – und hatte Drogen genommen. Nicht nur Ecstasy. Drogen, die sie gar nicht hatte nehmen wollen. Harte Drogen. Exotische Drogen. Drogen, die noch gar nicht erfunden waren.

Sie war jetzt ein anderer Mensch als vor dem Wochenende, hätte aber nicht sagen können, in welcher Hinsicht eigentlich. Es würde eine Weile dauern, dachte sie, bis sie das herausgefunden hatte.

Sie saß in der Küche und las *Little Women*. Das Buch las sie immer mal wieder, oder Teile davon, wenn sie niedergeschlagen war.

Nach einer halben Stunde kam er wieder zurück. Sie blickte immer noch nicht auf; sie las weiter oder hielt zumindest den Kopf gesenkt. Wenn sie ihn ansah, müsste sie wahrscheinlich weinen.

Ihre Eltern hatten ihr immer vollkommen vertraut. Nicht vollkommen, aber doch vertraut. Und jetzt hatte sie mit den vielen Drogen in den letzten zwei Tagen ihr Gehirn geschädigt, und sie war schwanger, und sie hatte Aids, und das Baby hatte ebenfalls Aids.

Und Justin hatte sich am Ende so komisch verhalten. Bevor sie losging, hatte er ihre Hände ergriffen und gesagt: »Das hier ist für immer, weißt du. Das ist für immer.«

Dann hatte er gewollt, dass sie es ihm nachsprach, und sie hatte nicht gewusst, was tun. Sie hatte versucht, einen Scherz daraus zu machen, was nicht besonders gut gelungen war, und als sie endlich aus dem Wohnheimzimmer flüchten konnte, hatte sich ihr Kopf wie eine defekte Jukebox angefühlt.

Ihr Vater öffnete den Kühlschrank. Er hatte noch immer kein Wort gesagt, was seltsam war.

Oder auch nicht so seltsam. Wahrscheinlich ahnte er, dass etwas mit ihr nicht stimmte, und nahm Rücksicht auf sie.

Sie hörte, wie er Dinge aus dem Kühlschrank holte, dann das Klappern von Töpfen und Pfannen. Er machte so viel Lärm, als wollte er Aufmerksamkeit heischen, aber das sah ihm so wenig ähnlich, dass sie den Gedanken gleich wieder verwarf.

Sie hörte ihn etwas schneiden, dann roch es nach gebratenen Zwiebeln.

Angeblich konnte er zwar ihren Veganismus nicht begreifen und machte hohle Elternwitze über heimlich ins Essen geschmuggelte Schinkenwürfel, aber in Wahrheit respektierte er ihre Entscheidung und hatte sich sogar beigebracht, für Emily zu kochen. Während der Highschool hatte er ihr am Wochenende immer Tofu-Rührei gebraten, und das tat er auch jetzt.

Sie wünschte, er wäre nicht so aufmerksam. Selbst wenn er schwieg, hatte man in seiner Gegenwart nie das Gefühl, mit den eigenen Gedanken allein zu sein. Sie wünschte, ihm klarmachen zu können – ohne es auszusprechen –, dass es an dieser Eigenschaft liegen würde, wenn er sie je verlor. Manche Eltern verlieren ihre Kinder, weil sie ihnen zu wenig Aufmerksamkeit schenken, und bei manchen ist es zu viel.

Sie war selbst nicht sicher, was sie damit meinte, aber es klang ganz gut.

Das Rührtofu brauchte nur ein paar Minuten. Er stellte einen Teller vor sie hin, dann noch einen Teller mit zwei Scheiben Vollkorntoast und ein Glas Orangensaft.

»Dein Einsatz, Angelo«, sagte er, wie immer, wenn er irgendwem Essen servierte. Sie wusste nicht, was das hieß.

Emily nickte vage in seine Richtung und konnte ihm noch immer nicht in die Augen sehen.

Sie begriff nicht, warum er das tat: für sie kochte, ohne sie zum Reden zu bringen. Es war direkt unheimlich. Wie konnte er wissen, was sie durchmachte? Natürlich nicht die Details, aber irgendwie schien er zu begreifen – zumindest *etwas* zu begreifen –, und er schien ihr, so hoffte sie, irgendwie auch zu verzeihen.

71

Seine Tochter konnte ihm nicht in die Augen sehen. Es war, als schämte sie sich für ihn. Konnte es sein, dass sie von der Affäre wusste? Konnte es sein, dass sie wusste, dass er gedemütigt worden war, und dass er es ihrer Meinung nach verdiente?

Er versuchte sich auf das Tofuzeug zu konzentrieren, damit er an nichts anderes denken musste. Aber die möglichen Szenarien ließen ihn nicht los. Vielleicht hatte Emily Janine genau wie er beim Eisessen erwischt und war erst schockiert gewesen, hatte dann aber, als Janine sich erklärte, Verständnis für sie entwickelt.

»Ich liebe deinen Vater noch immer, aber er ist nicht … er kann nicht …«

Was bin ich nicht? *Was* kann ich nicht?

Es war offensichtlich, was er nicht war und was er nicht konnte. Er war nicht der Mann, den sie geheiratet zu haben glaubte; er konnte ihr nicht das Leben bieten, von dem sie träumte. Stattdessen hatte er sie in den äußersten Nordwesten mitgeschleppt, und sie hatte es zum Wohl der Kinder über sich ergehen lassen, aber im Grunde war sie immer ein Großstadtmensch geblieben, und die vergangenen aufregenden Monate in New York hatten ihr endlich die Augen dafür geöffnet, dass sie das eintönige Leben mit ihm nicht länger ertrug.

Aber hatte sie es wirklich Emily sagen müssen? Bevor sie es ihm sagte?

Aber vielleicht hatte sie es Emily gar nicht gesagt.

Aber wenn sie es Emily nicht gesagt hatte, warum vermied sie es dann, ihn anzusehen?

Vielleicht tat Emily das nicht, weil sie es wusste, sondern weil sie *etwas* wusste, selbst wenn ihr nicht klar war, was. Vielleicht ging ein Geruch von ihm aus, wie Tiere ihn absondern, wenn sie besiegt worden sind. Wie Tiere ihn absondern, wenn sie – wie hieß es noch mal? Es gab dieses Wort, wenn die Ehefrau einen betrog, aber er kam nicht darauf. Er hatte es am College in einem Shakespeare-Kurs zum ersten Mal gehört – all diese dummen Witze über Männer, die Hörner trugen. Shakespeare fand offenbar, zum Hahnrei gemacht zu werden – so hieß das Wort – sei der größte Brüller aller Zeiten.

Shakespeare war ein verdammter Idiot.

Was genau wusste Emily, und seit wann?

Er nahm das Essen vom Herd und stellte es ihr mit Toast und Orangensaft auf den Tisch. Sie brachte nicht mehr als ein Nicken über sich. Es war unwahrscheinlich, dass sie von der Affäre wusste, und doch konnte sie ihm nicht in die Augen sehen. Sie schämte sich für ihn, selbst wenn sie nicht wusste, weshalb.

72

Daniel hatte unterwegs sein wollen, wenn Janine nach Hause kam, aber sie war früher zurück als erwartet.

»Es war toll«, sagte sie, als er fragte. »Ach, ich weiß nicht. Toll und auch wieder nicht.«

Sie kramte Sachen aus ihren Taschen – Stifte, Münzen, Eintrittskarten – und häufte sie auf den Küchentresen. Chaotin.

Bons, Taschentücher, Kondompackungen.

Nein, sie zog keine Kondompackungen aus den Taschen. Aber er rechnete jeden Moment damit.

Er hatte über kaum etwas anderes nachgedacht, als was er jetzt tun sollte, und wusste es noch immer nicht.

Er stand mit dem Pfannenwender in der Hand in der Küche und kochte Abendessen. Das war alles, was er in der neuen familiären Rollenverteilung tat: in der Küche stehen und kochen. Fehlte nur die verdammte Schürze.

Es machte ihn wütend, dass er am Scheißherd stand, als Janine zur Tür hereinkam.

»Worüber habt ihr beiden geredet?«, fragte Janine. »Was habe ich verpasst?«

»Nicht viel«, sagte Emily vom Wohnzimmer aus.

»Wirklich? War dein Dad nicht so übersprudelnd wie sonst?«

»Dad war Calvin Coolidge.«

»Es gefällt mir, dass du Calvin-Coolidge-Witze machst«, sagte Daniel. »Nicht viele Teenager hätten heutzutage die Chuzpe dazu.«

»Was ist los?«, fragte Janine. »Hat es dir die Sprache verschlagen?«

Sie ließ noch mehr Münzen auf den Tresen fallen. Warum zur Hölle tat sie das? Als wollte sie ihm für all die Jahre Trinkgeld geben. Zweiundfünfzig Cent.

Als er Knoblauch aus dem Regal holen wollte, sah er sich Janine genauer an, zum ersten Mal, seit sie zur Tür hereingekommen war.

Sie sah strahlend aus. Durchglüht.

Er hoffte, dass sie am Wochenende zu der Erkenntnis gekommen war, was auch immer sie in ihrer Ehe vermisste, habe am Ende doch gar nicht gefehlt. Aber das hier war kein Glücklich-daheim-zu-sein-Strahlen, es war ein Das-Wochenende-glüht-noch-nach.

Er war nicht sicher, woher er das wusste, aber dass er es wusste, war sicher.

»Die Soße riecht gut«, sagte Janine.

Warum zur Hölle redet sie mit mir?, dachte er. Wozu der Aufwand? Warum packt sie nicht einfach ihre Sachen und geht?

»Du musst nicht hier warten. Ich bringe es rüber, wenn es fertig ist.«

»Warum solltest du es bringen, wenn es fertig ist?«

»Weil es unser Abendessen ist.«

»Wo sollte ich hin? Wieso sollte ich nicht hier warten?«

»Keine Ahnung. Du bist gerade erst angekommen. Vielleicht willst du dich frischmachen oder so?«

»Was, wenn ich gern hier warte? Was, wenn ich mich frisch genug fühle, wie ich bin?«

»Wie du meinst.«

Er schnitt die Zwiebeln klein, die Karotten, die Pilze, die rote Paprika, die grüne Paprika. Sie holte sich ein Glas Wein.

»Möchtest du Peperoni?«, fragte er.

»Du weißt doch, dass ich keine Peperoni mag.«

»Deine Vorlieben könnten sich ja verändert haben.«

Er wusste, wie seltsam er sich verhielt. Hätte er sich wann anders so aufgeführt – irgendwann vor dem Wochenende –, dann hätte sie ihn gefragt, was los sei. Aber er wusste, dass sie jetzt nicht fragen würde.

Warum sagte er es ihr nicht einfach? Warum sagte er nicht, dass er es wusste?

Wenn er es sagte, wie sollte er es formulieren?

Du hast drüben in der Eisdiele mit einem Jungen Händchen gehalten.

Wie ginge es dann weiter?

Nimmt er dich in die Schuldisko mit?

Er kochte weiter das Abendessen. Janine trank ihr Glas Wein und sah die Post durch. Er überlegte, mit dem Pfannenwender auf sie loszugehen.

Er machte Bruschetta für Emily. Janine mochte keine Bruschetta, aber scheiß auf Janine.

Emily kam in die Küche.

»Warum bist denn *du* jetzt so schweigsam?«

»Bin ich gar nicht«, sagte Janine.

»Bist du wohl. Ich höre euch doch. Als hättest du dich bei ihm angesteckt.«

»Wir plappern hier pausenlos«, sagte Daniel.

»Ihr zwei habt euch tagelang nicht gesehen. Da erwarte ich Kleinodien der Konversation. Ich erwarte einen Schlagabtausch.«

Emily klang ein bisschen verzweifelt in seinen Ohren. Ihre Lippen sahen aus, als habe sie darauf herumgekaut. Eine Angewohnheit, die sie seit ihrer Kindheit hatte, aber nur, wenn sie unter Stress stand.

Er hatte beschlossen, dass sie eher nichts von der Affäre ihrer Mutter wusste. Aber offenbar spürte sie, dass etwas nicht in Ordnung war.

Er hätte gern etwas Beruhigendes gesagt, aber es fiel ihm nichts Beruhigendes ein. Er machte die Bruschetta fertig und hielt ihr den Teller hin, und sie nahm sich ein Stück.

»Also, wie war deine Konferenz?«, fragte Emily.

»Durchwachsen.«

Hat er keinen hochgekriegt?, hätte Daniel gern gefragt. Hat er dich irgendwie enttäuscht? War er eklig? Wollte er, dass du ihn haust und ihn einen bösen Buben nennst?

»Warum?«, fragte Emily.

»Es ist ein spannendes Forschungsfeld. Aber je genauer ich es mir ansehe, desto weniger habe ich das Gefühl, dazuzupassen. Denen geht es um quantitative Studien. Ich höre einfach gern Menschen zu.«

Er fragte sich, ob sie damit auf codierte Weise sagte, dass die Affäre ein Schlag ins Wasser gewesen war.

»Andererseits stellen sie da Fragen, die mich schon seit Jahren interessieren, und zwar auf systematische Weise. Und deshalb … weiß ich nicht so recht.«

»Klingt, als solltest du länger als bis Dezember bleiben«, sagte Daniel. »Damit du Zeit hast, es herauszufinden.«

»Wie bitte?«, sagte Emily. »Das geht auf keinen Fall!«

»Wieso das denn?«, fragte Daniel. »Du bist doch selbst nicht zu Hause.«

»Darum geht es gar nicht. Ich will, dass ihr beide da seid, wo ich euch erwarte.«

73

In den folgenden Tagen brachte Daniel es fertig, nie etwas Gehaltvolleres zu seiner Frau zu sagen als »Reichst du mir mal die Milch?«. Er wusste selbst nicht, warum er sich so benahm. Er hatte keine Angst davor, mit ihr zu reden. Er hatte nicht einmal Angst, dass sie ihn verlassen könnte. Er hatte sich längst in einen Zustand versetzt, in dem es ihn nicht aus der Ruhe hätte bringen können, wenn sie ihre Koffer packte.

Er fragte sich, warum er sich so benahm, bis ihm klar wurde, dass er sich so benahm wie immer. Er wartete ab, bis sie den ersten Schritt tun würde. Im Ring war er immer ein Konterboxer gewesen; beim Schach hatte er immer am liebsten Schwarz gespielt. Er war im Konterboxer-Modus.

Aber er konnte nicht ewig im Konterboxer-Modus bleiben.

Kann ich damit leben? Wenn sie mit ihm und mit mir zugleich zusammen sein will, kann ich damit leben?

Nein.

Und kann ich ohne sie leben?

Ja. Natürlich.

Als er sie kennenlernte, damals, als er den Kopf noch voller Lyrik hatte, hatte er einmal gesagt, er liebe ihre »Pilgerseele«. Ihre Pilgerseele liebte er immer noch, und von einer distanzierten Warte aus, von der man mit heiterer Gelassenheit auf die Dinge blickt, imponierte es ihm sogar, dass sie dem Leben gegenüber offengeblieben war und sich neue Gefühle für einen neuen Menschen erlaubte. Aber das hieß nicht, dass er damit leben konnte. Wenn sie darauf bestand, den Impulsen ihrer Seele überallhin zu folgen, war sie aus seinem Leben davongepilgert.

74

Janine fand ihre Rückkehr beklemmend. Es war fast so, als wüsste Daniel Bescheid. Aber woher sollte er irgendetwas wissen? Er konnte nichts wissen.

Aber es fühlte sich an, als wüsste er es.

Einmal, ein paar Tage nach dem Wochenende, sah Emily abends von ihrem Laptop hoch und sagte: »Van Morrison ist nächste Woche im Beacon. Ihr solltet euch Tickets besorgen.«

Janine liebte Van Morrison, aber ihr war nicht so richtig nach einem Konzert.

»Können wir es uns noch überlegen?«, fragte sie Daniel. »Wäre das okay?«

»Sicher …« sagte er. Und schwieg. Und schwieg. Und schwieg. Dann sagte er: »Aber es wäre gut, wenn du rausfinden würdest, was du willst.« Dann verließ er das Zimmer.

Er war wütend auf sie. So viel stand fest. Aber vielleicht gab es dafür einen anderen Grund. Das wäre wunderbar – wenn er glaubte, sie hätte etwas Schreckliches getan, und nicht ahnte, was sie wirklich verbrochen hatte.

Sie überlegte, was er ihr unterstellen könnte, aber ihr fiel nichts ein. Und sie konnte ihn natürlich schlecht fragen. »Bist du eigentlich sauer wegen etwas, das im Maßstab kleiner-gleich einem Ehebruch ist?«

Lev war noch auf Reisen. Er besuchte seine Mutter in Arizona, und dann wollte er sich mit seiner älteren Tochter treffen, die seit zehn Jahren in Kalifornien in einer spirituellen Kommune lebte. Seit Pittsburgh hatte Janine bis auf ein, zwei magere SMS nichts mehr von ihm gehört.

Daniel saß vor dem Fernseher. Es lief gerade *Doctor Who*. Eine Frau wurde von einer Schaufensterpuppe erwürgt. Daniel nickte – ein zustimmendes Nicken, dachte Janine.

75

Eines Morgens ging sie vor Sonnenaufgang laufen, bis zu Grants Grab und zurück bis zum Kriegerdenkmal im Riverside Park. Es war noch früh; sie hatte noch keine Lust, nach Hause zu gehen und zu duschen, also schlenderte sie langsam auf verschlungenen Wegen durch den Park zum Ufer.

Etwas nördlich lag die George Washington Bridge, lang und schmucklos, schön in ihrer Schlichtheit und Kraft.

Im College, bei einem ihrer ersten Dates – Hätten sie es damals ein »Date« genannt? Sie konnte sich nicht mehr erinnern –, waren Daniel und sie bei einem

Jazz-Brunch im West End gewesen und anschließend lange durch den Park spaziert, bis zum Ufer des Hudson, nicht weit von der Stelle, an der sie jetzt stand.

Es war ein kalter Spätherbst-Nachmittag. Sie trugen Handschuhe, aber das verringerte nicht das Gefühl der Nähe, als sie sich an den Händen hielten.

Sie setzten sich auf eine Bank am Ufer.

Sie wusste noch, wie sie sich ihm zugewandt und langsam ihren Schal abgewickelt hatte.

»Es hat sich noch niemand je für meinen Hals interessiert«, sagte sie. »Du könntest der Erste sein.«

Er lächelte – ein fragendes Lächeln – und küsste sie da, wo ihr Hals in den Kiefer überging.

Sie erinnerte sich an das Gefühl, die Umgebung löse sich auf – die Wolkenkratzer verschwanden, und die Brücke trieb davon wie Rauch.

76

Florence bekam einen Anruf aus der Praxis ihres Hausarztes. Seine Arzthelferin sagte, er werde jeden Moment am Telefon sein, und dann stellte sie Florence in die Warteschleife. Florence legte sofort auf.

Als das Telefon kurz darauf noch einmal klingelte, war Noah selbst am Apparat.

»Die Leitung muss unterbrochen worden sein.«

»Ich habe sie unterbrochen. Ich habe aufgelegt.«

»Warum das? Haben Sie etwas gegen das Telefonieren?«

»Ich telefoniere gern. Ich habe ein Problem mit Machtdemonstrationen. Wenn Sie mich sprechen wollen, dann rufen Sie bitte selber an.«

»Verzeihung. Ich muss vergessen haben, wen ich vor mir habe. Wem ich da meine Macht demonstriere.«

»Wem Sie Ihre Macht zu demonstrieren versuchen.«

»Exakt. Wie dem auch sei – ich habe mir Ihre Testergebnisse angesehen, und es war nichts Bemerkenswertes dabei. Natürlich ist alles an Ihnen bemerkenswert, Florence, aber die Ergebnisse sind vollkommen normal. Wie war übrigens das EMG?«

Das war einer der Tests, eine Messung der Nervenleitgeschwindigkeit, für die man ihr aus lauter winzigen Nadeln elektronische Impulse verabreicht hatte.

»Ein Drittel Wissenschaft, ein Drittel Akupunktur, ein Drittel Voodoo-Ritual. Es war göttlich.«

»Schön, dass es Ihnen gefallen hat«, sagte er. »Ich habe jedenfalls ein paar weitere Untersuchungen angefragt.«

»Also ist immer noch unklar, was los ist?«

»Es lässt sich jetzt einiges ausschließen. Aber wir sind noch nicht damit durch.«

»Wollen Sie mir damit sagen, dass wir allmählich mit Zebras rechnen müssen?«

»Kommt drauf an, was Sie unter einem Zebra verstehen«, sagte er.

»Was soll das heißen?«

»Das war nur Spaß. Nur ein bisschen Medizinerhumor. Bei den Zebras sind wir noch lange nicht. Es könnte immer noch etwas völlig Normales sein, etwas völlig Triviales. Es ist sogar sehr wahrscheinlich, dass es sich um etwas Triviales handelt. Es könnte Stress sein. Es könnte Arthritis sein. Es kommen etliche Pferde in Frage. Und selbst wenn es ein Zebra sein sollte, sind nicht alle Zebras schlecht. Ein Zebra ist nur etwas Ungewöhnliches. Nicht alle Zebras sind problematisch. Ich denke nur, dass wir diese Sache gleich ins Visier nehmen sollten, falls es etwas ist, das ein Visier erfordert.«

»Um welche Untersuchungen geht es denn?«, fragte sie.

»Tja, als Erstes sollten wir uns das MRT vornehmen, das von Ihrem Terminplan gerutscht zu sein scheint. Was lachen Sie?«

»Wir? Kommen Sie etwa mit? Klettern Sie gleich mit rein?«

»Ich werde mich wohl oder übel darauf beschränken müssen, im Geiste mit reinzuklettern.«

»Das genügt mir, danke. Aber warum ein MRT? Brauchen Sie wirklich einen Kernspin von meiner Hand?«

»Nicht direkt. Ich denke, mit Ihren Händen und Füßen haben wir uns vorerst genug befasst. Jetzt sollten wir uns anderen Partien zuwenden.«

Das klang sehr vernünftig aus seinem Mund. Florence fühlte sich wie ein bedeutendes skulpturales Kunstwerk. Manche ihrer Aspekte hatten die Gelehrten ausgiebig untersucht, und andere waren bisher vernachlässigt worden.

Sie fragte sich, ob sie das nervös machen sollte, aber

sie spürte keine Nervosität. Sie ging wieder an ihre Arbeit.

77

Der Samstag schien für einen Blick ins Hirn ein besonders günstiger Tag zu sein. Entsprechend ging Florence am Samstagnachmittag für ein MRT ins Columbia Presbytarian.

In der Klinik musste sie erst in einem Formular bestätigen, dass sie keinerlei Metall enthielt – keine Schrittmacher, keine Hüft- oder Kniegelenkprothesen, keine Schrapnells, keine Kugellager, keine Pistolenkugeln –, bevor ein sehr hochgewachsener junger Mann sie zu einer winzigen Umkleidekabine führte, wo sie ihre Wertsachen verstauen und ein Krankenhaushemd anziehen sollte.

Das Hemd hatte zwei Schnürungen, am Hals und an der Hüfte, aber es war schwer, sie zu schließen. Die Schnüre waren allesamt zu kurz, um bequem ihren Gegenpart zu erreichen.

Warum war es immer dasselbe mit Krankenhaushemden? Warum passten sie immer so schlecht? Sie wirkten wie für eine andere Spezies gemacht. Vielleicht war es so, weil zu schöne Hemden gestohlen worden wären. Oder sie wurden gezielt so hergestellt, damit man sich verletzlich und erniedrigt fühlte, so dass Pfleger und MTAs einen besser herumkommandieren konnten.

Der junge Mann kam zurück. Florence hielt ihn für einen technischen Assistenten, aber sicher war sie nicht. Vielleicht war er ein Pfleger. So oder so wirkte er ungewöhnlich. Er war ein freundlicher, sanfter, rotbäckiger junger Mensch, doch es lag auch etwas Ironisches, Scharfsinniges in seinem Blick. Er sah aus wie jemand, der sich im Geist Notizen macht.

Vor dem MRT-Raum hing ein Schild: STARKE MAGNETE! WÄHREND DER MESSUNG NICHT IM RAUM AUFHALTEN!

Sie versuchte sich einen Magneten vorzustellen, der so stark war, dass er Ausrufezeichen anzog.

Man hatte ihr erklärt, dass das Feld nur für Menschen mit Metall im Körper eine Gefahr darstellte – warum also diese generelle Warnung?

Sie beschloss, dass es Sinn ergab, wenn man einmal darüber nachdachte. Jedes Quäntchen Hämoglobin enthielt Eisen. Hieß das nicht, dass die Magnete die innere Zellstruktur verändern mussten, indem sie das Eisen an die Außenwand der Zelle sogen?

In ihrem Fall würden die Magnete aufs Gehirn gerichtet. Vielleicht wäre sie nach dem Scan eine Neokonservative.

Schließlich führte der sanfte MTA – HUDSON stand auf seinem Namensschild – sie in den Raum mit dem Tomographen, wies sie an, sich auf eine Art Tisch zu legen, der wie üblich mit einer Papierbahn bedeckt war, und fragte, was für Musik sie hören wollte. »Klassik? Smooth Jazz? Elton John?«

»Haben Sie Hip-Hop?«, fragte sie, nur um ihn zu

veralbern, und als er zögerte, schob sie nach: »Klassik tut es auch.«

Er verließ den Raum, und kurz darauf fuhr ihr Tisch in die enge Röhre. Sie fühlte sich wie die Leiche in einer Fernsehserie, die im Kühlraum in einem der Schubfächer liegt. Man holte sie heraus, weil die Ermittler eine plötzliche Eingebung prüfen wollten, und schob sie dann wieder hinein.

Sie lag jetzt im Schubfach. Es war ein sehr enger Raum.

Sie verstand, wie beklemmend das sein musste, wenn man klaustrophobisch war, aber das war sie ja nicht.

Ein markerschütterndes Wummern begann, als hätten Verrückte mit Vorschlaghämmern das Krankenhaus erobert. Florence verstand, dass das auch für Leute mit nur einem Anflug von Klaustrophobie ziemlich unangenehm sein musste.

Das Wummern ging gnadenlos weiter, und nach einer Weile gewöhnte sie sich daran, und dann hörte es auf, und es begann ein noch lauteres, garstigeres Geräusch – wie das Rütteln eines Flugzeugs kurz vor dem Crash.

Sie musste an eine alte Bekannte denken, Joanna, die Fahrstühle hasste. Wie würde Joanna ein MRT überleben?

Sie verstand, wie einem das zusetzen konnte, wenn man nur jemanden kannte, der klaustrophobisch war.

Sie war in der schmalen Röhre so dicht umschlossen, dass sie sich nicht mehr wie eine Leiche vorkam, sondern wie eine Mumie.

Das ist vermutlich keine so gute Idee. Besser, ich stelle mir keine Mumie vor, fest eingewickelt …

Mehrere ihrer Freundinnen hatten im Laufe der Zeit das Meditieren angefangen und waren zu Missionaren dieser Kunst geworden, die angeblich hoch wirksam gegen Bluthochdruck, Schlafstörungen, Konzentrationsprobleme und überhaupt alles Mögliche war. Florence hatte die Sache mit einer Mischung aus Neugier und Spott betrachtet, aber jetzt wünschte sie, sie hätte es selbst einmal praktiziert.

Wie um alles in der Welt war man auf die Idee gekommen, mit monströsen Magneten in den Kopf zu schauen? Magnete, die Ärzten einen Blick ins Hirn ermöglichten – das ergab doch nicht einmal Sinn. Andererseits – wie war man auf alles andere gekommen? Wie war das Telefon erfunden worden? Die Kamera?

Irgendwann hörte das Rütteln auf, und der Tisch fuhr aus der Röhre. Hudson fasste sie am Arm und half ihr hoch, und sie verspürte ein kindisches Bedürfnis nach Lob. Sie wollte von ihm so etwas hören wie: »Da drin werden Ihre Vitaldaten gemessen, und ich habe noch nie erlebt, dass jemand so ruhig geblieben ist.« Sie war eine 75 Jahre alte Frau und gierte nach Anerkennung von diesem Kind.

Aber einer der netteren Aspekte des Lebens ist der Unterschied zwischen deinem inneren Zustand und dem, was du deiner Umwelt zeigst. Als er ihren Arm nahm, zog sie ihn gleich wieder weg, gab Verärgerung vor, die sie nicht empfand. Sie wusste seine Liebenswürdigkeit zu schätzen, aber es kam nicht in Frage, dass sie sich wie ein Krüppel behandeln ließ.

Im Umkleideraum zog sie sich ihre Straßenkleidung an. Der junge Hudson wartete im Flur auf sie. Er wollte ihr wieder den Arm reichen, brach das Manöver dann aber ab, was ihn ihr umso sympathischer machte.

»Das kann einem ganz schön zusetzen, das Gerät.«

»Mir geht es gut«, sagte sie.

»Haben Sie jemanden hierher mitgebracht?«

»Nein. Nur mich.«

»Möchten Sie jemanden anrufen? Jemanden, der Sie nach Hause bringt?«

Florence überlegte. Von ihren alten Freundinnen hätte jede sie hier abgeholt.

Vanessa zum Beispiel – aber nein. Vanessa ließ sich zu sehr auf Florence' Gefühle ein. Sie würde sofort Florence' Sorgen mitempfinden, hätte aber nicht dieselbe Gabe, sie zu unterdrücken, und das wollte sie ihrer Freundin nicht zumuten. Oder Cassie – aber Cassie hatte zwei Bücher über das amerikanische Gesundheitssystem veröffentlicht und würde Florence nach allen Details der Behandlung befragen wollen, und sie hatte keine Lust, über diese Details zu reden. Dann war da Ruby, aber Ruby steckte mitten in einer Solidaritätskampagne für Frauen in Ägypten, und sosehr Florence ihren rückhaltlosen Einsatz bewunderte, wollte sie heute nichts über Ägypten hören.

Das Problem mit ihren Freundinnen war, dass sie alle genauso engagiert waren wie sie, und das konnte sie im Augenblick nicht gebrauchen. Sie brauchte jemanden, der sie einfach in Ruhe ließ.

Die Einzige, die anzurufen sie ernsthaft überlegte, war ihre Enkelin. Sie wusste selbst nicht, warum. So beeindruckend war Emily ja nicht. Sie war allzu sehr Teil ihrer Generation, die in jeder erdenklichen Lebenslage mit halbem Auge auf das verdammte Smartphone stierte. Es gab etliches, was für Emily sprach, aber etliches sprach auch gegen sie, und dass ihre Vorzüge sich gegen die Schwächen durchsetzen würden, die eine Geburt zur falschen Zeit am falschen Ort nun mal mit sich brachten, war alles andere als ausgemacht.

»Nein«, sagte Florence. »Ich komme schon allein nach Hause. Man muss ja nichts dramatisieren.«

So einfach gab er aber nicht auf.

»Was ist schon dabei, wenn Sie sich helfen lassen?«

»Kümmern Sie sich um Ihre eigenen Angelegenheiten, junger Mann«, sagte sie in einem Ton, von dem sie hoffte, dass er zumindest ein bisschen spaßhaft klang.

»Eine Einzelkämpferin, wie ich sehe«, sagte er. »Na gut. Sie müssen's ja wissen.«

»Das tue ich in der Tat«, sagte sie und bereute sofort dieses angestaubte »in der Tat«.

Der junge Mann wandte sich lächelnd und kopfschüttelnd wieder seiner Arbeit zu.

78

Am Freitag rief Florence' Hausarzt an. Diesmal war nicht seine Praxishelferin am Apparat; diesmal war es Noah selbst.

»Und, was gibt's?«, fragte sie.

Sie bemühte sich um einen gefassten, stoischen Ton, in der Hoffnung, dass sie sich dann gefasst und stoisch fühlen würde.

»Die Ergebnisse sind da. Es steht noch nichts fest. Aber kommen Sie doch mal vorbei, damit wir das weitere Vorgehen besprechen können.«

»Können wir das nicht am Telefon besprechen, Noah?«

»Ich möchte einen Termin mit Ihnen. Ihren Blutdruck messen, ein Blutbild machen und vielleicht Ihre Medikamente neu einstellen.«

Das klang wenig überzeugend. Ein Blutbild hatte er vor ein paar Monaten erst gemacht, und das einzige Medikament, das sie einnahm, hatte er seit Jahren nicht neu eingestellt. Sie wusste, dass er ihr etwas mitzuteilen hatte, das er nicht am Telefon sagen wollte. Aber letztendlich ließ sie sich auf die Fiktion ein, es ginge um eine Routineuntersuchung.

Sie ging zu Fuß zu Noahs Praxis. Es war ein ungewöhnlich kühler Tag für Mitte August; ein feiner, mickriger Regen rieselte vom Himmel herab. Der perfekte Tag, um in Ruhe zu lesen und zu schreiben. Und dann das.

Jetzt, wo ihr Knöchel nicht mehr schmerzte, spürte

sie umso deutlicher, dass mit ihrem linken Fuß etwas nicht in Ordnung war. Sie glaubte nicht, dass es irgendwem aufgefallen wäre, aber es war beim Gehen, als wollte der Fuß nicht mit.

In der Praxis wurde sie nicht gebeten, im Untersuchungszimmer zu warten. Eine Premiere. Sie wurde direkt ins Büro geschickt, wo Noah hinter dem Schreibtisch saß.

»Ich habe mir Ihre Ergebnisse angesehen«, sagte er.

Es klang so beiläufig wie immer, und Florence schöpfte Hoffnung. Vielleicht hat er mich herbestellt, weil er gute Nachrichten gern persönlich überbringt.

»Es gibt jetzt vieles, das wir ausschließen können«, sagte er.

»Nietnägel?«, fragte sie. »Alkoholvergiftung?«

»Ja. Ganz recht. Es ist keine Alkoholvergiftung. Davon können wir ausgehen.«

»So eine Erleichterung.«

»Im Ernst. Es hat nichts mit den Nerven zu tun. Das lässt sich ziemlich sicher sagen. Und MS ist es auch nicht. MS kann ziemlich gravierend sein. Und es gibt keinerlei Hinweise auf einen Schlaganfall.«

Sie stellte sich vor, wie er geduldig und sachlich eine Ursache nach der anderen ausschloss, bis er schließlich um Mitternacht damit herausrückte, dass sie wegen eines Hirntumors den nächsten Morgen nicht erleben würde.

»Und was ist es stattdessen?«

»Es könnte vieles sein, Florence.«

»Was *könnte* es stattdessen sein.«

»Selbst das ist vielleicht noch nicht richtig formuliert. Als Arzt will man nicht mit der Schrotflinte treffen, sondern sozusagen mit dem Präzisionsgewehr.«

»Noah.«

»Ich möchte nur nicht, dass Sie denken …«

Ihre Haltung war schon immer ihr wirksamstes Werkzeug gewesen. Sie richtete sich kerzengerade auf und sagte in ihrem steifsten, gebieterischsten Ton: »Noah, ich bin eine viel beschäftigte Frau. Ich habe keine Zeit, um den heißen Brei herumzuschleichen. Sie müssen offen zu mir sein.«

Sie sagte absichtlich nicht: »Bitte seien Sie offen zu mir«, einen Satz, der ihr unterwürfig und manipulativ zugleich vorkam. Besser fordern als bitten, dachte sie.

»Wir können noch keineswegs sicher sein«, sagte Noah. »Es sind noch etliche Untersuchungen nötig. Und es könnte nach wie vor etwas Vorübergehendes, Gutartiges sein. Aber im Moment ist die wahrscheinlichste Diagnose ALS.«

Einen Augenblick rang sie darum, seine Worte zu begreifen.

Es erstaunte sie, dass ihr diese Möglichkeit noch gar nicht in den Sinn gekommen war. Dann wiederum war ihr überhaupt nichts in den Sinn gekommen. Sie war einfach davon ausgegangen, dass die Sache harmlos war. Als seien die Tests nur eine Art Spiel gewesen. Es war, als hätte sie an dem alten Kinderglauben festgehalten, sie – und sie allein – werde niemals sterben müssen.

»Was denken Sie jetzt?«, fragte Noah.

»Ich denke an einen Autor namens Tony Judt. Er

hat vor einem Jahr die Diagnose bekommen und ist seitdem nicht aufzuhalten.«

Tony Judt – ein Historiker, der seit seiner ALS-Diagnose nicht mehr als das arrogante Arschloch galt, das er anerkanntermaßen in seinen gesunden Jahren gewesen war, sondern von allen, die ihn kannten, als Vorbild gepriesen wurde. Eine Tastatur konnte er schon lange nicht mehr bedienen, diktierte aber angeblich zwei Bücher gleichzeitig, eine polemische Verteidigungsschrift für die Sozialdemokratie und eine Sammlung autobiographischer Texte. Mittels schierer Willenskraft und unvermindert harter Arbeit hatte er sich selbst zum Symbol erhoben, zum Musterbeispiel dafür, dass man mit genügend Mut über beinahe alles – zumindest geistig – triumphieren kann.

»Ich freue mich fast schon darauf«, sagte Florence. »Hat Lenin nicht einmal gesagt, ein Gefängnisaufenthalt sei die unverzichtbare Voraussetzung jeder intellektuellen Karriere? So ein bisschen ALS ist vielleicht das Beste, das mir passieren kann.«

»Das höre ich gern. Aber freuen Sie sich nicht zu früh. Vielleicht ist es am Ende doch kein ALS.«

Sie besprachen die nächsten anstehenden Tests, und dann erhob er sich.

»Schaffen Sie es nach Hause? Wollen Sie jemanden anrufen?«

Was zur Hölle sollte das? Plötzlich tat alle Welt so, als fände sie nicht mehr nach Hause, ohne jemanden anzurufen. Sie lebte sechs Häuserblocks entfernt.

»Also bitte, Noah. Was glauben Sie, wer ich bin?«

Er begleitete sie zur Tür, wo sie kurz unbeholfen stehen blieben. Dann griff sie nach dem Knauf und drehte ihn.

Florence spürte, wie erleichtert er war – zumindest glaubte sie es zu spüren: wie erleichtert er war, sie wieder loszuwerden, ohne sie umarmen zu müssen.

Hätte sie den Eindruck gemacht, Trost zu brauchen, dann hätte er sie auch zu trösten versucht, aber er war sicher froh, dass das nicht nötig war.

Auf dem Weg nach Hause wurde ihr bewusst, dass ihr Leben, wenn sie wirklich ALS haben sollte, von nun an eine einzige Abfolge schauspielerischer Leistungen sein würde. Sie war fest entschlossen, die Rolle der Tapferen zu spielen. Wie verängstigt sie auch sein mochte, sie war entschlossen, es nicht durchblicken zu lassen. Die werden Tony Judt bald vergessen, diese Wichser, dachte sie, ohne recht zu wissen, wen sie meinte.

Sollte sich tatsächlich herausstellen, dass sie die Krankheit hatte, dann wäre das Gespräch mit Noah ihre erste Darbietung gewesen, und sie stellte befriedigt fest, dass sie sich selbst eine gute Note dafür geben konnte.

79

Zu Hause angekommen, ging sie auf die Website feministing.org, loggte sich als Kommentatorin ein und korrigierte energisch die Irrtümer der Jugend.

Eine Zeitlang fühlte sie sich lebendig dabei – nicht nur lebendig, sondern unbesiegbar.

Aber nach einer halben Stunde ungefähr fühlte sie sich müde. Sie legte sich auf die Couch und schlief ein, wachte um Mitternacht auf und fand keine Ruhe mehr.

Sie bemühte sich, nicht an ALS zu denken. Das konnte sie später immer noch tun, wenn das tatsächlich die Diagnose sein sollte. Sie musste am nächsten Tag zu einer Konferenz – dem NYU-Symposium zur Frauenbewegung, bei dem Martha Nussbaum ihr Lebenswerk würdigen sollte –, und da wollte sie einen guten Auftritt liefern. Sie wollte den Termin spielend bewältigen, mit demselben Aplomb wie das Gespräch mit ihrem Arzt. Sie wollte sich so verhalten, dass niemand auf die Idee kommen würde, irgendetwas könnte nicht in Ordnung sein. Das würde ihr leichter fallen, wenn sie noch ein klein wenig Schlaf bekam.

Um zwei Uhr morgens hatte sie sich überspannt und überreizt gefühlt, aber bei Tagesanbruch war sie wie betäubt. Nicht die besten Voraussetzungen für eine Veranstaltung, bei der sie klar im Kopf sein musste.

Die Türklingel summte, und sie fragte sich, was nun wieder los war. Sie drückte den Knopf der Sprechanlage. Es war ihre Enkelin.

Florence drückte den Summer. Sie staunte, wie sehr es sie freute, dass Emily gekommen war. Aber es kam nicht in Frage, Emily das spüren zu lassen.

80

Im vergangenen Jahr hatte Emily über sich selbst herausgefunden, dass sie nicht so stabil war wie ursprünglich gedacht. In der Highschool hatte sie bei Freunden und Bekannten ein paar bühnenreife Zusammenbrüche erlebt – wegen Drogen, aus Heimweh, wegen eines gebrochenen Herzens – und war immer »für sie da« gewesen. Sie war die, die man rief, wenn ein Trip zum Horrortrip wurde. Sie war die, die man immer um Rat fragte, weil sie die war, die nie einen Rat erteilte: Sie fragte nur und hörte zu, bis man anhand der Antworten selbst begriff, was man wollte. Sie war der Fels in der Brandung für andere Leute, und sie war gern dieser Fels.

Letzten Herbst am Oberlin College, als sie merkte, dass sie dort nicht mehr hingehörte, hatte es sie überrascht, wie schnell ihr Unwohlsein in schieres Elend überging. Ihr war klar, dass ihre Eltern es lieber gesehen hätten, wenn sie bis zum Ende des Studienjahres durchgehalten und dann regulär gewechselt hätte, ohne um ein Semester zurückzufallen, aber Emily hatte im ersten Jahr bei zwei anderen Mädchen den totalen Zusammenbruch miterlebt, und sie hatte keinerlei Gründe anzunehmen, dass sie stärker war als die beiden.

Justin hatte sie in letzter Zeit bedrängt, ihn noch einmal zu besuchen, und wenn sie ihn dann vertröstete, klang er so schrecklich fragil.

Er schickte ihr nach wie vor Filmchen von seinen

Entwürfen, von Robotern, Jedis und Trollen. Aber jetzt waren es traurige Filmchen. Die Roboter flüchteten vor den Trollen; die Jedis irrten allein durch die Dunkelheit.

Daneben schickte er jetzt manchmal Videos von sich selbst.

Eins davon war lustig: Justin, wie er sich selbst auf dem Dulcimer begleitete und von seiner Sehnsucht nach ihr sang. Eins war ihr unangenehm: Justin, der davon sang, dass er ohne sie nicht leben könne. Und eins machte Emily Angst: Spielzeugroboter, die Rasierklingen trugen, die fast so groß waren wie sie selbst, und damit auf den schlafenden Justin losmarschierten. Sie kannte sich mit Videos nicht gut aus und wusste nicht, wie er es hinbekam, dass alles so echt aussah.

Am Ende des Films drückte einer der Roboter seine Klinge gegen Justins Hals, und ein Tropfen Blut quoll hervor. Dann drehte er seinen Kopf in die Kamera und sagte mit einer tiefen, unheimlich mechanischen Stimme: »Wenn du nicht bald herkommst, ist der Junge erledigt.«

Seit wann gab es Jungs, die sich ritzten? Sie hatte gedacht, das sei Mädchensache.

Als sie an dem Abend telefonierten, hatte er gesagt, es sei ein Scherz, aber es hatte sich nicht wie einer angefühlt.

Sie wusste, dass sie bis zum Hals in Schwierigkeiten steckte, und sie wusste nicht, was tun.

Und dann waren zu allem Überfluss ihre Eltern so komisch geworden. Es war der schlimmstmögliche

Zeitpunkt dafür. Gerade jetzt mussten sie verlässlich sein.

Sie hatte keine Ahnung, was mit den beiden nicht stimmte, und sie wollte es auch nicht wissen. Sie wollte nur, dass sie sich wieder normal benahmen.

Als sie am Samstagmorgen ihre Großmutter besuchte, war Emily deshalb bedürftig. Aber nur in dem Sinne bedürftig, dass ihre Großmutter sie selbst sein sollte. Emily erwartete keine besonderen Aufmerksamkeiten. Sie wollte nicht, dass ihre Großmutter zuhörte und mit ihr über ihre Probleme sprach. Alles, was sie brauchte, war ihre ganz normale Gegenwart – streng, ungeduldig, immer halb gereizt.

Als sie die Wohnung erreichte, stand Florence in der offenen Tür.

»Was machst du hier?«, fragte Florence, und Emily freute sich.

81

»Ich begleite dich zu der Konferenz.«

»Seit wann?«

»Seit immer. Seit letzter Woche. Wir haben darüber geredet.«

»Ach, ja? Na gut. Komm rein.«

Florence wirkte verlangsamt. Sie schien nicht ganz sie selbst zu sein.

Nicht du auch noch.

»Ich muss erst mal wach werden«, sagte Florence,

ging ins Schlafzimmer und schloss die Tür. Als sie wiederkam, war sie wieder ganz Florence – barsch und unnahbar.

»Mach dir den laschen Tee, den du so magst«, sagte Florence. »Ich bin in fünf Minuten fertig.«

»Beleidige nicht meinen Tee«, sagte Emily und lächelte.

82

Florence war ein Rockstar. Seit sie im Skirball Center angekommen waren, kamen immer wieder Frauen auf sie zu, um ihr zu sagen, wie viel ihre Arbeit ihnen bedeutete. Florence redete höflich mit jeder einzelnen, was Emily überraschte. Sie hätte sich eher vorstellen können, wie ihre Großmutter alle anblaffte und ihnen vorwarf, sie aus den falschen Gründen zu loben.

Die Konferenz war eine ganztägige Veranstaltung zum Thema »Die Frauenbewegung einst und jetzt«. Es gab etliche Panels, von denen Emily bei der Hälfte die Namen nicht verstand. »Differenzen angesichts der *Différance* – Französische Feminismen in Zeiten der Post-Subalternität« war zum Beispiel eins von denen, die sie eher auslassen würde.

Florence sollte am frühen Nachmittag ihren Vortrag halten. Der letzte Beitrag des Tages würde der von Martha Nussbaum sein, der Philosophin, die Florence in der *Times* gefeiert hatte; er sollte von Florence' Beitrag zum feministischen Denken handeln.

Eine der Organisatorinnen des Symposiums, eine Frau namens Elba, kam herangewalzt und fiel Florence um den Hals; Emily sah, wie Florence noch in der Umarmung zurückwich. Dann umarmte Elba auch noch Emily, die sich fragte, ob es für einen Beobachter ausgesehen hätte, als sei auch sie ein Stück zurückgewichen. Sie machten sich zu dritt auf den Weg zu den ersten Panels, und Elba hielt immer wieder an, um Leute einander vorzustellen. Zuerst sah es aus, als seien alle gleichermaßen begeistert von Florence, aber nach und nach fiel Emily auf, dass dem nicht uneingeschränkt so war. Die ältesten und die jüngsten Frauen schienen Florence so etwas wie Ehrfurcht entgegenzubringen, aber aus der Generation dazwischen gab es ein, zwei Frauen, die gleichgültig, fast unhöflich auf sie reagierten.

Emily versuchte eine Theorie dazu zu entwickeln, aber dann fiel ihr ein Statistik-Pflichtkurs an der Highschool wieder ein, aus dem sie wusste, dass die Stichprobe zu klein war, um eine Theorie zu stützen.

Emily hörte Florence sagen: »Das ist aber schade.«

»Was ist schade?«, fragte sie, als Florence wieder neben ihr stand.

»Martha Nussbaum wird nicht kommen. Angeblich hat sie die Grippe.«

»Angeblich?«

»Na, du weißt schon. Martha Nussbaum. Ihr wird beim Zähneputzen eine neue Buchidee gekommen sein. Jetzt macht sie gerade die letzten Korrekturen.«

Der Vormittag rauschte an Emily vorbei. Sie besuchte zwei Panels und verstand kein einziges Wort. Stattdessen dachte sie an Justin. Sie machte sich Sorgen um ihn, und sie machte sich Sorgen um sich selbst.

Es gab eine Mittagspause, in der viele Frauen um Florence' Aufmerksamkeit buhlten.

Beim Essen beugte sich Elba zu Florence herüber und sagte: »Wir haben Glück! Sie kommen nie drauf, wer für Martha Nussbaum einspringen wird.«

»Wer?«

»Willa Ruth Stone.«

»Echt?«, fragte Emily.

»Wer?«, fragte Florence.

»Sie ist eine bekannte Bloggerin«, erklärte Emily.

Florence zog bei den Worten die Augenbrauen hoch, sagte aber nichts.

Emily hatte während ihrer gesamten Highschoolzeit die Texte von Willa Ruth Stone verschlungen, unter anderem auf *Jezebel* und *The Awl.* Vor ein, zwei Jahren war sie zu anderen Medien gewechselt, und Emily hatte ihre weitere Entwicklung nicht mehr mitverfolgt. Sie schien für eine Laudatio nicht unbedingt die erste Wahl zu sein – sie war eher eine professionelle Spötterin –, aber wenn eine derart hippe Frau sich zu Florence bekannte, musste Florence ein noch größerer Rockstar sein, als Emily klar gewesen war.

»Sie sagt, sie ist ganz begeistert«, erzählte Elba. »Sie wollte Ihnen schon immer mal ihre Bewunderung ausdrücken.«

Nach der Pause war Florence' Vortrag angesetzt:

»Mary Datchet mit neunzig Jahren«, eine Reflexion über den heutigen Stand des Feminismus gemessen an seinen Zielsetzungen um die Jahrhundertwende.

Florence las vom Blatt ab, ohne aufzublicken. Emily hatte ihre Großmutter jetzt bei mehreren öffentlichen Auftritten erlebt, und dies war der erste, den sie uninspiriert fand.

Emily fand Spuren ihrer Recherchen im Vortrag wieder: Florence zitierte aus Mary Gawthorpes Briefen an Edward Carpenter und Havelock Ellis – aus Briefen, die Emily von Hand abgeschrieben hatte, weil das Papier, auf dem sie geschrieben standen, für den Kopierer zu brüchig war. Emily fragte sich, ob Florence sie namentlich erwähnen würde, und dann sagte sie sich, es sei kindisch, so eine Bestätigung zu erwarten. Das hielt sie nicht davon ab, enttäuscht zu sein, als Florence ihren Vortrag ohne Dank an Emily beendete.

Nach dem Vortrag folgte weiterer Smalltalk, folgten weitere Panels und weitere Sorgen um Justin, und dann kam die Abschlussveranstaltung.

Der Saal war brechend voll. Voller Frauen; den ganzen Tag über war kaum eine Handvoll Männer aufgetaucht. Beim Blick in die Runde vermutete Emily, dass viele der Zuschauerinnen nur wegen Milla Ruth Stone hierhergekommen waren. Sie wirkten gestylt und frisch, nicht als hätten sie den ganzen Tag lang Vorträgen zugehört.

Unglaublich, wie schnell sich so etwas herumspricht. Emily war mit Social Media aufgewachsen, und trotzdem verblüffte es sie nach wie vor.

Elba erinnerte alle daran, dass in der Kronstadt-Bar auf der Thompson Street ein Raum reserviert worden war, der gleich im Anschluss zur Verfügung stand, und dass es dort Getränke zum halben Preis geben würde. Dann gab sie die Bühne für die Hauptrednerin frei.

Willa Ruth Stone war schlank, blond und schön – kein Filmstar, aber für eine Autorin sah sie sehr gut aus. Alle anderen Referentinnen des Tages hatten hinter fest installierten Mikrophonen gesessen, aber bei ihr war ein drahtloses Gerät an der Kleidung befestigt, so dass sie auf der Bühne hin und her streifen konnte.

Florence saß hinter ihr auf einem Stuhl. In der Bühnenbeleuchtung sah sie gespenstisch aus.

Die ersten zwanzig Minuten des Vortrags waren eine Art Führung durch die aktuelle Kulturlandschaft. Als Willa mit diesem Teil fertig war, drehte sie sich um, verbeugte sich vor Florence und wandte sich wieder dem Publikum zu.

»Es ist mir eine Ehre, hier und heute Florence Gordon feiern zu dürfen, eine Frau, die ich zutiefst respektiere«, sagte Willa. »Wer täte das schließlich nicht? Ohne Florence Gordon wäre unser Leben nicht vorstellbar. Sie ist so unentbehrlich wie die Pille. So unersetzlich wie der moderne Viskose-Tampon.«

Emily war schockiert. Das war respektlos. Es war ordinär. Außer ihr schien es allerdings niemanden zu stören. Es brachte Milla einen Lacher ein.

Emily versuchte Florence' Reaktion abzuschätzen, aber aus der Entfernung wirkte sie vollkommen regungslos.

»Als die Frauen der Neuen Linken von ihren Männern ausgebeutet wurden, kam Florence Gordon und prangerte sie an. Als die Medien sich über sexuelle Diskriminierung am Arbeitsplatz ausschwiegen, kam Florence Gordon mit ihren Statistiken und ihrer Eloquenz und entlarvte das Phänomen als Schande der Nation. Als während der Ära Reagan Institute für Frauenforschung und Frauengeschichte im Keim erstickt wurden, kam Florence Gordon und setzte sich für unsere Forderungen ein. Florence Gordon und ihre Schwestern haben die Welt erschaffen, in der wir heute leben, und wir danken ihnen dafür.«

Alles applaudierte, und Florence nickte huldvoll.

»Aber ich weiß, dass Florence Gordon von mir erwarten würde, dass ich heute offen spreche. Alles andere würde ihrer Bedeutung nicht gerecht. Und offen gesprochen muss ich sagen, dass für die meisten von uns Florence Gordons Welt die Welt unserer Großmütter ist. Wir lieben unsere Großmütter, und wir sind ihnen dankbar, aber wir wollen nicht sein wie sie. Wenn ich mich hier umsehe, unter all diesen jungen Gesichtern hier im Saal, sehe ich Frauen, die alle ihre verschiedenen Facetten leben wollen. Es gibt Zeiten, da wollen wir uns der Schlechtigkeit der Welt entgegenstemmen, und es gibt Zeiten, da wollen wir in Stilettos und in das kleine Schwarze schlüpfen und feiern gehen.

Wenn wir demonstrieren, sind unsere Großmütter sofort dabei. Dann sind sie stolz auf uns. Aber wenn wir uns vergnügen, werden die Großmütter ungehalten. Sie rufen uns von der Türschwelle nach: ›Wie könnt ihr feiern gehen? Wir werden immer noch von Männern unterdrückt! Der Kapitalismus ist immer noch böse! Die Republikaner wollen immer noch Abtreibungen erschweren! Ihr könnt jetzt nicht feiern! Es gibt viel zu tun!‹

Und wenn wir unsere Großmütter so rufen hören, dann müssen wir ehrlich mit ihnen sein. Wir müssen sagen: Ja und ja – und nein. Ja, Frauen werden noch immer unterdrückt. Ja, im Kapitalismus ist die Welt voller Risiken und Brüche. Und nein. Wir halten diese Welt nicht für böse. Im Gegensatz zu euch lieben wir das Risiko. Im Gegensatz zu euch sehen wir diese unvollkommene Welt nicht als finsteren Hort der Unterdrückung, sondern als eine Welt voller Möglichkeiten. In unserer heutigen Welt stehen Frauen in den Vorstandsetagen ihren Mann, und in den Schlafzimmern stehen sie *auf* ihren Mann. Es ist nicht die schwarzweiße Welt, wie ihr sie noch gesehen habt. Es ist eine Welt voller Farben, und manche davon sind umwerfend schön.

Manchmal denke ich, es geht bei diesem Generationenkonflikt im Kern um den Genuss. Unsere Großmütter scheinen zu glauben, Genuss sei grundsätzlich Sünde. Wir glauben, dass wir ihn brauchen, wie Frischluft, wie Wasser und Licht. Sie glauben, man könne die Welt nicht verbessern, wenn man immer wieder innehält und sich ein bisschen Vergnügen gönnt. Wir glauben, man kann ohne das Vergnügen nicht die Welt verbessern.

Wir danken Ihnen, Florence Gordon. Wir danken Ihnen und Ihrer Generation. Ohne Sie wären wir heute nicht hier. Ihnen und Ihren Schwestern schulden wir tiefen Respekt. Sie haben uns so viel gelehrt. Unter anderem auch unsere Willensstärke – die Willensstärke, mit der wir jetzt sagen, dass Ihr Weg nicht unserer ist.

Und damit wende ich mich an meine Schwestern am Ende dieses langen, glorreichen Tages der Konferenzchen und Kaffeekränzchen, und ich sage zu euch allen (bitte weghören, Florence): Bitches, let's party!«

Willa Ruth Stone verließ die Bühne, ohne Florence eines Blickes zu würdigen. Der Applaus ließ nicht nach, bis sie, von Freunden und Bewunderern umringt, den Saal verlassen hatte. Florence blieb allein hinten auf der Bühne zurück.

Florence sah unglücklich aus, aber vor allem wirkte sie müde.

Fast alle verließen den Saal, aber einige ältere Frauen hielten auf ein Mikrophon zu Füßen der Bühne zu. Eine von ihnen war Vanessa, die wutentbrannt voranmarschierte. Sie baute sich vor dem Mikrophon auf und begann zu sprechen, aber der Ton war schon abgeschaltet. Trotzdem redete sie weiter, als wüsste sie nicht, dass niemand sie hören konnte.

83

Der Vortrag machte Emily wütend, nicht weil er so feindselig, sondern weil er unrichtig war. Sie wusste nach all den Wochen im Archiv, dass viele Frauen in der Bewegung puritanisch gewesen sein mochten, aber Florence und ihre Freundinnen nicht. Sie waren begeisterte Verfechterinnen von Sex, Drogen und Rock 'n' Roll und überhaupt Verfechterinnen der Freiheit. Aller Arten von Freiheit, von radikal-demokratischer Politik bis zu radikal unkonventionellen Beziehungsentwürfen.

Und das war beileibe kein Geheimnis. Es stand alles in Florence' ersten zwei Büchern – Essaysammlungen aus den Siebzigern, die in der Lobby auf dem Büchertisch lagen. »Wider die Schicklichkeit«, »Notizen zu den jüngsten Ereignissen«, »Späte Überlegungen zu Oscar Wilde«, »Heldentaten des Alltagslebens« –, in den bekanntesten ihrer frühen Essays hatte sie eine Vision persönlicher Emanzipation entworfen, die aus heutiger Sicht etwas kitschig wirken mochte, aber mit der Karikatur, die Willa Ruth Stone davon zeichnete, überhaupt nichts gemeinsam hatte.

Eine anerkannte Autorin, die eine Rede hielt, ohne erst die Fakten zu prüfen. Die ihren Vortrag auf Ideen aufbaute, die sie gerade als clever empfand, statt auf Überlegungen, für die sie sich verbürgen konnte. Emily war jung genug, darüber fassungslos zu sein.

84

Florence' Freundinnen umringten sie lärmend, wie um die Erinnerung an die jüngsten Ereignisse zu übertönen.

Sie gingen alle zusammen in ein nahe gelegenes Restaurant und kaperten einen langen Tisch. Emily kam mit. Eine Weile schimpften sie über den Stumpfsinn von Willa Ruth Stone und allem, wofür sie stand, und dann wandten sie sich anderen Themen zu. Sie empörten sich über die drohende Beschneidung der Abtreibungsrechte in New York; sie empörten sich über die drohende Beschneidung der Minderheitenförderung. Sie empörten sich über die Tea-Party-Bewegung; sie empörten sich über den Supreme Court. Sie empörten sich über Obamas Trägheit beim Durchsetzen der Gesundheitsreform und über seinen Übereifer, wenn es um die Verfolgung von Whistleblowern ging.

»Was denkst du?«, fragte Vanessa.

»Worüber?«, fragte Emily.

»Über das, was dich gerade beschäftigt. Du siehst ziemlich grüblerisch aus.«

»Ich habe gerade gestaunt, wie energiegeladen ihr alle seid. Ich bewundere es, dass ihr euch immer noch so empören könnt.«

»Das hält uns jung«, sagte Vanessa.

Emily fiel ein Text wieder ein, den Florence in den Anfangszeiten der Bewegung geschrieben hatte. Sie hatte die Frauenbewegung ein »Festspiel des Sprechens« genannt. Sie hatte geschrieben, es sei kaum zu beschreiben, wie es sich anfühlte, Teil einer ganzen Generation von Frauen zu sein, die plötzlich furchtlos miteinander sprachen.

Emily versuchte noch immer zu begreifen, was auf dem Symposium geschehen war. Das eigentlich Schockierende war nicht, dass Florence, statt gefeiert zu werden, beleidigt worden war. Sondern dass sie sich nicht wehrte.

Als Emily Willa Ruth Stones Vortrag lauschte, war sie nicht nur entsetzt gewesen, sondern auch elektrisiert, weil sie glaubte, Florence werde sie in der Luft zerreißen. Und dann war nichts dergleichen passiert. Natürlich hatte ihr niemand die Gelegenheit zu einer Erwiderung eingeräumt, aber so wie Emily ihre Großmutter kannte, hätte sie erwartet, dass Florence der Jüngeren das Mikro von der Bluse reißen würde.

So überschwänglich, wie ihre Freundinnen sich mit Florence solidarisierten, merkte Emily erst nach einer ganzen Weile, dass Florence selbst nicht richtig bei der Sache war. Florence war immer so gebieterisch, dass man sie, auch wenn sie nur schweigend dabeisaß wie jetzt, leicht für die unangefochtene Autorität halten konnte, die sie üblicherweise war. Aber wenn man genauer hinsah, hatte ihre reservierte Haltung nichts mit Überlegenheit zu tun. Sie hatte den Kopf geneigt und an die Wand gelehnt, als könne sie sich nicht mehr aufrecht halten. Florence wirkte, so schwer es Emily fiel, dieses Wort auf sie anzuwenden, auf einmal wie besiegt.

85

Florence und Emily nahmen gemeinsam ein Taxi in die Upper West Side.

Emily fiel auf, dass Florence die linke Faust öffnete und ballte.

»Ist alles in Ordnung?«, fragte Emily.

»Natürlich, wieso denn nicht?«

»Nur so. Ich wollte nur sicher sein, dass es dir gutgeht.«

»Warum fragst du das andauernd?«

»Ich hatte den Eindruck …«

»Werd du mal alt, und dann sagst du mir, wie gut es dir geht.«

»Du bist doch nicht alt.«

»Natürlich. Du hast Recht. Schon vergessen. Ich hatte vergessen, dass wir in den Zeiten ewiger Jugend leben. Klar, ich bin jung. Ich bin fünfundsiebzig Jahre jung.«

Das ist zu viel Verantwortung für mich, dachte Emily.

Florence ließ den Fahrer ein paar Blocks vor der Wohnung halten. Sie nahm einen Zwanzig-Dollar-Schein aus ihrem Portemonnaie. Alles schien ganz besonders lange zu dauern – erst einmal in der Handtasche nach dem Portemonnaie zu suchen, dann das Portemonnaie zu öffnen und schließlich den Schein herauszuholen.

Der Fahrer gab Florence das Wechselgeld, und sie gab ihm einen Dollar zurück. Es war peinlich, mit

Florence Taxi zu fahren, weil sie immer so geizig mit dem Trinkgeld war.

Auf dem Weg nach Hause lief Florence langsam und zog einen Fuß hinter sich her. Irgendetwas stimmte nicht mit ihr – und es war mehr als nur die Enttäuschungen des Tages. Sie hatte einen Schlaganfall erlitten. Sie hatte Parkinson. Emily kannte sich nicht genug mit Erwachsenenkrankheiten aus – sie kannte sich überhaupt nicht genug mit Krankheiten aus –, um groß zu spekulieren, was ihr fehlte. Aber irgendetwas fehlte ihr.

Warum kann ich nicht den Arm um sie legen? Warum kann ich nicht einfach fragen, was ihr fehlt?

Was macht uns aus? Was macht diesen flüchtigen Augenblick aus?

In ihrer jugendlichen Hypersensibilität für die Vergänglichkeit des Lebens wünschte Emily, sie könnte alles anhalten, alles genau jetzt einfrieren, wie es war, so dass Florence' Problem, was auch immer es sein mochte, nicht schlimmer werden würde. Sie hätte ihre Großmutter am liebsten in eine schützende Blase eingeschlossen – ein Bild, das sie schön fand, bis ihr einfiel, dass es aus *Die Unglaublichen* stammte.

Sie hielten bei einer Drogerie, damit Florence sich Taschentücher holen konnte, und setzten ihren Weg fort.

Dann standen sie vor Florence' Haus.

»Nur fürs Protokoll«, sagte Emily, »ich fand den Vortrag unterirdisch.«

»Ihren oder meinen?«

»Ihren natürlich«, sagte Emily.

»Ist notiert«, sagte Florence. »Du kannst jetzt gehen.«

»Du hast vorhin kaum etwas gegessen. Willst du noch irgendwo was bestellen?«

»Du kannst gehen, Emily.«

Sie hätte am liebsten gesagt: Was ist los mit dir? Irgendetwas fehlt dir, und ich will wissen, was es ist.

Aber tun Menschen so etwas überhaupt jemals? Einander geradeheraus fragen, was ihnen fehlt?

»Okeydokey«, sagte Emily und ging.

86

Sie ging zu Fuß nach Hause und grübelte darüber nach, wie wenig sie ihrer Großmutter gerecht geworden war.

Hätte Emily sie zur Rede gestellt, dann hätte Florence sie möglicherweise abgewiesen. Aber möglicherweise auch nicht. Warum habe ich es nicht zumindest versucht?

Wenn es eins gibt, das ich in den letzten Wochen von ihr hätte lernen sollen, dann ist es, mutig zu sein. Etwas zu wagen. Zu riskieren, dass du deine Worte bereust, weil es besser ist, als dein Schweigen zu bereuen.

Sie dachte bis zur nächsten Straßenecke darüber nach, und dann kehrten ihre Gedanken zu Justin zurück. Während der Konferenz hatte sie ihr Handy ausgemacht, und als sie es jetzt wieder anschaltete, erwartete sie ein neues Video. Auftritt Roboter Oscar. Oscar bat sie, zu Besuch zu kommen, und sagte, wenn sie nicht käme, hätte er nicht mehr die Kraft, seine Teile beisammenzuhalten. Im Lauf des Films verschwanden immer mehr Bauteile des Roboters, bis nur noch ein dünnes, schwindendes Stimmchen übrig war.

87

Eine Einzelkämpferin, wie ich sehe.

Die Worte des MTAs gingen Florence nicht aus dem Kopf.

Wäre es nicht schön, wenn sie Emily erzählte, was wirklich in ihr vorging, und wenn Emily dann … was eigentlich? Ein Heilmittel gegen ALS erfinden würde? Sie ganz fest in den Arm nähme? Schwören würde, die Überlieferung ihres geistigen Erbes zu sichern, indem sie die Florence-Gordon-Gedenkstiftung gründete?

Florence hätte nicht einmal sagen können, warum sie so fest entschlossen war, ihre Krankheit so lange wie möglich geheim zu halten, aber ein tief verankerter Instinkt sagte ihr, es sei besser so.

88

Tja, und jetzt, dachte Janine, jetzt musst du dich irgendwie langsam mal entscheiden.

Manche können, wenn sie ihren Partner verlassen,

von sich sagen, sie hätten erst jetzt die wahre Liebe gefunden. Das macht die Sache vermutlich leichter.

Janine konnte das nicht von sich behaupten. Sie hatte die wahre Liebe mit Daniel erlebt.

Und andere können von sich sagen, sie hätten erst jetzt wirklich den Sex für sich entdeckt.

Das konnte sie auch nicht von sich behaupten.

Als sie und Daniel sich zum ersten Mal küssten, war ihr dieser Kuss – obwohl sie eine abgeklärte Collegestudentin gewesen war, an Deleuze, Lacan und Kristeva geschult, mit einer dicken Mauer aus kritischer Theorie gegen jedwedes sentimentales Blendwerk abgeschirmt – wie ein Kuss aus einem Märchen vorgekommen. Wenn man so einen ersten Kuss erlebt, will man eigentlich niemand anderen mehr küssen. Dann weiß man, wo man hingehört.

Aber mit Lev fühlte sie sich so hellwach, so geistig herausgefordert, wie sie es mit Daniel seit langem nicht mehr kannte. Wenn es mit ihm überhaupt je so gewesen war. Daniel war genauso intelligent wie Lev, aber er nutzte seine Intelligenz, um anzukommen, nicht um zu suchen. Daniel wünschte sich ein Leben, in dem alles Tag für Tag für Tag genau so bleiben sollte, wie es war.

Konnte sie nicht beides haben? Mit Daniel in Seattle leben und mit Lev in New York?

Ihr fiel ein Slogan wieder ein, den sie in einem Buch über die 68er-Revolution in Frankreich gelesen hatte: »Sei realistisch! Fordere das Unmögliche!« Vielleicht hatte sie das sogar aus einem von Florence' Essays. Vielleicht sollte sie jetzt das Unmögliche fordern.

Vielleicht war es möglich.

Aber wahrscheinlich nicht.

In der Highschool hatte sie ihr erstes Jahr im Ausland verbracht, hatte bei einer Familie am Rande von Paris gewohnt. Damals war sie die meiste Zeit mit einem französischen Jungen namens Denis zusammen. Er hatte fest vor, Philosoph zu werden. Denis hatte schon eine Freundin – auch sie eine *philosophe* – und wollte sich nicht von ihr trennen. Eines Nachts hatte er Janine erklärt: »Wenn ich bei ihr bin, gehöre ich ihr. Wenn ich bei dir bin, gehöre ich dir« – als könnte es nichts Einfacheres geben. Wenn ihn noch ein anderes Mädchen interessierte, stellte er klar, dann würde er auch ihr gehören.

Zuerst fand Janine das sehr fortschrittlich und sehr im Sinne von Sartre und Beauvoir, und sie wäre gern französisch genug gewesen, um sich dafür zu erwärmen. Am Ende beschloss sie, der Junge sei vielleicht doch ein wenig egoistisch, und seine Beziehungsarrangements, so einwandfrei progressiv sie auch waren, zeichneten sich vor allem dadurch aus, dass sie den Beteiligten neue Gelegenheiten gaben, einander zu verletzen.

Zwei Leben zu führen war also keine Option.

Zu Hause hatte sie Freundinnen, mit denen sie darüber hätte reden können, wenn sie dort gewesen wäre. Am Telefon konnte sie so etwas nicht besprechen. Und darüber zu chatten konnte sie sich genauso wenig vorstellen. Sie kam sich in ihrer Situation schon jetzt wie ein idiotischer Teenager vor – aber nicht so idiotisch teenagerhaft, dass sie darüber hätte chatten wollen.

Sie wünschte, sie könnte das alles mit Daniel besprechen. Aber das ging natürlich nicht.

Wie wird mein Leben aussehen, wenn ich bei Daniel bleibe?

Wie wird mein Leben aussehen, wenn ich ihn verlasse?

Wenn ich bei ihm bleibe, dachte sie, will ich mich auf keinen Fall als Frau verstehen, die sich abgefunden hat. Oder als Frau, die ihre bürgerliche Existenz nicht aufs Spiel setzen wollte. So sehe ich mich auf keinen Fall. Und Daniel sehe ich auch auf keinen Fall so.

89

Bei der Arbeit fiel es Janine schwer, sich zu konzentrieren.

Lev war wie immer die Hälfte der Zeit unterwegs, um Konferenzen zu besuchen oder Geldgeber zu bezirzen. Seit der Reise war sie nicht mit ihm allein gewesen.

Eines Montagnachmittags, als sie ihren letzten Termin mit einem Collegestudenten hinter sich hatte, klopfte er an die Tür und kam herein.

»Reden wir nicht mehr miteinander?«, fragte er.

»Ich weiß nicht, ob wir miteinander reden.«

»Falls wir nicht miteinander reden … warum reden wir dann nicht?«

»Du bist doch der hochdekorierte Psychologe«, sagte sie. »Erklär du's mir.«

»Wahrscheinlich liegt es daran, dass ... du Schuldgefühle hast? Dir klar geworden ist, dass du nicht mit mir zusammen sein willst? Du nicht weißt, wie es weitergehen soll?«

»Stimmt alles«, sagte sie. »Bis auf das Mittlere.«

»Willst du mit mir darüber reden?«

»Ich weiß nicht, Lev. Danke, dass du fragst, aber ich mag keine Beziehungsgespräche führen, solange unklar ist, ob wir überhaupt eine Beziehung haben.«

»Wie du meinst. Wenn du nicht darüber reden willst, willst du dann drüber bowlen?«

»Ja. Ja, will ich. Ich dachte, du würdest es mir nie anbieten.«

Auf der Amsterdam Avenue hatte ein neues Bowlingcenter eröffnet. Auf dem Weg dorthin fühlte Janine sich unbehaglich, als sei Bowlen das neue Fremdgehen.

Sie versuchte beim Gehen Würde und Eleganz auszustrahlen, nicht ahnend, dass Unbeholfenheit einen Teil ihres Charmes ausmachte.

Sie war peinlich berührt, ohne zu wissen, warum. Vielleicht hatte es mit der gemeinsam verbrachten Nacht zu tun.

Eine Nacht, die perfekt hätte sein können, wäre ihr Leben nicht gerade so kompliziert gewesen.

Eine tastende, nicht ganz befriedigende Nacht, freundlich, nicht ohne ihre lustigen Momente. Kleidung war nicht vollständig ausgezogen worden. Es war eine Art Nett-dich-kennenzulernen-Erfahrung, die Janine entzückend gefunden hätte, hätte sie die Begegnung als die erste von vielen weiteren gemeinsamen Nächten ansehen können. So nervös und unsicher, wie sie stattdessen war, hatte sich jeder peinliche Moment wie ein Omen angefühlt.

»Ich könnte dich glücklich machen«, sagte Lev jetzt. »Wir könnten miteinander glücklich sein.«

»Glück? Ist das nicht …«

Sie hatte auf Freuds berühmten Ausspruch anspielen wollen, das Beste, was man im Leben erreichen könne, sei gewöhnliches Unglück, aber dann beschloss sie, dass das keinen Sinn ergab.

Er begann von einem Projekt zu reden, an dem er in letzter Zeit arbeitete. Walter Mischel hatte sich bei ihm gemeldet, sein früherer Mentor, der geniale Kopf hinter dem Marshmallow-Test. Sie wollten zusammen eine neue Studienreihe durchführen, bei der Neuroimaging-Verfahren die Auswirkungen von Musik, Multitasking und anderen Stimuli auf die Fähigkeit zur Entscheidungsfindung bei Jugendlichen sichtbar machen sollten.

Sie waren einen Häuserblock vom Bowlingcenter entfernt, aber Lev blieb stehen.

»Verstehst du, was ich sagen will?«

»Du redest vom Neuroimaging.«

»Ich rede nicht vom Neuroimaging. Ich rede von uns beiden. Du interessierst dich für dieselben Sachen wie ich. Aber du siehst es ganz anders. Du hast einen ganz anderen Zugang dazu.«

»Ich weiß immer noch nicht …«

»Wir könnten einander beim Denken helfen«, sagte Lev.

Das Bowlingcenter war hell erleuchtet und modern; es gab WLAN und Kellner und eine Bar. Janine vermisste die schäbigen Bowlingbahnen ihrer Kindheit. Sie holten sich Schuhe – sie wusste noch, wie aufregend sie es als Kind gefunden hatte, sich Bowlingschuhe auszuleihen – und gingen zu ihrer Bahn.

Erstaunlich, wie wenig die Persönlichkeit sich ändert. Janine bowlte genauso wie immer, so weit sie zurückdenken konnte. Jedes Mal zog sie im Kopf eine Linie zum mittleren Pin, und jedes Mal hatte die Kugel ihren eigenen Kopf. Sie tat erst, als wollte sie Janines Intentionen folgen, aber auf der Hälfte der Bahn überlegte sie es sich anders und machte sich in die eine oder andere Richtung davon, nicht von physikalischen Gesetzen, sondern von ihren eigenen Vorlieben gesteuert.

Lev strahlte beim Bowlen eine pummelige Würde aus. Janine sah ihn als Menschen, der zu seinem Körper nur eine ganz beiläufige Beziehung hatte. So war es ihr in den Monaten vorgekommen, als sie einander kennenlernten, und die gemeinsam verbrachte Nacht hatte diesen Eindruck nicht aufgehoben, so warm und kuschelig, wie sie gewesen war, und mit so wenig von dem, was man üblicherweise als Sex bezeichnen würde. Aber jetzt schien er in seinem Körper zu Hause zu sein. Er glitt auf die Bahn zu und ließ die Kugel mit einer Art liebevollem Zögern los, als sei sie ein Kind – ein kleines, kugelrundes Kind, das er geboren, genährt und aufgezogen hatte und das er jetzt in die Freiheit entließ. Selbst die Art, wie er bowlte, hatte etwas Zärtliches.

90

»Das ist nicht das Resultat, das ich mir erhofft hatte«, sagte Noah.

»Das glaube ich sofort. Ich werde mich nach Kräften bemühen, es Ihnen nicht vorzuwerfen.«

»Sie können es mir vorwerfen, wenn Ihnen das hilft. Nicht juristisch, wohlgemerkt. Nicht, dass Sie mich verklagen. Aber im geistigen Sinn können Sie mir so viel Schuld geben, wie es Ihnen passt. Ich bin Ihr Arzt. Ich sollte Sie gesund erhalten. Dazu bin ich da.«

Dazu war er tatsächlich da. Er war ihr Arzt, und sie hatte ihm vertraut, und es war seine Aufgabe, zwischen ihr und dem Gebrechen zu stehen. Es war seine Aufgabe, aufzupassen, dass sie niemals krank wurde. Er hatte versagt.

Es war erstaunlich, wie man so etwas irgendwo im Hinterkopf tatsächlich glauben konnte.

»Haben Sie mit Ihrer Familie gesprochen?«

Sie wollte nicht lügen, aber die Wahrheit wollte sie auch nicht sagen. Wenn sie die Wahrheit sagte, würde er sich vielleicht verpflichtet fühlen, einzuschreiten.

»Ja. Sie sind alle sehr lieb zu mir.«

»Lieb ist schön, aber was wir brauchen, ist hilfreich. Sie brauchen eine Familie, die sich um Sie kümmert.«

»Das werden sie bestimmt.«

Sie ließ das Gespräch eine Weile dahindümpeln, dann sagte sie: »Ich habe mich gefragt, ob Sie mir Beruhigungsmittel verschreiben könnten.«

»Florence Gordon und Beruhigungsmittel? Jetzt bin ich aber wirklich schockiert.«

»Es freut mich zu wissen, dass ich Sie immer noch überraschen kann.«

Er hatte seinen Rezeptblock in der Hand.

»Ist Xanax in Ordnung? Brauchen Sie nichts Stärkeres?«

Einen Moment lang dachte sie, er wüsste es. Aber er wusste es nicht. Er hätte ihr nichts Stärkeres angeboten, wenn er es wüsste.

»Als ich vor ein paar Jahren Gürtelrose hatte, haben Sie mir Vicodin verschrieben. Das hat gut geholfen.«

In Wahrheit hatte sie das Rezept nie eingelöst. Sie hatte es weggeworfen. Die Gürtelrose war ihr schmerzhaftestes Erlebnis seit den Geburtswehen gewesen, aber sie hatte es vorgezogen, es ohne Dämpfung durchzustehen.

»Vicodin ist gegen Schmerzen. Das können Sie nicht gebrauchen. Wenn Sie etwas Beruhigendes möchten, kann ich Ihnen noch Lorazepam verschreiben. Aber nehmen Sie es nur, wenn Xanax nicht wirkt. Und nie beide zusammen, ja?«

Also verließ sie die Praxis mit Rezepten für Xanax und Lorazepam. Das sollte reichen. In einem Monat würde sie ihn um Nachschub bitten, und im Monat darauf noch mal. Wenn ihre Lage unerträglich wurde, würde sie gerüstet sein.

Wie viele Leute behaupten von sich, wenn sie Demenz oder andere degenerative Krankheiten bekämen, würden sie ihren Abgang selbst inszenieren? Und wie viele tun es wirklich? Sie würde eine der wenigen sein, die es tatsächlich taten. Sie wollte leben – sie wünschte sich verzweifelt zu leben. Aber es musste ein Leben nach ihren eigenen Bedingungen sein.

91

Saul wartete im Bryant Park auf sie und wanderte auf und ab. Er trug einen Anzug – aus der Entfernung wirkte er beinahe elegant –, aber im Näherkommen sah sie, dass der Anzug schon länger nicht gereinigt und gebügelt worden war.

»Hast du schon was von dem Job gehört?«, war das Erste, was er fragte.

»Mit Förmlichkeiten haben wir es wohl nicht so?«

»Was? Wovon redest du?«

»Es gibt Leute, die erst einmal ›Hallo‹ sagen.«

»Ach. Hallo. Wie geht es dir? Du siehst umwerfend aus.«

»Danke. Du auch.«

Sie setzten sich vor ein Café in der Nähe der Bibliothek.

»Hast du schon was von dem Job gehört?«

»Nein, Saul, ich habe nichts von dem Job gehört. Wie du weißt, weiß ich nicht mal, ob die Stelle letztlich überhaupt geschaffen wird.«

»Und bist du jetzt nicht in der Position, so etwas auf den Weg zu bringen?«

»Wieso?«

»Weil du berühmt bist. Du bist jetzt ein Star.«

»Saul. Du überschätzt, was so eine Rezension bedeutet. Das ist keine große Sache.«

»Keine große Sache? Bist du verrückt? Sie hat dich in eine andere Liga gerückt. Du kannst jetzt was bewegen. Du bist nicht derselbe Mensch wie vor einem Monat. Vielleicht fühlst du dich wie derselbe Mensch, aber in den Augen aller anderen hast du dich verändert. Nur darauf kommt es an. Und wenn du willst, dass sich an deiner Uni was bewegt, dann kannst du jetzt dafür sorgen.«

Sie überlegte, ihn zu fragen, ob das überhaupt eine Rolle spielte, wo ihn doch, wie er vor Monaten schon berichtet hatte, das Brooklyn College, Stony Brook und Purchase »beknieten«, endlich wieder für sie zu arbeiten. Aber das wäre grausam gewesen.

Wenn sie ihm sagte, dass sie ALS hatte, würde er dann aufhören, sie zu nerven? Fast wollte sie es sagen, nur um seine Reaktion zu erleben. Es wäre ein faszinierendes Experiment. Wäre es ihm nicht scheißegal? Er war so sehr in seinem Egozentrismus befangen, in seiner Verbitterung, in der obsessiven Wiederholung seiner immer gleichen Lebenserzählung – ich hatte nie eine Chance, ich hatte nie eine Chance, ich hatte nie eine Chance –, dass Florence ihm nicht zutraute, seine Bedürfnisse beiseitezulassen und mit echter Anteilnahme zu reagieren.

»Ich verstehe nur nicht, warum du Tanya einen Gefallen tun kannst, die nie etwas publiziert hat, und Murray Gold, den du kaum kennst, und Denise, die dich nicht nur einmal, sondern zwei Mal verarscht hat …«

»Denise hat mich nicht verarscht.«

»Du hast sie zwei Mal angestellt, und zwei Mal hat sie dich verarscht.«

»Hat sie nicht. Ihre Mutter hatte nach einem Autounfall einen Gehirnschaden, und …«

»Ihre Mutter hatte einen Dachschaden. Stimmt. Und Denise hat den Job hingeschmissen, weil die Mutter, die schon vorher senil gewesen war …«

»Und beim zweiten Mal musste sie zurücktreten …«

»Weil sie was Besseres gefunden hatte.«

»Sie hatte nichts Besseres gefunden. Die arme Frau …«

»Die arme Frau! Sie hat dich *benutzt*, und du versuchst …«

»Sie hat mich nie benutzt. Wann hat sie mich denn benutzt?«

»Wann sie dich benutzt hat? Erinnerst du dich an die Kreditkartensache?«

»Das war eine Verwechslung, Saul. Das hatte gar nichts mit ihr zu tun.«

»Das hatte also nichts mit ihr zu tun, und das mit der Bibliothek hatte auch nichts mit ihr zu tun; nichts hatte überhaupt jemals was mit ihr zu tun, aber du …«

»Herrgott noch mal, Saul. Worum geht es dir überhaupt?«

»Das kann ich dir erklären, worum es mir geht. Es geht darum, dass du dich nie dazu durchringen konntest, mich bei der Jobsuche zu unterstützen.«

»Ich hab's versucht, Saul, und das weißt du auch.«

»Ach ja? Ach ja? Und wie kommt es, dass nie etwas daraus geworden ist? Du hast gesagt, du würdest dich für mich einsetzen und dass ich abwarten soll, aber seltsamerweise ist kein einziges Mal etwas daraus geworden.«

»Ich habe mich *wirklich* für dich eingesetzt ...«

»Und was hast du ihnen gesagt? Hast du je wirklich gesagt, wer ich bin? Hast du je gesagt, dass ich mal in einer überregionalen Zeitung zu den Top Ten der ›vielversprechenden Talente‹ gezählt worden bin? Hast du je meine Kolumne in der *Village Voice* erwähnt und dass Norman Mailer gesagt hat, sie sei besser als seine eigene? Norman *fucking* Mailer hat das *zugegeben*! Hast du je erwähnt, dass ich einer der wenigen Menschen bin, die praktisch alles unterrichten können, was es in Englisch, im Kreativen Schreiben, in Politik oder in Geschichte zu unterrichten gibt? Wen kennst du noch, der über die Bibel und zu Milton und zu den Lake Poets und *Moby-Dick* und der russischen Revolution referieren kann? Wer kennt überhaupt noch Martow? Haben Denise und Tanya und die Dingsda jemals von Martow gehört? Und die Geschichte der Kleinstpresse könnte ich unterrichten, mit der, wie heißt sie, der *Westminster Review* – das war ein tolles

Seminar. Das habe ich mal am Brandeis gehalten, und es musste in einen größeren Raum verlegt werden, so beliebt war es.«

»Ich weiß, Saul. Ich weiß, wie toll du bist.«

»Ich meine es ernst, verdammt noch mal. Du hast Akademiker angeheuert, und ich weiß mehr als jeder einzelne dieser aufgeblasenen Doktoranden. Du hast Autoren angeheuert, und ich bin besser als jeder einzelne davon. Wie erklärst du dir das? Wie erklärst du dir das, Florence? Letztes Jahr hast du so einen Leisepisser von der *n+1* ins Boot geholt. Ich könnte Sachen schreiben, da fallen diesen ärmlichen Wichsern die Ohren ab.«

»Du träumst doch, Saul.«

Das sagte sie leise und beinahe unfreiwillig. Sie war fast überrascht von ihren eigenen Worten.

»Wie bitte?«

»Wenn du so begabt bist, dann zeig es der Welt doch mal. Dann sitz nicht nur da und schwärme von deinen Großtaten von vor vierzig Jahren. Wenn du so begabt bist, dann schreib etwas, mit dem du dich wieder ins Gespräch bringst. Wenn du was draufhast, bei dem den Leisepissern von der *n+1* die Ohren abfallen, dann beweis es endlich. Dann muss ich mir, wenn ich mich für dich einsetze, auch nicht anhören: ›Saul? Der lebt noch?‹«

Auf so etwas war er nicht gefasst. Sie hatte ihn so viele Jahre lang geschont, hatte so konsequent ihre eigenen Leistungen und sein Versagen kleingeredet, jeden Hoffnungsschimmer, der ihn streifte, aufgewertet, dass er nicht darauf gefasst war, sie von ihrer anderen Seite zu erleben. Er musste sich noch daran erinnern, dass es diese andere Seite gab, aber es schien beinahe, als hätte er es vergessen.

»Mehr habe ich dazu nicht zu sagen, Saul.«

Und in noch einer Geste, die sie selbst genauso überraschte, wie sie ihn offensichtlich sprachlos machte, stand sie auf, zog ihr Portemonnaie hervor, legte zwanzig Dollar auf den Tisch und ging.

92

Das Problem mit spontanen theatralischen Gesten ist, dass man sich meistens fünf Minuten später wie der letzte Idiot vorkommt. Florence bereute ihre theatralischen Gesten selten – sie war stolz darauf; sie bildete sich etwas darauf ein. Aber diesmal bereute sie sie. Der arme Kerl war ohnehin schon am Boden, und sie hatte ohne Not noch einmal nachgetreten.

Sie lief im mittäglichen Gewühl durch die Straßen Midtowns und fragte sich, ob der Schlag noch irgendwie zu dämpfen sei. Eher nicht, oder? Der Schlag war nun einmal ausgeteilt und eingesteckt.

Als Nächstes wollte sie ins West Village, um dort ihre Enkelin zu treffen. Sie stand an einer Bushaltestelle in der Nähe des Times Square, und ihr fiel auf, wie wenig schön die Menschen waren. Das verdrängt man so oft. In der Upper West Side, wo die Wohlhabenden wohnen und man viele Studenten sieht, kann man Schönheit für den Normalzustand halten. Andere Stadtteile erinnern einen dann wieder daran, dass das reine Einbildung ist. Die meisten Gesichter, denen man dort begegnet, sind von einem harten Leben gezeichnet, von Dummheit oder Stumpfheit oder Feigheit oder Erschöpfung oder Selbstgefälligkeit oder Intoleranz oder einfach von jener grundlosen Hässlichkeit, die manchmal ein potenziell halbwegs angenehmes Leben verdirbt.

Sie überlegte, Saul anzurufen und sich zu entschuldigen. Aber sie hatte Angst – nicht vor Saul, sondern vor sich selbst. Er würde die Entschuldigung vermutlich nicht allzu gut annehmen – sehr wahrscheinlich würde er sie beschimpfen –, und sie hatte Angst, ihn dann noch ein zweites Mal zu beleidigen.

Aber warum sollte man ihre Worte überhaupt als Beleidigung auffassen? Er war Schriftsteller. Sollte er doch etwas Gutes schreiben. Was war so beleidigend daran?

Es war beleidigend, weil sie beide wussten, dass er es nicht konnte. Es war beleidigend, weil sie beide wussten, dass er am Ende war, und weil sie sich bisher darauf eingelassen hatte, es nicht zuzugeben.

93

Emily wollte ihrer Großmutter den nächsten Hefter bringen: mühevoll erarbeitete Transkriptionen der Kassetten, die sie an der Bobst angehört hatte, Interviews aus der Oral-History-Sammlung mit Frauen, die in den späten Sechzigern und frühen Siebzigern mit dem feministischen Denken in Berührung gekommen waren. Manche der Geschichten waren zwar unterhaltsam – ihr hatten besonders die Eskapaden der Straßentheatertruppe WITCH gefallen, der Womens' International Terrorist Conspiracy from Hell –, aber insgesamt war das Transkribieren die zäheste, zeitraubendste Arbeit, die Emily je erledigt hatte, und sie war froh, damit fertig zu sein.

Florence hatte ein Café im West Village vorgeschlagen. Emily war auf dem Weg und nur noch ein, zwei Häuserblocks entfernt, als Justin anrief.

Gestern Abend hatte sie endlich entschieden, was sie tun musste. Sie hätte es ihm am liebsten per SMS oder E-Mail mitgeteilt. Aber Emily wollte nicht feige sein, also hatte sie ihn angerufen und eine Nachricht hinterlassen, in der sie ihn nur darum bat, sie zurückzurufen.

»Hey, Tante Em«, sagte er. »Wann kommst du vorbei?«

»Deswegen wollte ich dich sprechen«, sagte sie. »Ich kann nicht kommen.«

»Du musst kommen. Du hast es selbst gesagt.«

»Ich habe nicht gesagt, dass ich kommen würde. Das hast du gesagt.«

»Aber du musst.«

Die juristische Fakultät der NYU hatte einen von der Straße abgeschirmten Hof, in dem man in Ruhe reden konnte.

Eigentlich war es dort nicht ruhiger als auf der Straße selbst; es kam Emily nur nicht richtig vor, im Gehen mit jemandem Schluss zu machen. Justin hätte den Unterschied wohl kaum gemerkt, aber es war nicht richtig.

»Tut mir leid«, sagte sie.

»Kannst du nächstes Wochenende kommen?«

»Nein … nein.«

»Ich verstehe dich so schlecht.«

»Nein«, sagte sie, aber genauso leise wie davor.

»Nein?«

»Nein«, sagte sie etwas lauter.

»Du kapierst das nicht. Wenn du nicht herkommst, weiß ich nicht, was ich tun werde. Ich weiß nicht, wie ich weiterleben soll, Emily.«

»Es tut mir wirklich leid.«

»Emily. Verstehst du das nicht? Ich habe *Angst*.«

Sie schloss die Augen. Wenn sie wollte, konnte sie sich vollständig in ihn hineinversetzen und genau nachfühlen, wie es ihm ging. Aber sie wollte es nicht. Wenn sie das zuließ, würde sie ihn wieder besuchen müssen. Sie würde sich nicht davor zurückhalten können.

»Bitte. Du musst herkommen. Nur ein letztes Mal. Ein Mal.«

Der Impuls, ja zu sagen, war so stark. Was wäre schon dabei, noch ein Mal ja zu sagen? Was wäre dabei, nur ein Wochenende mit ihm zu verbringen? Was sprach dagegen, ihm zu helfen?

Eine Kirchturmglocke läutete irgendwo in der

Nähe zur vollen Stunde. Sie kam zu spät zu dem Treffen mit Florence.

Florence tauchte mit Macht vor ihrem inneren Auge auf – Florence, die sich selbstsicher einen Weg durchs Leben bahnte, die keine Ablenkungen tolerierte. Wenn Florence irgendetwas zu tun beschloss, dann tat sie es. Dann war da kein Abgrund der Unsicherheit zwischen dem Entschluss und der Tat.

Emily wollte sich an der Entschlossenheit ihrer Großmutter ein Beispiel nehmen, an ihrer Schroffheit, ihrer Kälte. Sie wollte in den folgenden Minuten im Geiste ihre Großmutter *sein*.

»Es tut mir leid, Justin. Ich werde nicht kommen. Wir müssen aufhören, uns zu treffen. Es ist für uns beide besser so.«

»Das weißt du ja gar nicht. Du bist nicht diejenige, die hier wahnsinnig wird.«

»Du hast Recht. Ich weiß es nicht. Ich weiß nur, dass es sein muss.«

»Du kannst nicht mit jemandem zusammen sein und dann verschwinden, wenn er vor die Hunde geht. So kenne ich dich gar nicht, Emily. So *bist* du nicht.«

»Du kannst dir Hilfe holen. Du kannst deine Mutter anrufen. Du kannst Steve anrufen. Oder den Fakultätspsychologen.«

»Ist das alles? Ist das alles, was du zu bieten hast? Den Fakultätspsychologen? Wenn du da zwei Minuten spät dran bist, wird eine Stunde lang nicht über deine Probleme, sondern über deine Verspätung geredet. Der Fakultätspsychologe. Und du willst mich einfach so verlassen? Ist das wirklich das, was du willst?«

»Tut mir leid. Ich muss jetzt gehen.«

»Ich fasse es nicht«, sagte er.

»Es tut mir leid.«

Sie beendete das Gespräch, steckte das Telefon ein und ging weiter.

Emily war schwindelig, ihr war schlecht. Am liebsten hätte sie sich in eine der Mülltonnen verkrochen und sich ein Weilchen ausgeruht.

Sie sah immer wieder zwei verschiedene Justins vor sich: den Justin von ihrem Wochenendbesuch, den Jungen, der eine Art der Hilfe brauchte, die sie ihm nicht geben konnte, und den anderen – Justin, wie sie ihn kennengelernt hatte, als er der alten Dame in der Bücherei geholfen hatte, voller Rücksicht und Großmut und Geduld.

Ihr Telefon vibrierte. Sie hielt an und las die SMS.

Nicht nur eine, wie sich herausstellte. In den zwei Minuten seit ihrem Telefonat hatte er fünf davon geschickt.

Der Grundtenor war bei allen gleich. *Das kannst du nicht machen. Du bringst mich um. Ich überlebe das nicht.*

Wieder half ihr der Gedanke an Florence. Vor ein paar Wochen hatte sie einen ihrer Texte gelesen, der von Virginia Woolf handelte. Woolf hatte es zur Pflicht jeder Autorin erklärt, den »Engel im Haus« in sich abzutöten: jenen Teil des Selbst, der in jeder Lebenslage die Bedürfnisse anderer über die eigenen stellte.

Emily konnte für Justin nicht der Engel im Haus sein. Sie konnte ihn nicht retten. Sie wusste nicht, ob er sich selbst würde retten können. Aber sie konnte es nicht, das wusste sie.

94

Als Emily aufblickte, fand sie sich direkt vor La Lanterna wieder, dem Café, das Florence für ihr Treffen ausgesucht hatte. Emily freute sich darauf, sie zu sehen – freute sich und schreckte ein wenig davor zurück. Sie hatte das Gefühl, etwas von ihr gelernt zu haben, von dem sie nicht sicher war, ob sie es wirklich lernen wollte.

Sie hatte natürlich nicht vor, Florence zu erzählen, dass sie ihren Geist heraufbeschworen hatte, um die Kraft, die Schroffheit und die Kälte aufzubringen, die sie gerade gebraucht hatte. Florence, die ihr nie eine persönliche Frage gestellt hatte, nicht eine, hätte sich ohnehin nicht dafür interessiert. Emily stellte sich aber vor, es könnte ihr irgendwie am Gesicht abzulesen sein, was sie Florence jetzt schuldete, und Florence könnte es begreifen und könnte sich ihr, ohne selbst zu wissen, warum, ein wenig näher fühlen.

95

Von ihrem Tisch am Fenster sah Florence, wie Emily draußen ihr Handy hervorholte, wie traurig sie aussah – schmerzerfüllt sogar –, und dann wirkte sie plötzlich … es war schwer zu sagen. Resigniert? Entschlossen? Jedenfalls nicht mehr schmerzerfüllt.

Hätte Emily ein Buch oder einen Brief gelesen, und Florence hätte dann diesen Wandel an ihr wahrgenommen, wäre die Szene faszinierend gewesen – sie hätte sich gefragt, was Emily so sehr berührt haben mochte. Aber das Handy? Wahrscheinlich hatte sie eine Partyeinladung bekommen, der sie nicht würde folgen können, und dann beschlossen, es sei nicht schlimm.

Normalerweise hätte Florence die Gelegenheit ergriffen, Emily einen Vortrag über die hirnzersetzenden Lockungen der modernen Technik angedeihen zu lassen. Aber die Begegnung mit Saul lastete noch auf ihr: sein erbärmliches Scheitern und ihre Grausamkeit, als sie ihn bloßgestellt hatte. Sie hatte nicht die Kraft, irgendjemandem Vorträge zu halten.

Florence hatte gehofft, es würde ihr guttun, ihre Enkelin zu treffen, aber als sie zusah, wie Emily die Stufen zur Tür des Cafés hochstieg, schwand die Hoffnung schon wieder. Sie hatte sich dieser jungen Frau einmal nahegefühlt, aber jetzt nicht mehr. Die kleine Szene von eben, diese Handy-Pantomime, hatte ihr wieder bewusst gemacht, wie weit ihre Lebensentwürfe und Werte auseinanderlagen.

96

Als Emily Florence erblickte, war sie schockiert.

Oder nein, das stimmt so nicht. Als Emily Florence erblickte, merkte sie es erst einmal nicht, weil sie Florence gar nicht erkannte. Als sie von der hellen nachmittäglichen Straße das dämmrige Café betrat, hatte Emily vage eine gebeugte Alte wahrgenommen, und erst als sie zum zweiten Mal den Blick in die Runde schweifen ließ, hatte sie ihre Großmutter erkannt.

Sobald sie am Tisch saß und Florence aus der Nähe betrachten konnte, war ihr unklar, weshalb sie sie nicht erkannt hatte. Florence sah aus wie immer. Ihr Haar war wie immer sorgfältig frisiert, ihre Kleidung wie immer streng, ihre Haltung Ehrfurcht gebietend. Was hatte sich verändert? Nichts.

Florence fragte nach den Dokumenten, und Emily gab sie ihr. Sie unterhielten sich ungefähr zehn Minuten, aber über nichts Bedeutsames. Immer wenn Emily zu einem halbwegs ernsthaften Gespräch ansetzte, ließ Florence sie auflaufen.

Zu Emilys Rechercheaufträgen der vergangenen Woche hatte die Lebensgeschichte von Shulamith Firestone gehört, einer radikal feministischen Autorin und Aktivistin, die sich, von psychischen Krankheiten gebeutelt, ins Privatleben zurückgezogen hatte. Als im Vorjahr eins ihrer Bücher neu aufgelegt worden war, hatte Florence eine bewegende Würdigung dazu geschrieben, die Emily gerade gestern untergekommen war. Das erwähnte sie jetzt, und Florence winkte nur verächtlich ab. »Wenn du mit mir über Shulie reden willst«, sagte sie, »dann lies erst mal ihre Bücher.«

Emily versuchte noch mehrmals, ein Gespräch in Gang zu bringen, aber Florence reagierte nicht darauf. Es war fast wie früher, als sie angefangen hatte, für Florence zu arbeiten, und Florence sie nicht einmal in die Wohnung gelassen hatte.

Emilys Vorstellung, Florence könnte irgendwie erspüren, was sie gerade mit Justin durchgemacht hatte, könnte spüren, dass Emily sich Florence zum Vorbild genommen hatte, um zu tun, was sie für richtig hielt – das war offensichtlich pure Einbildung gewesen.

Damit kam Emily klar. Ihre Großmutter musste nicht intuitiv ihre Seelennöte erfassen. Aber da stand noch etwas anderes im Raum, etwas, mit dem nicht so leicht klarzukommen war. Irgendetwas passierte mit Florence. Emily konnte es nur so in Worte fassen, dass es sich anfühlte, als wollte ihre Großmutter mit *ihr* Schluss machen.

Emily entschuldigte sich und zog sich auf die Toilette zurück, wo sie in der Kabine ihre Tränen hinunterschluckte. Sie wusste nicht einmal, warum es ihr so elend ging. Warum bin ich so bedürftig? Seit wann brauche ich ausgerechnet sie?

Sie stützte den Kopf in die Hände und dachte nach. Allmählich dämmerte es ihr.

Ihre Großmutter wirkte lustlos, matt und zerstreut, aber so hatte sie auch vor diesem Treffen schon ab und an ausgesehen.

Denk nach. Wie hängt es zusammen? Wie sie reglos auf der Bühne gesessen hatte, als Willa Ruth Stone sie attackierte, wie sie anschließend im Restaurant erschöpft den Kopf an der Wand anlehnte, wie sie hier im Café gebeugt in der Ecke hockte, als Emily hereingekommen war. Das hieß nicht, dass Florence sie zurückwies. Es hieß, dass Florence bald sterben würde.

97

Als Emily wieder am Tisch saß, fragte sie Florence, ob mit ihr alles in Ordnung sei.

»Natürlich ist alles in Ordnung mit mir. Ist mit dir alles in Ordnung?«

»Bist du sicher, dass ich dir nicht irgendwie helfen kann?«

»Du hast mir schon geholfen.« Florence hielt den Papierstapel hoch.

»Ich hatte nur gerade das Gefühl …«, begann Emily.

»Ach, lass die Gefühle«, sagte Florence.

Sie waren einander nähergekommen in den letzten Wochen. Emily wusste, dass das keine Einbildung war. Aber sie wünschte, sie könnten einen Punkt erreichen, an dem Florence ein für alle Mal aus der Deckung kam.

Florence legte ihre Hände auf Emilys.

»Du bist nicht die schlechteste Enkelin, die eine Frau sich wünschen kann«, sagte sie. Dann rief sie den Kellner und zahlte.

98

Zu Hause ruhte sie sich aus, und dann setzte sie sich wieder an ihr Buch. Sie versuchte dort anzuknüpfen, wo sie aufgehört hatte, bei der Schilderung einer Diskussion mit dem Historiker Edward P. Thompson, einer Diskussion, in der Florence immer wieder einen ehrlichen Austausch über Konzepte von Frauen und Geschichte zu eröffnen versuchte, aber ohne Erfolg, weil Thompsons pseudopoetisches Geschwafel über die Geister der Utopie und über die Schlange des Imperiums jeden Ansatz im Keim erstickte. Aber nach ein paar Absätzen driftete sie immer weiter in die Vergangenheit, bis sie schließlich über frühe Erinnerungen an ihre Mutter schrieb. Sie standen in keinem Zusammenhang mit dem ganzen bisherigen Text – sie hatte vorgehabt, ihre Kindheit außen vor zu lassen –, aber jetzt überkam sie das Bedürfnis, Dinge festzuhalten, von denen außer ihr kein lebender Mensch mehr wusste.

Normalerweise hielt Florence sich beim Schreiben nicht rigide an ihren Entwurf. Sie gönnte sich die Freiheit, sich selbst zu überraschen, und sie gönnte sich Abweichungen vom Kurs. Jetzt befiel sie die Angst, wenn sie in diesem Buch vom Kurs abwich, würde sie es vor ihrem Tod vielleicht nicht fertigstellen. Eine Weile erschütterte dieser Gedanke sie zutiefst, bis sie sich sagte, das sei immer so: Man wusste nie, ob man etwas vor seinem Tod noch fertigstellen würde.

Sie wandte sich wieder der Passage zu, an der sie schrieb, einer Erinnerung an sich selbst mit fünf, sechs

Jahren, wie sie in ihrer Wohnung in der Bronx ihrer Mutter zusah, die die Wäsche zusammenlegte.

99

Janine wollte zu einer Tagung in einem Kongresszentrum in Tarrytown. Sie freute sich schon seit Wochen darauf. Als Keynote Speaker war Angela Duckworth eingeladen, eine junge Berühmtheit auf ihrem Gebiet, die zu Durchhaltevermögen und Selbstkontrolle bei Kindern und Jugendlichen forschte. Auch sie war ein Ausdauer-Guru.

Lev war schon früher angereist. Er würde das Wochenende dort verbringen, während Janine nur den Tag über hinfahren wollte. Sie wollte sich nicht entscheiden müssen, ob sie innerhalb der Metropolregion mit ihm schlafen sollte oder nicht.

Den Morgen über hatte sie sich treiben lassen. Es war eine seltsame Angewohnheit von ihr, ein Akt der Selbstsabotage: Manchmal, wenn sie unbedingt pünktlich sein musste, begann sie sehr früh, sich vorzubereiten, und vergeudete die Zeit dann Stück für Stück. Sie checkte ihre E-Mails, probierte Kleider an und checkte noch einmal die Mails.

»Ich komme garantiert zu spät.«

»Wie fährst du denn hin?«, fragte Emily.

»Ich weiß nicht mal, ob ich zur Penn Station oder zur Grand Central muss. Es ist die Metro-North-Linie, glaube ich. Ich weiß nur nicht …«

»Warum bringt Dad dich nicht hin? Er hat doch das Auto.«

Daniel hatte ein Zipcar angemietet, damit Emily mit ihm ein paar Colleges in der Gegend besichtigen konnte.

»Dad hat Besseres zu tun.«

»Sieh ihn dir an. Er tüftelt nicht an der Weltformel oder so. Er sitzt da und liest die Sportnachrichten.«

Janine hatte sicher nicht vorgehabt, Daniel zu bitten, und er hatte sicher nicht damit gerechnet. Man bittet seinen Ehemann nicht, einen zu einer Konferenz zu fahren, wo man den Tag mit dem Mann verbringen will, für den man ihn eines Tages vielleicht verlässt. Das gehört zu den ewigen Gesetzen des Ehestands.

Aber sie wollte so dringend pünktlich sein, dass es ihr einfach herausrutschte.

»Würdest du?«, fragte sie Daniel.

Er sprang augenblicklich auf. Auf seinem Gesicht lag ein seltsames Grinsen. Er sah aus wie ein irrer Kistenteufel.

»Ja«, sagte er. »Ja, klar. Eine tolle Idee. Ich bringe dich einfach direkt da hin.«

Er wirkte nervös und sprungbereit, als wollte er sie im Genick packen, bevor sie es sich anders überlegte.

Janine erfand augenblicklich eine Theorie, nach der jede Ehefrau in irgendeinem verborgenen Bewusstseinswinkel die Befürchtung hegt, ihr Mann könne sie eines Tages ermorden, und wenn ihre eigene Befürchtung sich je erfüllte, wäre der Gesichtsausdruck, den Daniel jetzt hatte – dieser Ausdruck eines eifernden, gespannten Hochgefühls –, das Letzte, was sie in ihrem Leben sah.

»Auf geht's. Oder du kannst dich frischmachen oder so, und ich hole schon mal das Auto.«

Keine gute Idee. Fahr nicht mit ihm.

Aber es war Daniel. Vor Daniel konnte man sich nicht fürchten.

»Kann ich mit?«, fragte Emily.

»Warum?«, fragte Daniel.

»Es gefällt mir, des Nachmittags zu promenieren.«

»Was?«, fragte Daniel.

»Das hat eine Französin in einer Kurzgeschichte gesagt.«

»Sprich nicht wie eine Französin. Und nein, du kannst nicht mit. Mom und ich brauchen ein bisschen Zeit zu zweit.«

Sie und Daniel liefen zum Auto.

Nicht einsteigen.

Sie stieg ein.

Daniel fuhr gern Auto, aber Janine war nie besonders gern seine Beifahrerin gewesen. Im Auto zeigte er sich von einer anderen Seite. Man hätte denken können, Daniel sei ein umsichtiger, nüchterner, defensiver, ein richtiger Sonntagsfahrer, aber tatsächlich fuhr er aufgeputscht und aggressiv. Sein Fahrstil kam ihr so riskant vor, dabei hatte er noch nie einen Unfall gehabt, und sie drei.

Als sie die George Washington Bridge unterquert hatten und rechts The Cloisters auftauchte, beschleunigte Daniel. Es gefiel Janine nicht, wie schnell er fuhr, aber sie sagte nichts. Dann begann er die Spuren zu wechseln, zwanzig Meilen pro Stunde schneller als der Rest des Verkehrs.

»Hey, Cowboy. Ich würde gern in einem Stück ankommen.«

»Du wirst auch in einem Stück ankommen. Kostbare Fracht.«

Der Hudson River Parkway ist schmal. Er überholte im Zickzack vier Autos, so rasant, dass Janine dabei übel wurde.

»Komm schon, Daniel. Was machst du da?«

»So fahre ich eben in New York. Man braucht hier einen anderen Stil.«

»Du brauchst keinen anderen Stil. Dein Fahrstil zu Hause ist völlig in Ordnung.«

»Was für Seattle in Ordnung ist, passt noch lange nicht für New York. Fuck!«

Das Auto vor ihnen hatte abrupt gebremst, und er schoss in die rechte Spur.

»Hier herrscht ein anderes Tempo«, sagte er. »In New York hält jeder Fahrer sich für einen Star. Jeder fährt auch wie ein Star. Vielleicht *ist* sogar jeder einer. Selbst Zahnärzte sind hier Stars, weißt du. Die denken, alle anderen weichen aus.«

»Was zur Hölle redest du da?«

Jetzt waren sie auf dem Saw Mill Parkway, und er fuhr an die neunzig Meilen.

»In New York gilt aber trotzdem das Tempolimit, soweit ich weiß«, sagte sie.

Sie hätte ihn am liebsten angeschrien, aber dafür

hatte sie zu große Schuldgefühle. Sie hatte nicht das Recht, ihn anzuschreien.

Er zog einen Briefumschlag aus der Tasche und klemmte ihn in eine Ritze vor dem Armaturenbrett, so dass sie den Tacho nicht mehr sehen konnten.

»Willst du nicht sehen, wie schnell du im Augenblick des Todes warst?«

»Du musst nichts sehen. Vertraue nur auf die Macht.«

»Was soll das? Soll das irgendwem was beweisen?«

»Das soll gar nichts beweisen. Ich fahre nur.«

»Willst du uns umbringen?«

»Warum sollte ich dich umbringen wollen?«

»Das habe ich gar nicht gefragt.«

»Ich fahre einfach nur.«

»Wenn so ein bekokster Star-Zahnarzt ins Schleudern kommt und du neunzig fährst, was wird dann aus den Kindern? Hast du daran mal gedacht?«

»Es wird nichts passieren. Mach dir keine Sorgen. Aber du hast Recht. Diese Einstellung respektiere ich – es ist wichtig, das wertzuschätzen, was man hat.«

»Daniel! Fahr verdammt noch mal langsamer!« Jetzt schrie sie doch, Schuldgefühle hin oder her.

»Du bist vielleicht ein Angsthase«, sagte er.

Sie erreichten das Kongresszentrum viel schneller, als Janine es für möglich gehalten hätte. Sie war mehr als rechtzeitig zu Angela Duckworths Vortrag da; vielleicht würde sie sogar noch ein bisschen vom Empfang mitbekommen.

»Okay«, sagte sie. »Danke.«

Aber statt sie rauszulassen und loszufahren, zog Daniel den Zündschlüssel ab.

»Weißt du was?«, sagte er. »Ich habe noch gar nicht deine Kollegen kennengelernt.«

Und damit stieg er aus.

Der Empfang fand gleich hinter der Eingangshalle statt. Janine joggte fast, um mit Daniel Schritt zu halten.

Er stellte sich in die breite, gewölbte Durchgangstür und ließ den Blick über die Menge schweifen.

Lev stand mitten im Raum und redete mit jemandem, den Janine nicht kannte.

»Das ist bestimmt dein Chef«, sagte Daniel. »Ich will ihm mal sagen, was für tolle Arbeit er leistet.«

Daniel steuerte geradewegs auf Lev zu. Woher hatte er gewusst, wer er war? Vielleicht weil Lev so viel Autorität ausstrahlte? Vielleicht besaß Daniel eine Art sechsten Sinn? Vielleicht hatte er ihn gegoogelt?

Wohl kaum. Daniel googelte nie etwas.

Sie stellte sich vor, wie sie sich zwischen die beiden warf, damit niemand zu Schaden käme. Dann wieder stellte sie sich vor, wie sie zur Tür hinausstürzen und die beiden ihrem Schicksal überlassen würde. Dann wählte sie den Mittelweg und blieb stehen, wo sie war. Selbst wenn sie gewollt hätte, hätte sie sich wahrscheinlich nicht vom Fleck rühren können. Sie hatte das seltsame Gefühl, Ereignissen zuzusehen, die längst stattgefunden hatten.

Daniel hatte Lev jetzt erreicht. Der Gesprächspartner von eben war verschwunden. Daniel schüttelte

Lev kräftig die Hand, und Lev schien ihm mit seiner typisch Lev'schen Freundlichkeit zu begegnen. Es war nicht zu erkennen, ob er im Mindesten beunruhigt war.

Daniel starrte Lev mit einem Grinsen an, dessen Heftigkeit Janine nicht in Worte hätte fassen können. Er stand zu dicht vor ihm, wie jemand, der noch nie etwas von Distanzzonen gehört hat.

Ein bärtiger Kellner verstellte Janine die Sicht, indem er ihr ein Tablett voller Cracker mit Pastete hinhielt. Janine schüttelte lächelnd den Kopf, und er ging weiter, aber im nächsten Moment tauchte schon wieder jemand auf – eine Frau namens Greta, eine glühende Verfechterin des »erlernten Optimismus«, die Janine in Pittsburgh kennengelernt hatte.

»Sie schon wieder?«, sagte Greta. »Wir laufen uns aber auch andauernd über den Weg!«

Janine versuchte mit Greta Smalltalk zu führen, ohne Daniel und Lev aus den Augen zu lassen.

Daniel hielt normalerweise gern Abstand zu anderen, aber jetzt schien er Lev auf die Pelle zu rücken, ihn zurückzudrängen. Lev war größer als er, und trotzdem brachte es Daniel irgendwie fertig, den Raum zu dominieren.

Daniel war seinen Kollegen so wenig ähnlich, dass Janine sich manchmal sagte, er sei nur dem Namen nach ein Polizist. Aber jetzt wurde ihr wieder klar, dass er ein ganz anderes physisches Vokabular beherrschte als die Leute in ihrem Feld.

Lev wich zurück, aber so allmählich, dass er es möglicherweise selbst nicht merkte. Daniel kam ihm im

Gespräch ein klein wenig näher, Lev tat einen Schritt zurück, und wenn er sein Gewicht nach hinten verlagerte, beugte Daniel sich wieder vor, so dass Lev wieder zurückweichen musste.

Vor tausend Jahren hatte Daniel Janine zu seinem Spiel der Bulls gegen die SuperSonics mitgenommen. Alle hatten gejubelt, wenn Michael Jordan einen Dunking versenkte und Dennis Rodman Rebounds abfischte, aber Daniel hatte sie auf viel subtilere Spielzüge aufmerksam gemacht: wie die beiden einem glücklosen SuperSonic den Weg verstellten, bevor er überhaupt wusste, wo er hinwollte, und Räume dichtmachten, damit Angreifer von ungünstigen Positionen aus werfen mussten. Er zeigte ihr, wie gute Spieler die schlechten nach Belieben herumdirigierten.

In einer Ecke des Raums stand ein gelb gepolsterter Sessel.

Er wird ihn zwingen, sich reinzusetzen.

Die beiden Männer waren drei Meter davon entfernt; trotzdem wusste Janine es, sobald sie den Sessel sah.

Irgendwie unterhielt sie sich immer noch mit Greta. Erstaunlich, wie man an den richtigen Stellen nicken kann, ohne ein Wort zu verstehen.

Janine hatte das Gefühl, Lev retten zu müssen, aber sie wusste nicht, wovor.

Sie wollte nicht, dass er in dem Sessel landete. In diesem Sessel zu sitzen kam ihr plötzlich wie ein schreckliches Verhängnis vor.

Lev hatte sich zwei Cracker vom Tablett genommen und hielt einen in jeder Hand. Dann sortierte er um, so dass er beide mit der Linken halten konnte. Er fischte mit der frei gewordenen Rechten sein Portemonnaie aus der Tasche.

Was zur Hölle ging da vor?

Er hielt sein Portemonnaie und versuchte gleichzeitig, etwas herauszuholen, bis Daniel es ihm schließlich abnahm, das fragliche Etwas herauszog und das Portemonnaie zurückreichte. Janine fühlte sich wie die Zeugin eines Raubüberfalls, bloß dass beide Männer lächelten. Sie begriff nicht, was sie taten, bis sie erkannte, dass der Gegenstand ein Foto war. Es musste ein Foto von Levs Töchtern sein.

Daniel hielt Lev – noch immer lächelnd, noch immer der netteste Mensch der Welt – das Foto vors Gesicht, als wollte er Lev zeigen, wer Levs Kinder waren.

Einen Moment lang war sie sicher, dass er Lev das Foto in den Rachen stopfen würde. Es war eine so lebhafte Vorahnung, dass sie es vor sich sah. Fast war der reale Anblick der beiden Männer weniger deutlich als Janines Vorstellung von ihnen.

Lev hielt jetzt wieder einen Cracker in jeder Hand, und man hätte fast auf die Idee kommen können, dass er Daniel damit abwehren wollte.

Greta war fertig mit dem, was sie zu sagen hatte – das vermutete Janine zumindest, denn sie hatte kein Wort davon mitbekommen. Jedenfalls unterhielt sie sich mit jemand anderem, und Janine ging zur Bar und bestellte sich ein Glas Wasser, um beschäftigt auszusehen, während sie die Männer observierte.

Sie bewegten sich noch immer langsam, Stück für Stück.

Daniel hielt Lev noch immer das Foto hin. Sie erinnerte sich an einen Spionagethriller, in dem der Schurke jemandem mit einer Kreditkarte die Kehle durchgeschnitten hatte.

Jetzt hatten sie die Ecke des Raums erreicht. Lev stand direkt vor dem Sessel. Daniel trat wieder ... nein, er trat keinen Schritt vor, er verlagerte nur sein Gewicht.

Lev schien – war das Einbildung? – zu wanken. Dann sank er, langsam, schwerfällig, unausweichlich in die Polster.

Er sah aus, als fragte er sich selbst, wie er dort hingekommen war. Er hielt noch immer seine Cracker in den Händen. Daniel beugte sich über ihn.

Sie sah, wie ihr Ehemann Lev das Foto in die Brusttasche steckte und ihm auf die Schulter klopfte, als wären sie beste Freunde.

Daniel sah sich suchend um, entdeckte Janine und kam lächelnd, kopfschüttelnd auf sie zu.

»Netter Typ«, sagte er. »Grundsolider Kerl. Hat ’nen tollen Sinn für Humor.«

Auf irgendeiner Zen-Ebene schien er mit ihr zu spielen.

»Wir sehen uns später«, sagte er. »Sag Bescheid, wenn ich dich abholen soll.«

Er marschierte Richtung Tür. Sie folgte ihm, und in der Eingangshalle packte sie ihn am Arm.

»Was sollte das?«

»Was sollte was?«

»Du weißt genau, was ich meine. Was sollte das?«

»Wir haben bloß ein bisschen gequatscht«, sagte er.

Ein bisschen gequatscht. Ein grundsolider Kerl. Daniel klang nicht einmal wie er selbst.

»Ich will nur sagen, dass ich nicht begeistert bin«, sagte sie. »Du kannst mich nicht beeindrucken mit dieser Dennis-Rodman-Nummer.«

»Wovon redest du?«

»Diesem Alphamännchen-Gehabe. Das ist so was von pubertär. Das ist so unter deiner Würde. Wenn du dachtest, du könntest mich damit beeindrucken, kennst du mich wirklich schlecht.«

Stille breitete sich in Daniel aus. Sein Gesicht, seit der Abfahrt von manischer guter Laune verzerrt, entspannte sich endlich, und sie sah in ihm wieder den Mann, den sie kannte.

»Ich erwarte nicht von dir, dass du beeindruckt bist. Damit habe ich ohnehin nicht gerechnet.«

Er sah sie unverwandt an, musterte ihr Gesicht. Sie hielt seinem Blick stand.

Was ist über das Gesicht eines Mannes zu sagen, mit dem man seit dreiundzwanzig Jahren verheiratet ist? Es war angenehm zerfurcht; kein Gesicht, das man schön nennen würde, aber ein markantes Gesicht. Meistens fand sie es markant, ruhig und freundlich, aber jetzt war von Ruhe und Freundlichkeit wenig zu merken.

Und was, fragte sie sich dann, was war über ihr Gesicht zu sagen? Was sah er, wenn er sie anschaute?

Ohne ein Wort des Abschieds ging er zum Ausgang und auf den Parkplatz hinaus. Sie rannte ihm nach, aber als sie ihn eingeholt hatte und mit ihm vor dem Auto stand, wusste sie nicht, was sie sagen sollte. Wieder sahen sie einander schweigend an.

»Am fünfzehnten fahre ich zurück«, sagte er.

»Wie bitte?«

»Ich muss wieder an die Arbeit.«

»Was soll das heißen? Ich dachte, wir reden noch darüber.«

»Wir reden ja.«

»Ich meine – ich dachte, wir würden reden, bevor es entschieden ist.«

Er schwieg.

Er hatte diese Angewohnheit, mit der er sie immer kirre machte. Wenn man etwas sagte, das seiner Meinung nach keiner Antwort würdig war, dann schwieg er einfach. Während man wartete und wartete – und dachte, die Antwort käme noch, egal, wie oft er diese Masche schon durchgezogen hatte –, hingen die eigenen Worte reglos in der Luft und wirkten dümmer und dümmer, auch auf einen selbst.

»Wann hattest du vor, mir das zu sagen?«, fragte sie.

»Ich sage es dir jetzt.«

»Dann willst du das einfach für uns alle entscheiden? Fährst einfach nach Hause und erwartest, dass ich mitkomme?«

»Das habe ich nicht gesagt. Hier sind ja alle frei. Du bist ein freier Mensch.«

Er stieg ins Auto und schloss die Tür, und dann war er weg.

100

Janine ließ sich nach der Konferenz von Kollegen nach Hause bringen. Es war fast Mitternacht, als sie den Wohnungsschlüssel ins Schloss steckte.

Schon im Flur konnte sie Daniel schnarchen hören. Sie hatte ihn oft gedrängt, sich auf Schlafapnoe untersuchen zu lassen, und er hatte es immer vor sich her geschoben.

Den ganzen Tag war sie nicht in der Lage gewesen, irgendjemandem zuzuhören, und war immer noch aufgewühlt und unglücklich.

Die meiste Zeit hatte sie gedacht, sie sollte sich einfach von beiden trennen, von Daniel und von Lev, und sollte irgendwo ein Zimmer für sich allein beziehen, um den Rest ihres Lebens in einem Zustand weiser und entsagungsvoller Unbemannheit zuzubringen. Ein Fisch ohne Fahrrad et cetera. Aber das war nichts für sie. Es war sicher schön, wenn man das konnte, aber für Janine war es nun einmal nichts.

Emily saß im Wohnzimmer an ihrem Laptop.

»Was machst du?«

»Keine Ahnung. Ich surfe rum.«

Janine setzte sich ihr gegenüber. Sie wusste kaum noch, wann sie zuletzt miteinander allein gewesen waren.

»Wie war dein Sommer bis jetzt?«, fragte Janine.

»Wie mein Sommer war?«, sagte Emily.

»Ganz recht. Ich habe eine einfache Frage gestellt, nämlich, wie war dein Sommer?«

»Er war okay. Ich lerne Oma langsam kennen.«

»Findest du immer noch, dass sie ein alter Windbeutel ist?«

»Habe ich das gesagt? Ja. Nein. Ist sie nicht. Sie ist die Heldin aus der Bronx.«

»Hast du schon was von ihr gelernt?«

»Ob ich was von ihr gelernt habe?«

»Wiederhol nicht immer nur alles, damit ich mir dämlich vorkomme. Antworte auf meine Frage.«

»Kennst du das Sprichwort ›Wer nur einen Hammer hat …‹?«

»›… sieht überall Nägel.‹ Klar.«

»Oma ist definitiv so jemand mit einem Hammer. Vielleicht versteht sie vieles nicht. Vielleicht übersieht sie vieles. Aber sie ist auch nicht einfach irgendwer.«

»Und was gibt es sonst noch Neues?«

Es war zu dämmrig im Zimmer, um erkennen zu können, ob Emily rot geworden war.

»Keine Ahnung. Nicht viel.«

»Nicht viel?«

Emily schwieg.

»Etwas mit einem Jungen?«

Emily schwieg.

»Ist es das?«

»Da war was mit einem Jungen«, sagte Emily.

»Und ich wusste es nicht einmal.«

»Manche Dinge kann man nicht wissen«, sagte Emily.

»Hast du Schluss gemacht? Hat er Schluss gemacht?«

»Das ging allein von mir aus.«

»Wie macht man das heutzutage überhaupt? Ändert man einfach seinen Facebook-Status?«

»Genau, so hab ich's gemacht. Ich habe seine Tweets blockiert.«

»Nein, im Ernst.«

»Du kennst mich doch, Mom. Ich bin ein altmodisches Mädchen. Ich hab ihm eine Brieftaube geschickt.«

»War es schwer, mit ihm Schluss zu machen?«

»Ist es jemals *nicht* schwer?«

Janine fragte sich, wo ihre Tochter plötzlich diese Weisheit herhatte. Vielleicht hatte es aber auch gar nichts mit Weisheit zu tun. Vielleicht wusste das praktisch jeder.

»Tut mir leid für dich«, sagte Janine.

»Es war nicht so schwer, wie es hätte sein können, weil ich eine gute Lehrmeisterin hatte. Eine Meisterin in der Kunst des Hammers.«

»Hast du dir das Schlussmachen von deiner Großmutter abgeguckt?«

»Ich habe mir vorgestellt, wie sie es tun würde. Zuerst mal habe ich ihn beim falschen Namen genannt.«

Mehr würde sie aus ihrer Tochter sowieso nicht herausbekommen. Janine wünschte sich sehnlichst, ihr Sohn wäre hier bei ihnen – ihr gesprächiger Sohn, der einem alles erzählte, was ihm durch den Kopf ging, ob man es hören wollte oder nicht, und dessen Redseligkeit alle anderen zum Reden brachte. Mit sieben oder acht war er manchmal morgens zu Daniel und Janine ins Zimmer getapst und hatte gesagt: »Können wir ein bisschen plaudern?«, und wenn sie ja sagten, schlüpfte er zwischen ihnen ins Bett und erzählte von allem, was in seiner Welt gerade vor sich ging: von den Entscheidungsschlachten zwischen seinen Legoarmeen, seinen neuesten Überlegungen zu *Star Wars*, seiner Meinung zu jedem einzelnen Kind aus seiner Klasse.

»Na, ein Glück, dass es dir wieder besser geht«, sagte Janine. »Es geht dir doch wieder besser?«

»Ja, tut es. Danke, Mom.«

An der Schlafzimmertür drehte Janine sich noch einmal um und fragte: »Wie war denn sein Name eigentlich?«

Emily lächelte. »Du könntest ihn nicht aussprechen«, sagte sie.

»Das ist aus … was noch mal? *Star Trek*? *Friday Night Lights*? Jane Austen? Irgendwoher kommt es doch, oder?«

»Du lernst es noch, Mom«, sagte Emily. »Du lernst es noch.«

Daniels Schnarchen erfüllte das Zimmer. Normalerweise drehte sie ihn auf die Seite, wenn er so sehr schnarchte, woraufhin er ein wenig leiser wurde, aber jetzt ließ sie ihn einfach schlafen.

Sie war den ganzen Tag über wütend auf ihn gewesen, aber es ist schwer, auf einen Schlafenden wütend zu sein.

Ihr war immer noch unklar, was er wusste und was nicht. Sie wünschte, sie könnte einfach in sein Hirn hineinspähen. Nach allem, was sie wusste, konnte es sogar durchaus sein, dass ihn irgendetwas bedrückte, das er ihr verschwieg, und dass die Farce heute Morgen gar nichts mit ihr zu tun gehabt hatte.

Wahrscheinlich war es nicht, aber möglich.

Zu Beginn ihrer Ehe hatte sie sich mühsam antrainiert, seine Privatsphäre zu respektieren. Sie hatte schon immer gern herumspioniert, aber sie hatte den Impuls zu unterdrücken gelernt. Schon seit Jahren hatte sie nicht mehr Daniels Sachen durchsucht, um Hinweise auf sein Innenleben zu finden.

Leise trat sie an seine Kommode und nahm sein Handy. Sie blätterte die Liste mit den ein- und ausgehenden Anrufen durch, die ihr alle nichts Besonderes sagten. Dann hörte sie die Mailbox ab, aber es waren keine Nachrichten darauf gespeichert.

Außerdem lag ein Stapel Papiere auf der Kommode: Rechnungen, Kassenbons, herausgerissene Seiten mit Notizen, wie man sie eben auf herausgerissene Seiten schreibt. Das Licht der Straßenlaternen reichte ihr zum Lesen. Sie warf einen Blick auf seine Kreditkartenrechnung. Keine unerwarteten Posten. Für Emilys Zahnspangen zahlten sie immer noch Raten ab, und Marks Studiengebühren vom Reed bezahlten sie, und Emilys vom Oberlin. Es war deprimierend, all diese Rechnungen zu sehen.

Ein Bon für die Reparatur einer Armbanduhr, ein Artikel aus der *Times*, eine Taxiquittung. Ganz unten lang ein blauer Zettel, der interessant aussah, aber sie wollte methodisch vorgehen. Handyrechnung, Kabelanschlussrechnung, Krankenhausrechnung, Autoversicherungsrechnung.

Eine Krankenhausrechnung?

Zuerst dachte sie, dass sie mit Mark zu tun haben musste. Mark hatte sich wieder verletzt, und Daniel hatte es ihr wieder verschwiegen. Was das anging, war Daniel unmöglich. In der Highschool hatte Mark drei Sportarten gleichzeitig betrieben, und dann …

Aber es hatte nicht mit Mark zu tun.

Da standen eine Menge Fachbegriffe und Posten und Beträge, von denen die meisten ihr nichts sagten, außer dass man offensichtlich ziemlich viele Untersuchungen durchgeführt hatte und dass zumindest einige davon sein Herz betrafen.

Neben jeder der Behandlungen stand ein Datum. Er hatte drei Tage im Krankenhaus gelegen, am Wochenende vor drei Wochen. Während sie die Nacht mit Lev verbrachte, hatte er die Nacht im Krankenhaus verbracht.

Sie nahm noch einmal sein Handy und sah nach, ob er an dem Wochenende jemanden angerufen hatte. Nichts. Er hatte weder Emily angerufen noch Mark angerufen, noch sie angerufen.

Diese Tests hätte man nicht gemacht, wenn es kein Notfall gewesen wäre. Und er hatte ihr nichts gesagt.

Es war nicht leicht, das zu verdauen.

Daniel schien gerade zu träumen. Seine Lider flatterten. Sie hatte keine Ahnung, ob er etwas Schönes träumte oder etwas Trauriges.

Man reist Seite an Seite durch ein gemeinsames Leben, und man meint, man kenne einander nur allzu gut. Aber wenn jeder für sich ins Jenseits übertritt und Rechenschaft darüber ablegen muss, wie er gelebt hat und wofür, dann würden in Daniels Lebensbilanz Konflikte auftauchen, von denen Janine nichts ahnte, Leiden, von denen er nicht sprach und die keine sichtbaren Spuren hinterlassen hatten.

Die Krankenhausrechnung hatte sie so erschüttert, dass sie den blauen Zettel ganz unten im Stapel vergaß.

Als sie Emily ihre Zimmertür schließen hörte, ging Janine in die Küche, kochte sich einen Kaffee und blieb lange am Küchentisch sitzen.

102

Am nächsten Abend, als es gerade dunkel wurde, skypte Emily im Wohnzimmer mit ihrem Bruder, und Daniel saß ein Stück entfernt auf der Couch, las Zeitung und gab ab und zu Kommentare ab.

Daniel hatte mit Emily das Bard und das Sarah-Lawrence-College besichtigt, und auf dem Rückweg waren sie in heftige Regenschauer geraten. Es stürmte immer noch, und es war viel kälter geworden. Noch war August, aber der Abend war herbstlich kühl.

Janine saß im Schlafzimmer. Sie konnte Emily nicht sehen, aber hören. Sie und Mark sprachen ihre eigene Sprache miteinander, eine Mischung aus Anspielungen und Insiderwitzen.

»Je komplexer der Verstand, umso größer das Bedürfnis nach der Einfachheit des Spiels«, sagte Mark gerade.

Daniel saß in Janines Blickfeld. Er hatte sich auf der Couch zurückgelehnt; der Schimmer rechtschaffener Müdigkeit umgab ihn; er strahlte eine simple, entspannte Freude an seinen Kindern aus.

Regen trommelte gegen die Fenster. Es war diese Sorte Abend, die einen spüren lässt, was für ein Glück es bedeutet, drinnen im Warmen zu sein, was für ein Glück, seine Kinder froh und gesund und in Sicherheit zu wissen.

Irgendetwas garte im Ofen; Daniel ging in die Küche, um danach zu sehen.

Janine folgte ihm.

»Was kochst du da?«, fragte sie.

Daniel sah kurz zu ihr auf, als hätte sie etwas Ungewöhnliches gesagt, aber das hatte sie nicht. Vielleicht hatte es mit ihrem Tonfall zu tun.

»Nur was für die Tochter. Nichts Ausgefallenes. Weißt du eigentlich, dass ich in einem früheren Leben Systemgastronom gewesen bin?«

»Ja, weiß ich. Ich habe in einem früheren Leben deine Pfannkuchen probiert.«

Sie ging zum Ofen.

»Das riecht gut. Ist es vegan?«

»Nein. Ist es nicht. Ich habe beschlossen, ihr einen kleinen Streich zu spielen. Ich habe Schinken reingeschmuggelt, Schinkenwürfel.«

»So, so. Und warum?«

»Veganismus passt nicht zu meiner Philosophie.«

»Also verfolgst du sozusagen die Mission, ihn bei jeder sich bietenden Gelegenheit zu unterlaufen.«

»Sozusagen. Stört dich das?«

»Nein, im Gegenteil. Ich habe gehofft, dass du das sagen würdest. Vor Erwartung gezittert geradezu.«

»Das Zittern ist mir aufgefallen. Ich wusste nur nicht, was es ausgelöst hat.«

»Die Erwartung.«

»Ich dachte, es sei vielleicht zu kalt hier drin.«

»Nein, es ist mollig warm.«

»Es hätte auch ein ›Zittern im Angesicht des Herrn‹ sein können.«

»Nein. War es nicht. Manchmal juckt mir das Fell im Angesicht des Herrn, aber zittern tue ich nie.«

»Freut mich, das zu hören. Der Herr hat so viel Schaden angerichtet. Mehr als ein gelegentliches Jucken hat er nicht verdient.«

»Übrigens«, sagte sie.

»Hm?«

»Du musst einer von wenigen Polizisten sein, die eine Philosophie haben.«

»Das ist ein verbreiteter Irrglaube«, sagte er, und sie lachten beide.

103

Als Daniel bei ihr anrief, um zu sagen, dass er demnächst nach Seattle zurückkehren würde, konnte Florence ihre Freude kaum verbergen.

»Wir sollten uns treffen. Ich will mich von euch allen verabschieden.«

»Ich weiß nicht, ob du dich von allen verabschieden musst. Ich gehe nach Hause. Ich weiß nicht, was mit den anderen ist.«

»Das klingt ungewöhnlich«, sagte Florence. »Für dich und die Deinen jedenfalls.«

»Es ist tatsächlich ungewöhnlich für uns. Aber wir sind eine moderne Familie. Ich dachte, du würdest das gutheißen.«

»Das tue ich auch. Ich heiße alle Erscheinungsformen des Modernen gut. Ich bin bloß überrascht. Hat Janine vor, hierzubleiben?«

»Janine muss sich erst noch entscheiden. Ihr gefällt

ihre Arbeit hier. Und ihr Stipendium reicht, wie du wissen solltest, nachdem ich es fünf Mal erwähnt habe, noch bis Ende Dezember.«

»Und ihr beiden werdet ein Pendlerpaar? Führt ihr dann, was meine Studenten eine FB nennen würden?«

»Das hieß zu meinen Collegezeiten schon FB. Ich bezweifle, dass es heute so heißt.«

»Und Emily?«

Emily war die, die sie dringend loswerden wollte. Janine stellte keine Bedrohung dar. So gern sie auch geklammert hätte, war Janine doch mühelos abzuschütteln. Es war Emily, die ihr Sorgen machte.

»Emily trifft ihre eigenen Entscheidungen. Dir wird ja klar sein, dass sie Collegestudentin ist.«

»Will sie wieder ans Kenyon zurück?«

»Ans Oberlin. Das weiß ich nicht. Sie überlegt, ans Bard zu wechseln.«

»Alle deine Frauen verlassen dich.«

»Das scheint mein Schicksal zu sein«, sagte er, und sie fragte sich, ob das eine Art Spitze gegen sie war. Bei Daniel konnte man nie wissen. Sie spürte einen plötzlichen Anflug von Respekt für ihren Sohn. Er hielt seine Gefühle so konsequent in Schach wie sie, und sie wusste, was für eine Errungenschaft das war.

»Ach, was soll's«, sagte er. »Wir sollten trotzdem ein Abschiedsessen machen, ganz egal, wer tatsächlich alles geht.«

»Ich verabschiede mich dann von allen, die mögen«, sagte sie. Ihre Stimme klang taumelig, fand Florence, und sie fragte sich, ob es das war, was die kommenden

Monate ausmachen würde – eine Abfolge taumelnder Schlussakte, die ihr umso süßer wurden, als niemand anders sie als Schlussakte erkannte.

104

»Was machst du hier?«, fragte Florence.

Emily stand vor ihrer Tür. Es war Samstagabend, eine gute Stunde vor dem geplanten Abschiedsessen.

»Du tauchst dauernd unangemeldet hier auf«, sagte Florence. »Hast du immer noch nicht gelernt, dass man so etwas in New York nicht macht?«

»Ich weiß, es ist unhöflich. Aber jetzt bin ich hier.«

Florence ließ sie herein. Das ist immerhin etwas, dachte Emily.

»Und was machst du nun hier?«

»Ich wollte dich abholen. Es ist Zeit für das große Essensevent.«

»Du wolltest mich abholen? Glaubst du, ich habe es nötig, abgeholt zu werden?«

»Ich wollte dich einfach gern sehen«, sagte Emily.

»Ist ja rührend«, sagte Florence, in einem Ton, der besagte, dass sie es gar nicht rührend fand.

Emily wollte sich mit dem letzten Gespräch im Café nicht zufriedengeben. Irgendetwas stimmte nicht mit Florence, und sie wollte wissen, was es war.

Florence zog eine leichte Jacke über, nahm ihre Handtasche und den Gehstock und ging zur Tür, aber Emily rührte sich nicht.

»Was ist?«, fragte Florence.

»Ich dachte, wir könnten uns mal kurz unterhalten.«

»Wir können uns unterwegs unterhalten.«

»Ich will nur kurz mit dir reden. Hier.«

Es war nicht leicht, sich Florence zu widersetzen, aber sie musste es versuchen.

»Na, dann los.«

»Ich glaube, da ist etwas, das du mir verschweigst.«

»Bist du neuerdings meine Vertraute?«

»Ich glaube, da ist etwas, das du allen verschweigst.«

»Was ist denn in dich gefahren?«, fragte Florence. »Hast du den Verstand verloren?«

»Ich glaube, du machst etwas Schweres durch, und ich glaube, dass du Hilfe gebrauchen kannst.«

»Was tust du eigentlich in letzter Zeit?«, fragte Florence. »Schaust du den ganzen Tag Seifenopern? Soll ich dir jetzt etwa mein Herz ausschütten? Glaubst du im Ernst, dass es so läuft? Deine Großmutter macht schwere Zeiten durch, und du stehst ihr dann zur Seite? Ist es das? Und du bist die Heldin? Ist das dein neuester Egotrip?«

Im Zweifel für den Frontalangriff – Emily kannte Florence inzwischen gut genug, um zu wissen, dass sie es immer so hielt.

»Gehen wir«, sagte Florence. »Und genug von diesen Albernheiten.«

105

Einen paranoiden Moment lang überlegte Florence, ob Emily je lange genug in der Wohnung allein gewesen war, um in ihren Papieren herumzuschnüffeln oder einen Anruf aus Noahs Praxis abzufangen. Aber wenn das Mädchen solche stichfesten Beweise hätte, hätte sie es nicht nötig, herumzustochern. Sie wusste also Bescheid, und sie wusste auch nicht Bescheid.

106

Als sie das Haus verlassen hatten, merkte Emily, dass Florence wieder ihren Fuß nachzog. Florence versuchte das Problem zu kompensieren, aber dieser Versuch machte nur umso offensichtlicher, dass etwas nicht in Ordnung war. Sie hob das linke Bein bedachtsam an, als wollte sie in einen Steigbügel steigen, und setzte es genauso bedachtsam wieder ab.

Sie mussten nach Norden, aber Florence blickte nach Süden in den heranströmenden Verkehr. Sie drehte sich nach Emily um und wollte etwas sagen, aber Emily kam ihr zuvor.

»Ich würde ja vorschlagen, ein Taxi zu nehmen«, sagte Emily, »aber ich weiß, dass du lieber zu Fuß unterwegs bist.«

Wenn Florence schon unbedingt tun wollte, als sei sie bei bester Gesundheit, würde Emily dafür sorgen, dass sie nicht aus der Rolle fiel.

Florence lächelte – ein sparsames kleines Lächeln, als verstünde sie genau, was Emily da tat.

»Ja«, sagte Florence. »Ja, das stimmt. Gehen wir.«

Sie gingen Richtung Norden. Florence kam nur langsam voran und hob umständlich das linke Bein, wie um unsichtbare kleine Hürden zu überwinden.

»Dein Knöchel tut wohl immer noch weh?«, fragte Emily.

»Überhaupt nicht.«

»Wo liegt dann das Problem?«

»Es gibt kein Problem.«

Es war Anfang September, aber der Nachmittag war brütend heiß. Es war einer dieser New Yorker Sommertage, an dem einem die Hitze bei jedem Schritt wie eine Wand entgegenschlägt und man sich am liebsten auf der Stelle hingelegt hätte.

»Hast du heute Morgen diesen ärgerlichen Artikel in der *Times* gelesen?«, fragte Florence.

»Welchen?«

»Über die Versprechen, die Obama gebrochen hat.«

»Hab ich verpasst.«

Als sie an die Kreuzung von 86. Straße und Broadway kamen, begann das Grün-Signal gerade zu blinken. Florence zögerte; sie wollte es offenbar nicht darauf ankommen lassen, vor Rot über die Straße zu kommen.

»Schon müde?«, fragte Emily. »Wir sind praktisch gleich da«, und lief weiter.

Florence folgte ihr. Ihr Gesicht verzerrte sich vor Anstrengung im Bemühen, nicht zurückzufallen.

Emily staunte, dass sie zu so etwas imstande war. Zu diesem … was war es? Sadismus? Ist es sadistisch, jemanden zu dem Geständnis zu zwingen, dass er Hilfe braucht?

Es war kein Sadismus, beschloss Emily. Es war Liebe, in der einzigen Sprache ausgedrückt, die Florence vielleicht verstand.

Sie waren jetzt bei Rot mitten auf der Straße. Zwei Taxen schossen unangenehm nah vorbei; ein Lieferwagen stoppte, aber der Fahrer hupte wie wild. Endlich kamen sie auf der anderen Seite an.

»Ich habe diesen Essay von Virginia Woolf gelesen, den du in einem deiner Bücher erwähnst«, sagte Emily. »›Berufe für Frauen‹.«

»Ein großartiger Essay.«

»Sie sagt, um schreiben zu können, musste sie erst den … wie nennt sie das gleich?«

»Den Engel im Haus«, sagte Florence.

»Ja, richtig. Den Engel im Haus ermorden. Diese Geisteshaltung, die eine Frau dazu bringt, es allen anderen rechtzumachen, statt sich um sich selbst zu kümmern. Wenn im Zimmer ein Luftzug ist …«

»Wenn im Zimmer ein Luftzug ist, setzt sie sich hinein«, sagte Florence. »Wenn es Huhn gibt, isst sie den Schenkel. Du brauchst mir den Text nicht vorzukauen. Du hast ihn durch mich erst kennengelernt.«

Sie schnappte bei jedem Satz nach Luft.

»Ich habe mich etwas gefragt. Wenn eine Frau Hilfe braucht und es nicht sagt, übernimmt sie dann nicht die Rolle des Engels im Haus?«

Das war Emilys großer Trumpf. Sie hatte tagelang darüber nachgegrübelt, wie sie ihn formulieren sollte.

»Das kommt darauf an«, sagte Florence. »Versucht sie damit, es allen rechtzumachen? Ordnet sie sich den Bedürfnissen der anderen unter?«

»Keine Ahnung, was sie macht«, sagte Emily.

»Ich würde sagen, sie steht einfach auf eigenen Füßen«, sagte Florence.

Sie waren stehen geblieben. Emily kam es vor, als sie ihre Großmutter so betrachtete, als hätte ihr noch nie jemand so viel bedeutet. Florence gab, als sie Emily so betrachtete, nicht das Geringste von sich preis. In ihrem Blick fand sich keinerlei Hinweis darauf, ob sie Wert darauf legte, ihre Enkelin zu verstehen oder von ihr verstanden zu werden. Florence setzte sich wieder in Bewegung.

Das muss man ihr lassen, dachte Emily.

An der 88., sechs Häuserblocks vor dem Ziel, gab Emily schließlich nach. Es half ja nichts, sie zu quälen.

»Da kommt ein Bus«, sagte Emily. »Fahren wir doch ein Stück Bus.«

»Kommt nicht in Frage«, sagte Florence und ging eisern weiter.

107

»Himmel!«, sagte Daniel, als er die Tür aufmachte. »Ihr seht aus, als hättet ihr Volleyball gespielt.«

Florence' Gesicht war schweißnass. Ihre Bluse klebte am Körper.

»Wir haben wirklich Volleyball gespielt«, sagte Emily.

»Es war ein hochkarätiges Match«, sagte Florence.

»Wer hat gewonnen?«, fragte Daniel.

108

Florence hielt auf einen Sessel zu, möglichst langsam, damit niemand merkte, wie gewaltig ihr Verlangen war, sich hinzusetzen. Der Herzschlag dröhnte ihr in den Ohren. Janine fragte, was sie trinken wollte, und ihr zu antworten war eine Herausforderung für sich.

Nach einer kleinen Pause und ein wenig Bourbon fühlte sie sich wiederhergestellt.

Es lag eine seltsame emotionale Spannung in der Luft. Daniel wechselte immer wieder die Musik, Janine blätterte durch die Online-Speisekarten immer neuer Lieferdienste. Florence hatte das Gefühl, Emily und sie seien als Einzige entspannt. Wie zwei Widersacher nach der Schlacht, in wechselseitigem Respekt vereint.

»Klärt mich auf«, sagte Florence. »Wie viele von euch fahren jetzt? Und wohin?«

»Dad und ich fahren nach Hause«, antwortete Emily. »Von da werde ich mich auf Colleges bewerben. Falls eins davon mich haben will, wechsele ich wahrscheinlich im Januar dorthin.«

»Und du?«, fragte Florence Janine.

»Sie hat noch Arbeit, die sie abschließen muss«, sagte Emily. »Im Dezember ist sie fertig. Dann kommt sie auch nach Hause.«

Janine hatte kein Wort gesagt. Sie nahm ihr Weinglas in die Hand und betrachtete es aufmerksam, als hätte dieses Glas vielleicht etwas zur Unterhaltung beizutragen.

Florence fragte sich, ob Emily die Situation treffend wiedergegeben hatte oder nur an einem Bild der Familie festhielt, das nicht mehr stimmte.

»Wie wär's, wenn du uns besuchst?«, fragte Emily Florence.

»Das wäre toll«, sagte Florence.

»Wir sollten besprechen, wann. Wir sollten gleich ein Datum festmachen. Du hast doch jetzt sicher viel Zeit. Du hast ein Freisemester, oder?«

»So viel Zeit vielleicht auch wieder nicht. Immer wenn man denkt, man hätte frei, tun sich plötzlich neue Verpflichtungen auf.«

»Was für welche?«

»Das ist es ja. Das weiß man erst, wenn es so weit ist.«

»Ich möchte bloß wissen, was dich daran hindern könnte, ein Datum mit uns auszumachen.«

»Emily«, sagte ihre Mutter.

»Nein. Es interessiert mich, was für wichtige Verpflichtungen man hat, wenn man eine wichtige Intellektuelle ist.«

»Kann es sein, dass ich etwas verpasse?«, sagte Janine. »Einen Subtext?«

»Was ist ein Subtext?«, fragte Daniel.

»Also wirklich, Daniel«, sagte Florence. »Achtzehn Jahre lang hast du mit Saul und mir unter einem Dach gelebt. Unter mehreren Dächern, genauer gesagt. Du solltest wirklich wissen, was ein Subtext ist.«

»Haben du und Dad andauernd über Subtext geredet?«, fragte Daniel.

»Explizit darüber geredet nicht. Aber das Konzept war immer präsent. Wie ein Subtext.«

»Jetzt verstehe ich gar nichts mehr.«

»Ich schon«, sagte Emily. »Ich will bloß wissen, was meine Großmutter den Herbst über treibt. Ich will wissen, warum sie sich nicht darauf festlegt, uns zu besuchen.«

Emily blickte erbost in die Runde. Ihre Augen funkelten angriffslustig.

Was für ein prachtvolles Mädchen, dachte Florence.

109

Florence hatte offensichtlich nicht vor, irgendwem irgendetwas zu sagen, aber in dem Fall, dachte Emily, konnte sie zumindest dafür sorgen, dass Florence ein schlechtes Gewissen bekam.

»Ich finde es kränkend, dass du dich nicht festlegen willst.«

»Ich habe Konferenzen, und ich habe Deadlines. Ich muss dieses Buch fertigbekommen.«

»Und du hast einen Laptop. Der ganze Sinn und Zweck eines Laptops ist, dass du ihn überallhin mitnehmen kannst. Du kannst ihn einfach auf deinem Schoß abstellen, deshalb heißt er ja …«

»Ich weiß, welchen Sinn und Zweck ein Laptop hat.«

»Alles, was du vorhast, kannst du genauso gut bei uns erledigen. Ich weiß nicht, ob das schon zu dir durchgedrungen ist, aber es gibt da etwas, das sich Internet nennt …«

»Lass uns nichts überstürzen, Emily«, sagte Daniel. »Ich weiß gar nicht, ob so gut passt, meine Mutter im Haus zu haben. Sie schmutzt nicht, aber sie ist ganz schön anspruchsvoll.«

»Wir können per E-Mail darüber reden, wenn ihr wieder zu Hause seid«, sagte Florence.

»Ich will bloß wissen …«

»Schluss jetzt!«

Florence' Ton war ungewohnt scharf. Emily war schon öfter von ihr zurechtgewiesen worden, aber das hier war etwas anderes.

Emily ging in die Küche und setzte Teewasser auf. Ihre Hände zitterten. Ihre Lippen zitterten.

Ich bin ein Leichtgewicht, dachte sie. Ich dachte, ich könnte mit dem großen Gorilla in den Ring steigen. Aber nach dem ersten kleinen Klaps war alles vorbei.

Sie wusste selbst nicht, warum sie sich für den Alleingang entschieden hatte. Sie hätte schließlich ihren Eltern von dem Verdacht erzählen können, dass Florence etwas verheimlichte, dass sie krank geworden war. Aber dafür respektierte sie ihre Großmutter zu sehr.

110

»Tut mir leid«, sagte Daniel zu seiner Mutter. »Ich weiß gar nicht, was in sie gefahren ist.«

Daniel langweilte sie. Florence konnte seine hüttenkäsige Höflichkeit nicht gebrauchen. Es gefiel ihr, dass ihre Enkelin sich ihr stellte.

»Hör ja auf, dich für sie zu entschuldigen«, sagte Florence. »Wenn wir uns jemals wiedersehen, dann nur ihretwegen.«

Das war mehr, als sie hatte sagen wollen, aber Daniel und Janine lachten glücklicherweise nur.

111

Nach dem Nachtisch, nach dem Kaffee und einem Drink im Wohnzimmer verabschiedete Florence sich von Janine und Daniel. Emily sah zu, wie sie beide mit ihrem üblichen Sicherheitsabstand umarmte.

»Ich ruf dir ein Taxi«, sagte Daniel.

»Du brauchst mir kein Taxi zu rufen. Es ist ein herrlicher Abend. Ich laufe ein Stück zu Fuß, und dann rufe ich mir selbst ein Taxi. Es rührt mich, dass du mich beschützen willst, aber ich komme bisher ganz gut allein zurecht.«

»Wie du meinst«, sagte Daniel.

Emily ging in den Flur, um einen Augenblick mit Florence allein zu sein. Sie wollte sich nicht vor den anderen von ihr verabschieden.

»Pass auf dich auf, meine Liebe«, sagte Florence und öffnete die Tür.

Das konnte nicht alles sein. Unmöglich.

»Ich bring dich noch runter«, sagte Emily.

Sie dachte, Florence hätte ihr noch etwas zu sagen. Sie wusste selbst nicht, was sie genau erwartete. Dass Florence endlich erzählte, was los war? Dass Florence ihre gesammelte Weisheit in einer geflügelten Sentenz zusammenfasste? Sie wusste nur, dass Florence noch etwas ganz Besonderes sagen würde.

Auf dem Gehweg berührte Florence sie am Arm und ging Richtung Süden.

Das war es. Das war alles. Emily sollte sie nie wiedersehen.

Ein paar Tage lang hoffte sie vergebens auf einen Anruf oder eine Mail. Im Herbst schrieb sie Florence drei Mal, aber Florence antwortete ihr nicht.

Selbst nach Florence' Tod – ihrem grauenvollen Tod, so erwartbar und so unerwartet – hoffte Emily, dass in ihrer Wohnung ein Brief auftauchen würde, der nur an sie gerichtet war.

Es hatte keinen Segen gegeben, keine letzten Worte. Die alte Dame hatte sich ihr schon wieder entzogen.

So konnte man es verstehen. Man konnte es aber auch so verstehen, dass die Unterweisung, die Weitergabe von allem, was da weiterzugeben war, längst stattgefunden hatte. Das war der Schluss, zu dem Emily letztendlich kommen sollte, aber erst Jahre später.

Als sie Florence nachsah, wie sie die Straße hinunter verschwand, konnte Emily nicht fassen, dass es vorbei sein sollte. Sie glaubte immer noch, dass sie zurückkommen würde, um noch etwas zu ihr zu sagen.

Danksagungen

Dank an meine Freunde, die erste Entwürfe gelesen haben: Emma Barrie, Robert Bedick, Amy Edelman, Todd Gitlin, Vivian Gornick, Liselle Gottlieb, Harvey Klinger, Mark Levinson, Ilana Masad, Howard Parnes, Ann Patty, Katha Pollitt, Marc Siegel und Chuck Wachtel.

Dank an Henry Dunow und Lauren Wein für ihre Unterstützung bei der Überarbeitung.

Und mehr als Dank an Heather Harpham.